U0871433

中国现当代文学女性创作研究

程　燕◎著

中国戏剧出版社
CHINA THEATRE PRESS

图书在版编目（CIP）数据

中国现当代文学女性创作研究 / 程燕著. -- 北京 :
中国戏剧出版社, 2023.10
ISBN 978-7-104-05439-9

Ⅰ. ①中… Ⅱ. ①程… Ⅲ. ①妇女文学—文学研究—
中国—当代 Ⅳ. ①I206.7

中国国家版本馆CIP数据核字（2023）第213966号

中国现当代文学女性创作研究

责任编辑：肖　楠
项目统筹：康祎宁
责任印制：冯志强

出版发行：中国戏剧出版社
出 版 人：樊国宾
社　　址：北京市西城区天宁寺前街2号国家音乐产业基地L座
邮　　编：100055
网　　址：www.theatrebook.cn
电　　话：010-63385980（总编室）　010-63381560（发行部）
传　　真：010-63381560

读者服务：010-63381560
邮购地址：北京市西城区天宁寺前街2号国家音乐产业基地L座

印　　刷：天津和萱印刷有限公司
开　　本：787mm×1092mm　1/16
印　　张：11.5
字　　数：200千字
版　　次：2023年10月　北京第1版第1次印刷
书　　号：ISBN 978-7-104-05439-9
定　　价：68.00元

作者简介

程燕　女，1976年1月出生，河南省原阳人，毕业于郑州大学，硕士研究生学历，目前于河南师范大学攻读博士研究生，现为郑州工程技术学院教师，副教授，北京大学访问学者，郑州市首批哲学社会科学研究基地礼仪文化研究中心负责人，高级礼仪培训师。研究方向：礼仪、中国现当代文学。出版专著有《传统礼仪文化与教育研究》《风在绿叶间跳跃》，发表论文二十余篇，主持完成河南省高等学校人文社会科学研究项目1项，河南省高等学校重点科研项目1项，河南省社会科学界联合会项目3项，河南省郑州市社会科学界联合会项目1项。

前　言

在绵延几千年的封建社会中，中国女性在话语权等权利上，一直处于弱势地位。直到新文化运动掀起思想解放的巨澜，中国女性对自己作为人的价值和尊严才有了群体性的觉醒，中国女性文学才得以开端。中华人民共和国的成立给女性的命运带来了根本性的转变，也为中国女性文学的繁荣带来了新的契机，但随之而来的政治风云却严重阻碍了女性文学的发展进程，直到 20 世纪八九十年代，中国女作家的文学创作才实现了真正意义上的繁荣。

两千多年的中国男权历史，是女性文学艺术和女性意识几近消失的历史。由于 20 世纪初我国社会的巨大变革，女性文学艺术得以迅速崛起。透过一个世纪的女性小说艺术文本，可以窥见女性主义在其中运行的轨迹。自秋瑾肇始，一代女作家在时代感召下，创作了丰富多彩的现代女性文学艺术作品，有力地推动了社会发展和妇女解放。20 世纪早期兴起的女性文学写作与研究的成果为女性文学艺术的重新写作和研究提供了宝贵的资料和经验。伴随着女性文学艺术理论的兴起，对女性文学的性质、创作特点、艺术特征等方面的认识不断深入，挖掘中国女性文学艺术的资源、构建中国女性文学艺术发展的轮廓是一个极具现实意义的课题。探索、反思文学研究的途径、范式、方法，探讨女性文学艺术的写作立场与方法策略，对于女性文学艺术理论的深化及女性文学艺术作品的修撰也都有着积极的理论意义和实践意义。

本书第一章为绪论，主要从关于女性文学、中国现当代女性文学发展脉络方面出发；第二章讲述了 1917—1927 年女性文学创作，主要对冰心、庐隐、冯沅君、凌叔华的文学创作进行研究；第三章为 1927—1937 年女性文学创作，对萧红、丁玲、白薇的文学创作进行了一定的分析；第四章为 1937—1949 年女性文学创作，主要对张爱玲、苏青的文学创作进行了论述；第五章是 20 世纪 50—70 年代女性文学创作，对茹志鹃、杨沫、宗璞三人的文学创作展开了论述；第六章为 20 世纪 80 年代女性文学创作，对张洁、舒婷、王安忆、铁凝、池莉的文学创作展开了论述；第七章为 20 世纪 90 年代女性文学创作，对陈染、林白、迟子建的文学创作展开了论述。

在撰写本书的过程中，笔者得到了许多专家学者的帮助和指导，并参考了大量的学术文献，在此表达真诚的感谢。本书内容系统全面，论述条理清晰、深入浅出，但由于笔者水平有限，书中难免会有疏漏之处，希望广大读者及时指正。

程燕

2022 年 12 月

目　录

前　言	1

第一章　绪论	1
　第一节　关于女性文学	1
　第二节　中国现当代女性文学发展脉络	8

第二章　1917—1927 年女性文学创作	18
　第一节　冰　心	18
　第二节　庐　隐	26
　第三节　冯沅君	29
　第四节　凌叔华	35

第三章　1927—1937 年女性文学创作	40
　第一节　萧　红	40
　第二节　丁　玲	51
　第三节　白　薇	58

第四章　1937—1949 年女性文学创作	65
　第一节　张爱玲	65
　第二节　苏　青	69

第五章　20 世纪 50—70 年代女性文学创作 …… 78
第一节　茹志鹃 …… 78
第二节　杨　沫 …… 84
第三节　宗　璞 …… 89

第六章　20 世纪 80 年代女性文学创作 …… 94
第一节　张　洁 …… 94
第二节　舒　婷 …… 102
第三节　王安忆 …… 104
第四节　铁　凝 …… 115
第五节　池　莉 …… 129

第七章　20 世纪 90 年代女性文学创作 …… 136
第一节　陈　染 …… 136
第二节　林　白 …… 147
第三节　迟子建 …… 155

参考文献 …… 173

第一章　绪论

“女性文学”这一概念虽广为人知但也有颇多争议，学术界围绕这一概念，进行多种诠释，至今仍没有一个公认的、明确的界定。此外，还有一些类似的概念，如“妇女文学”“女性主义文学”“女性写作”等。在明晰“女性文学”这一概念之前，我们需先辨别“女性主义”“女权主义”“女权意识”“女性意识”“女性经验”等相关概念，并了解这些概念的内涵。本章节主要介绍了女性文学及中国现当代女性文学发展脉络。

第一节　关于女性文学

一、女性文学艺术的概念

首先我们要明白，女性文学诞生于特定的社会历史条件下。女性文学始于五四新文化运动，其内涵是现代人文精神。女性文学的主体是女性，从女性的视角去思考、去体验、去审美、去言说。在这种背景下，女性文学不是封闭静止的状态，女性的眼界是十分开阔的，因此，女性文学是不断被开发的、创新的体系。该体系要以女作家的性别主体意识为本位，从性别视角出发展现出对女性命运和女性情感的关注。女性文学是叙述女性生命的文学，以超性别意识为基础，从超性别视角出发展现女性生存的真实情况。女性文学既要体现其自身价值与特征，也要超越性别局限，至今还是个需要探讨与改进的课题。它将继续从不同角度以各种方式去展示女性世界的真实面貌和存在状态。女性文学通过完善人性的本质，全面地展现了女性的特有理念与奇特魅力，展现了各个阶段妇女所发挥的作用，发掘了女性心灵最深层的想法。女性作家拥有敏锐的触觉、丰富的想象与细腻的笔触，我们从她们优秀的女性作品中能明显地感觉到女性发自内心的呼喊、彷徨和坚毅的品质，领略到女性特有的理想信念。

二、女性意识与性别意识

学者朱虹在20世纪80年代发表了文章《美国当前的“妇女文学”——〈美国女作家作品选〉序》。这篇文章论述了“妇女文学”这个理念，当时造成了不小的轰动，引起了学术界广泛的讨论。这篇文章被学术界普遍认为是中国女性文学研究的代表。此后，妇女文学一词在国内被频繁讨论和引用。妇女文学的崛起，在西方“女权运动”和“妇女研究”中引起了强烈的影响，成了国际妇女运动中不可分割的一环。与男性作家划分开来，女性作家这一群体开始书写了一部专属于女性的文学史。在此背景下，妇女文学开始出现并受到关注。在1970年，作家凯特·米利特（Kate Millett）出版了《性政治》一书，对20世纪60年代妇女解放运动作出了回应，着重对经典男性作家的厌女症情结进行了批判。凯特·米利特是女性主义文学批评的早期代表人物。

在中国女性文学研究中，相继出现了一些专属词汇，如“妇女文学”“女性文学”“女性主义文学”等，从词汇名称上就可以看出来女性文学在其间的内在发展路程，对“女性意识”和“性别意识”进行的本土化区分。若以此为学术基点来研究女性文学，先要明确迄今普遍使用的这两个概念之间的关联和区别。在此前提下，将这一学术领域划分为“女性文学”“女性主义文学”和“妇女文学”三类，并分别予以阐释。“妇女文学”关注与阶级概念相似的“妇女”社会属性，“女性文学”关注“女性”这一个体的书写体验。“女性意识”强调女性对自我的身份认同和价值判断；“女性文学”关注女性身份认同、自我意识提升等问题；“女性主义文学”依赖后现代主义“女性主义”思潮。这三个相似却不同的名词都指向了西方女权运动这一共同思想根源。美国女权主义者在20世纪60年代集中对“生物决定论”进行反抗，人们普遍认为女性是贤妻良母这一社会角色的最主要原因就是性的差异，或者说生理上的差异。“生物决定论”和“性解放论”的对立导致了女性主义文学的产生。“性别角色”是早期女权主义者对社会规范约束女性的指称，但性别角色还是很容易与生物决定论相混淆。美国女权主义者在20世纪70年代开始用“gender”来取代“sex”。随着对性观念认识的深入和对男女两性差异的了解，她们开始重新思考性别问题，并将之纳入社会发展的整体框架中去考察。“gender”本来是一个不常见的语法用词，原意是指词语的阳性、中性和阴性，取代“sex”后，“gender”就代表了西方的女权主义思潮，也是西方女性主义文学批评中的一个核心思想。

从表面上看，女性意识可与性别意识等同起来，但从本质上来说，它更像是蕴含着特定历史语境的中国本土概念。此后，女性意识萌芽，妇女文学一词在国内被频繁讨论和引用。男女平等的社会思想于20世纪50年代后的二十年内，在中国蔚然成风。“妇女能顶半边天”是中国女性展现自我价值的有力口号。中国的女性长期丧失自我，即便妇女走出家庭，步入社会，也没有实现真正的妇女解放，只是唤醒了女性作为一个人的自觉意识。[①]在“男性中心”文化模式和意识形态下形成的男尊女卑观念，使女性意识长期处于遮蔽状态。所以，在20世纪80年代，女性再次找回了具有“女性”的女性意识，这种意识被集体不自觉地普遍接受。“gender”在中国知识女性中的传播有赖于联合国第四次世界妇女大会于1995年的促成推动。在“gender”这个外来词汇面前，中国女性研究学界对“gender”西方话语霸权问题进行了重点考察，对gender转译成“社会性别”进行了批判，中国女性知识分子认为这样翻译既与汉语语境不符，也与中国本土历史格格不入。如果放任“gender”大行其道，或许会导致中国女性再次丧失自我意识。在中国的女性文学研究中，重新明确女性意识的本质属性，避免性别意识的原始社会批判属性，以免造成混乱的思想纠葛。

三、女性文学与男性文学

首先我们要知道是，妇女解放运动催生了女性主义文学批评。在历史上，女权主义者在推翻父权制方面做出了很大努力，仔细分析女权主义思想，会发现其中暗含着许多解构因素，这一解构的基本结果是对本原和中心的消除，由此，解构的对象直指“逻各斯中心主义”，[②]这一结果自古希腊以来就存在了，可谓十分长久。这种解构还指向“菲勒斯中心主义”，[③]它是父权制特征的标志。在此前提下，将这一学术领域划分为“男性文学”“女性文学”和“女性主义文学”三类，

① 李小江：《女性／性别的学术问题》，山东人民出版社2005年版，第65页。

② 王先霈、王又平主编：《文学批评术语词典》，上海文艺出版社1999年版，第375页。

③ 徐颖果：《族裔与性属研究最新术语词典：英汉对照》，南开大学出版社2009年版，第221页。

并分别予以阐释。女性主义文学批评一直保持着明显的实践性特征，带有强烈的文化批判色彩。

其次，因为男性或男性气质具有假定性特权，所以女性或女性气质一直在被男性贬低，女权主义批判运动就是女性抓住了这一实质而进行的反抗。女性遇到的这种假定性的贬低一直在压抑着女性的生存发展，女权主义批判运动不仅是在政治层面上进行批判，还对本体论进行了反驳，驳斥了男性中心主义思想。女权主义是解构主义的后现代主义思潮之一，解构主义认识悖论在女权主义中也是存在的。解构主义消解了传统形而上学中的主体地位和理性权威，但同时又将其引入到哲学领域之中。解构主义在拆解了所谓“逻各斯中心主义”后，抽空了事物生存的认识论基础，这种对所有事物的解构逻辑，也对自己进行解构，对其生存合理性造成动摇。女权主义者认为男性中心主义在本质上是对人类主体性和自我发展的否定，它所倡导的是一种不平等的压迫式的社会地位。女权主义对男性中心主义进行了绝对的批判，但也无法证明，女性中心主义是正确的理念。女性中心主义就像男性中心主义一样，不具有超越历史的价值，其实际意义需要靠时间来佐证。女性主义的理论困境在于无法摆脱传统哲学中形而上学的思维定式及对现实世界的片面认识。当代思想环境不具备统一性的看法，思想氛围紧张，但同时也认同真理具有多元性。这对未来思想环境的广阔开拓奠定了基础。这种悖论对女性文学研究来说也是一种挑战，在女权运动中应全面回应这一悖论所带来的质疑。

另外，女性文学本身的精神姿态表现出一定的批判性。女性文学就是把妇女作为写作的主体，写出妇女的体验，对男性世界主流文化进行干预和异化，并借此对男性作家统治地位进行抗辩。女性作家和批评家都试图在文本中构建一种新的性别秩序，而不是简单地将其还原到男性权威之上，这就使得女性主义批评具有明显的批判性特征。对西方女性主义文学批评精神成就的再思考，在中国女性文学研究学界已经达成了共识。我们在反思的道路上，要紧密联系中国历史背景，在反思中不断调整、完善中国女性文学研究。在这个意义上，女性文学的批评话语才具有一定的学术价值和现实意义。男性在中国历史上的实际地位，比女权主义猛烈批评的要复杂得多，例如，在很长的时间内“中国太监”和“女人裹足”是共存的。在此背景下，先秦儒家的理想人格、道德规范被赋予了深刻的政治内涵。在理想主义、自由精神的宣扬下,《论语》提出“浴乎沂,风乎舞雩,咏而归”。[1]先秦儒家以《诗》《书》《礼》等经典文本来阐释其理想人格和道德境界,使其超越了当时政治斗争的需要。后来汉代的儒生对先秦孔学的思想进行了创新改造,比如董仲舒认为好的影响都归于君主,坏的影响都是大臣导致的。目的是重塑孔子所重视的各尽其能的君臣关系,打造出孔学和谐人伦,制定森严的等级制度,使皇权专制逐渐渗透到中国社会生活和社会关系的各个角落和各个层面。

另外,就像上述女性文学一样,男性文学主要写男性生存体验。人类生活经验既包括男性经验,也包括女性经验,两者缺一不可。两者既是对立关系,又构成一种相辅相成的平衡关系。同时,男性文学的存在对女权主义认识悖论也是一种缓解。从悖论的角度出发,寻找立足实际的可行方案。从某种意义上说,女性文学是对男性文学创作的主体精神世界和审美趣味的超越,但是我们要明白,在支持女性文学合理性的同时,也要承认男性文学的正当性。在男权文化统治下,女性文学存在着诸多问题,男性文学也面临许多困惑。研究女性文学要有大格局,要有开阔视野,同时要包容男性文学的基本要素。女性文学的主体建构需要建立在对自身存在状态的反思上,即反思从男权文化到女性主义再到后女性主义的转换过程。与“两性共体”所衡定的“中性文学”相对立,女性文学的立场应包括“性别文学”认识论,使女性文学既符合方法论的逻辑,也顺应了历史走向,能够在文学研究领域和中性文学间并存。

四、古代女性文学与现代女性文学

首先,女性文学一词是伴随着女权主义的思想运动而诞生的。作为一个具有现代意义和革命精神的理念,女性文学与古代妇女文学的含义是不同的。在这种批评视野下,女性文学既不是对传统性别话语的颠覆和解构,也不是对男权社会的反抗与抗争,而是一种对男性霸权文化的反讽式的抵抗与消解。古代女性文学不具有现代意义,更不具备革命精神。在古代女性文学的范畴内抽取一些典型的文学资源进行研究,挖掘其存在的意义和合理性,发现其是以“诗教”为基础和依托的一种文学形态。中国古代文学所追求的至高范式,乃是儒家教化之温柔、敦厚,应在理性范围内抒发文人之情,严禁在女性作品中彰显激荡之情,对女性

① [春秋]孔子弟子编著、梁大伟编译:《论语》,北方文艺出版社2019年版,第153页。

的创伤和感慨竭力文饰，这样做的目的是表现女性的温柔典雅和德行之美，典型的模范篇什在《诗经·国风》里可以找到很多。《楚辞》则以其特有的抒情方式和艺术魅力感染了整个世界。中国文人长期受温柔、敦厚的教化，集体压抑自我，形成了惯性。唯有如屈原般的华彩人物，才能冲破温柔、敦厚的传统牢笼。屈原的《离骚》，以香花香草为点缀，展开奇思妙想，既包罗万象，又气度雍容，他独立遗世，踏上朝圣之路，奔向清流之时，也正是《离骚》横空出世之时。屈原可以说是我国古代浪漫主义文学发展的先驱，屈原的《楚辞》也是浪漫主义典范，后来有浪漫主义天才光辉的苏轼、陶渊明、李白、曹雪芹等，但他们的伤感中更多的是激愤与不平之情。

为什么这些诗人的作品散发出动人的魅力？究其原因，是诗人本身并未受到儒学的压迫与教化，没有思想樊篱的束缚，可以自由自在地抒发真实情感。反之，以“艰难苦恨繁霜鬓，潦倒新停浊酒杯”①为例，这首《登高》是“诗圣”杜甫晚年所作，诗人登高望远的时候，只有无尽的忧伤。相对比的是“诗仙”李白的“人生达命岂暇愁，且饮美酒登高楼”②，李白一生酷爱饮酒，即便在潦倒困顿之时，也无踌躇忧思，诗中情感只有无限激昂。因为文化束缚，所以，“诗圣”的作品可以被后人模仿，但“诗仙”作品却不能被模仿。这就造成了后人在学习“诗圣”时，不能从其作品中找到与之相似或相近的思想内涵。再比如，中国古代的戏剧和小说的情感表现主角多为才子佳人，重点表现痴男怨女间的爱恨情仇，而关汉卿在《窦娥冤》中控诉女性受到皇权派生出的权威的压迫，饱受苦难，文章中的悲愤之情，与才子佳人式的离愁别绪不同。

另外，由于封建传统的束缚，中国古代的女子不能随便外出而被困于内宅，导致眼界有限。三从四德的观念束缚了她们的思想，即便有机会接触文墨，也被局限在小情小爱的伤感文学中，很难跳出传统封建的樊篱。因此，在古代的妇女文学中，闺怨是最常见的主体，可见古代妇女眼界之狭窄。古往今来才女们的诗，大多诗风委婉，抒发悲凉思绪。明清以来，闺怨题材的作品在女性文学史上占据了相当重要的位置。尤其是清代，女性作家的创作热情空前高涨，涌现出大批优秀之作，其中不乏有对后世影响较大的作品，然而，也有突围“闺怨”的优秀女

① 姚华、赵存：《中国历代诗词酒句荟萃》，北岳文艺出版社1993年版，第152页。

② 刘兰芳、钟廷贞：《唐诗箴言警句》，漓江出版社1992年版，第20页。

诗人，比如汉朝的蔡文姬，宋朝的李清照。蔡文姬在《悲愤诗》中写道："流离成鄙贱，常恐复捐废。人生几何时？怀忧终年岁。"[①] 重点倾吐了流落异邦时的凄苦与辛酸，李清照的《声声慢》则以惊艳叠字表现遭遇靖康之难的愁苦，这首词与她早期主打情爱的诗词完全不同，是她突破闺怨的转型分界点。在女性的命运上她们也同样面临着悲惨的境遇。虽然蔡文姬和李清照的晚期诗作都突围闺怨，呈现豪迈之情，但是人们对中国古代女诗人抒发离愁悲绪的固有印象一时间无法消除。

明清以后，在闺怨之情逐步发展的背景下，秋瑾的革命文学在清代末年诞生。其创作以女性视角审视历史人物，并以此观照现实社会，抒发了对国家、民族命运与前途的深切忧思和强烈批判。秋瑾生长在官宦之家，夫家也是富贵人家，本可以安逸享受生活，却一心为国为民，天然有一种"国家有难，匹夫有责"的忠义感。后来她去了日本留学，并加入革命组织，为国奔走，信念坚定。她的早期诗歌内容多写女性生活和爱情遭遇，多表现离愁别绪的伤感之情，后来受爱国主义的影响，革命意识觉醒，其作品尽变为表现爱国热忱，再后期其诗风趋于沉郁、苍凉。她的后期诗歌是以女性视角审视女性问题并表达对社会的批判。她以女诗人的姿态，以女性视角书写革命和爱情，以女性特有的敏感、细腻感受社会现实中的矛盾冲突，用自己的行动表达了对革命事业的忠诚与热爱。

众所周知，中国现代小说的开端，是鲁迅的小说《狂人日记》在1918年5月的《新青年》杂志刊出。紧接着半年后，中国近代女性文学也正式产生了，标志事件是陈衡哲对话体小说《老夫妻》在《新青年》刊登，尽管篇幅不长，但是这寥寥千字却宣告着中国近代女性文学的诞生。这篇小说犹如惊雷般炸响了文学圈，引导很多像冰心和冯沅君这样的优秀女性作家进行创作。陈衡哲是这样一位杰出的人物，是一位突显问题意识的五四运动时期女作家。《老夫妻》以女性为主体展开叙事，以"爱与痛"作为主题，以女主人公的悲惨遭遇和悲剧结局来抒发对人生、社会及爱情的思考。

随着五四运动的开展，很多知识女性摆脱了妇女留守家庭的思想束缚，在一定程度上放下了沉重的羁绊，家庭不再是她们发挥价值的唯一选择，中国女性扮演起了前所未有的政治角色。五四运动也推动了传统中国向现代社会的转型。在

① 许渊冲译:《汉魏六朝诗选：汉英对照》，五洲传播出版社2018年版，第249页。

这一时期出现了一大批以女性文学为创作主题的作家，这些女性作家都具有强烈的女性主义立场和鲜明的个性特色。五四运动时期女作家群体尽管诗学追求各异，但显示了一种普遍的现代妇女意识，以及对社会转型时期女性命运沉浮的担忧。五四运动时期女性文学以女性自身为中心展开对历史的反思，关注个体生命体验和生存状态，并通过对性别话语的重新审视来寻求新的身份认同。中国现代女性文学展现了中国女性各时期的生存形态，从中华民国时期到20世纪90年代，女性文学的创作以女性视角的感悟与体验为主，直到进入了21世纪，现代女性文学才趋向多元化和本土化，并论证了中国女性文学从古至今的文化价值。

第二节　中国现当代女性文学发展脉络

一、五四时期的中国女性文学

可以说，五四思想启蒙运动对晚清女权思想进行了一定程度的继承和发展。受启蒙思想的启发，许多优秀作家以人类的解放为核心，对两性关系进行了审慎的研究，其中包括李大钊、陈独秀、鲁迅和胡适等作家，他们的理论研究将妇女解放问题作为批判封建礼教、封建伦理道德的核心问题。这些启蒙思想家倡导妇女的平等人权，关注妇女的参政权、教育权、婚姻自主权等，尤其关注妇女的经济解放与性解放问题。五四运动时期的启蒙者深刻认识到经济独立对于妇女解放的重要意义，鲁迅一针见血地指出如果没有经济能力，那么“娜拉出走”之后面临两种结局，一是堕落，一是回来；因为“钱——高雅的说罢，就是经济，是最要紧的了。自由固不是钱所能买到的，但能够为钱而卖掉。”[①] 此外，贞操问题也是五四运动时期启蒙者着重讨论的问题。胡适在《贞操问题》一文中批判了只要求女性守节的片面贞操观，“贞操是一个‘人’对另一个‘人’的一种态度。因为如此，男子对于女子，也该有同等的态度。”[②]

伴随着五四运动的“民主自由”“个性解放”“婚姻自主”等启蒙主义口号，

① 鲁迅:《解剖我自己》，崇文书局2019年版，第126页。

② 胡适:《人生有什么意义（大家散文文存精编版）》，江苏文艺出版社2018年版，第119页。

一大批女作家如陈衡哲、冰心、冯沅君、庐隐、苏雪林、凌叔华、石评梅等，通过手中的笔将女性的恋爱、婚姻、人生等问题书写出来，发出女性自己的声音，从而形成了中国现代女性文学创作的第一次高潮。五四运动时期女作家的创作自觉融入了人的解放、自由平等、反封建压迫等时代命题，显示出鲜明的启蒙文化特色。

首先，五四运动时期的女作家都具有性别平等意识。冰心以问题小说的形式来提倡男女平等。她的《庄鸿的姊姊》《两个家庭》《斯人独憔悴》等小说，或剖析家庭中重男轻女现象，尤其是女子教育被忽视的问题；或明确指出女子未接受教育而产生的严重后果，强调女子应有与男子同等的受教育权利。其次，五四运动时期女作家踏上文坛时正是青春年少，恋爱婚姻是她们无法回避的问题，因此，五四运动时期女作家的作品几乎不约而同地从最能体现女性性别意识和女性人格的婚恋题材入手，在作品中宣扬恋爱自由、婚姻自主，肯定女性追求爱情的权利，坚决反对“父母之命，媒妁之言”的包办婚姻，表现了五四运动四期女作家强烈的叛逆精神。冯沅君的《旅行》《隔绝》《隔绝之后》等小说，以伤感的笔调写出了女性在抗争旧的婚姻制度、争取婚恋自由方面所做的努力。在这类小说中，爱情已不单单是一种情感，而成为一种至高无上的信仰，成为一柄刺向封建礼教的利剑，成为时代青年实现自我价值的精神动力。在对爱的追寻与抗争中，女性的自我意识开始觉醒，女性的人格尊严和权利得以捍卫。不过，五四运动时期女作家虽大胆言爱，但强调的主要是爱情中的“灵魂”，而回避爱情中的“肉体”，这说明这一时期的女作家还未完全摆脱传统道德观念的影响。再次，伴随着生活阅历的增加，五四运动时期女作家很快发现，走出家庭的女性的生存空间依然低矮狭窄，男权社会中两性间的不平等现象依然存在，即便实现了恋爱自由、婚姻自主，新女性离理想中的幸福生活依旧遥远。庐隐的《蓝田忏悔录》《前尘》《胜利以后》《何处是归程》等作品，揭示了当走出家庭的新女性面对根深蒂固的封建礼教遗存和无所不在的男性中心意识时，她们的困惑、迷茫。最后，五四运动时期女作家创作了大量书写女性情谊的作品，以同性结盟的姿态来反对封建礼教对女性角色的限定。这种同性情谊既有女性间真挚的友情，也有同性恋情。庐隐、石评梅、陆晶清作品中触及女性友谊的内容比比皆是，如庐隐的《海滨故人》《寄一星》《海滨故人》、石评梅的《寄海滨故人》等。由于觉醒的五四运动时期女性普遍感受到梦醒后无路可走的悲哀与孤独，故而，同性情谊让她们结成同盟，以此对抗男权压迫及承载生命中难以承受之重。同性情谊发展到极端便成为同性恋爱，如庐隐的《丽石的日记》、凌叔华的《说有这么一回事》等。五四运动时期女作家以宽容的心态来看待同性恋情，并不把它当作变态心理，这既体现了那个价值重建时代的思想自由，也反映了女性刚踏上解放之途时的特殊心态。

二、20 世纪 30—40 年代的中国女性文学

20 世纪 30—40 年代是中国女性文学的发展期和变奏期，在社会动荡、阶级矛盾加剧、民族战争等多灾多难的环境下，“革命”与“救亡”压倒了“启蒙”。一方面，女作家从五四运动的青春激情中走出，将对女性命运的思考融入对国家、民族命运的思考之中，将女性性别意识与政治意识、阶级意识及民族解放意识交织在一起，形成了这一时期女性文学的鲜明特色。另一方面，生活在上海沦陷区的张爱玲、苏青，则以主流外的写作姿态呈现了女性写作的另一种面貌，即关注女性的日常生存状态和内在心理，审视人性的弱点与痼疾。相比较五四运动时期的女性文学，20 世纪 30—40 年代的女性文学呈现出更加多元化的、成熟化的风貌。这一时期女作家数量众多、风格多样，既有沦陷区书写都市传奇的女作家，也有解放区高扬民族意识、革命意识的女作家。她们分布于各个地区，分属于各个流派，无论是在文学追求上，还是政治信仰上，这些女作家都不相同，但都以其女性思维方式，感受生活、反映生活。此外，中国现代文学史上重要的女作家大都出现于这一时期，如丁玲、萧红、张爱玲等。

这一时期的女性文学不再规避女性情欲，而是予以正视并大胆书写。在丁玲的早期创作中，其大胆揭示了女性隐秘的欲望，突破了女性欲望写作的禁区，体现了强烈的女性意识。在成名作《莎菲女士的日记》中，莎菲的苦闷更多来源爱情选择的两难，尤其是对于凌吉士，莎菲处在理智与情感的矛盾之中。莎菲虽然明白凌吉士“高贵的身体”里安置的是一个卑劣的灵魂，但仍然抗拒不了对这一身体的爱慕、思念与欲望。在《庆云里中的一间小房里》，丁玲拂去了蒙在女性身上的衣纱，还性以生命的本真，背弃传统的道德标准，仅仅从生存角度来透视阿英的欲望世界。20 世纪 40 年代的苏青同样肯定女性的身体欲望，在苏青看来，身体欲望同吃、喝、睡眠一样是人的正常生理需求，所谓“饮食男女，人之大欲

存焉"[1]，苏青对欲望的肯定建立在世俗价值观的基础之上。相比较之前的女作家，对于女性的身体欲望，苏青毫不遮掩，甚至专门写文章谈性。而在欲望表达的大胆与直白上，她比丁玲走得更远。例如，在短篇小说《蛾》中，女主人公赤裸裸的呐喊可谓惊世骇俗。

这一时期的女性文学关注底层民众生活，融入时代的宏大主题。与五四运动时期相比，此时期女作家的创作一改昔日女儿情怀，由抒写自我转向书写社会、大众，将女性本体问题融入民族、阶级解放的洪流之中。相比五四运动时期创作对象以青年知识女性为主，这一时期女作家创作关注社会底层妇女的疾苦，书写她们的悲惨命运。罗淑的《生人妻》反映农村的"典妻"陋习，细腻地描绘了女人的心理变化；冯铿的《贩卖婴儿的妇人》、葛琴的《一个被迫害的女人》等均揭示了底层女性的生存悲剧；萧红的《王阿嫂的死》《生死场》《牛车上》等揭示了下层劳动妇女的痛苦生活，这种痛苦既来自阶级压迫、民族危机，又来自夫权的暴虐、疾病及生育问题等。随着20世纪30年代革命文学的兴起，这一时期的女作家同样以满腔热情书写革命的女性与女性的革命。丁玲的《韦护》《一九三〇年春上海（之一）》、《一九三〇年春上海（之二）》等，属于典型的"革命＋恋爱"题材。白薇的《打出幽灵塔》《炸弹与征鸟》中的女主人公将革命视为拯救自己及拯救社会的手段。谢冰莹的《从军日记》《一个女兵的自传》，以自身的经历为素材，创作了现代文学史中英姿飒爽的女兵形象。20世纪40年代，部分女作家以救亡为主题，抒写民族悲歌与女性情感，作品包括罗洪的《践踏的喜悦》、赵清阁的剧作《潇湘淑女》《花木兰》等。

这一时期的女性文学关注女性的生命本体，注重书写女性经验。对女作家而言，源自生活的感性经验是她们观照自我与世界的一个基本出发点，并以此构建了女性独有的写作方式与创作基调。20世纪30—40年代女作家对生命本体的感悟、对生育苦难的描述，都以女性经验的形式呈现出来，体现了女性主体精神的成长。作为一位感性的体验型女作家，萧红与当时的文学主潮保持了一定的距离，她从性别感受出发，指出女性的苦难不仅来自民族压迫、阶级压迫，更是来自性别压迫。如果说《生死场》里的男人是受压迫的奴隶，那么女人则是奴隶的奴隶，小说中的金枝、月英、五姑姑的姐姐，她们生活在深渊之中，而她们所受的伤害

① 文心工作室：《优雅的汉语·中文经典100句：礼记》，上海三联书店2019年版，第200页。

更多来自与她们朝夕相处的男性。萧红看到了在男权社会的层层重压下，女性不仅受到来自外在的有形及无形的诸多压迫，还需要承担女性自身的身体苦痛，生育成为萧红作品中反复呈现的女性身体经验。《生死场》第六章《刑罚的日子》中，萧红集中再现了女性生育的惨痛与血腥画面。

这一时期的女性文学关注人性的复杂、多元，审视女性自身弱点。20 世纪 30—40 年代的部分女作家将创作目光聚焦人性，通过对人性的开掘与叩问，揭示现实生活与人性真相。与萧红一样，20 世纪 40 年代，张爱玲的创作也远离社会主潮，张爱玲关注大时代中世俗男女的小情小爱，尤其是在这“旧的东西在崩塌，新的在滋长中”[①] 的时代里，那些思想与情感还停留在过去的女性，她们的惆怅、悲惨与哀伤。张爱玲一方面无情地鞭挞男性中心主义，揭示男权社会对女性的压迫，这种压迫使得女性的生命被异化，成为绣在屏风上的鸟、[②] 玻璃匣子里蝴蝶的标本[③] 及冰箱里的一尾鱼[④]；另一方面，张爱玲也看到了女性骨子里的依附性，嘲讽女性甘愿为奴的弱点。张爱玲笔下的多数女性，不管是受过教育的还是未受教育的，不管是新女性还是旧女性，她们都有一个共同的身份——“女结婚员”，即将结婚作为自己的职业，嫁与经济上可以依赖的男人，哪怕彼此没有感情，哪怕只是一桩交易。女结婚员们为了男性而存在，既没有独立的生存能力，也没有独立的自我意识。张爱玲以婚恋为切入点，凝视女性苍凉的生存处境，正视女性的精神弱点与心理痼疾，体现了女性主体意识觉醒后的成长。

总体而言，20 世纪 30—40 年代的女性文学所呈现的自我情欲意识、社会参与意识、女性生命意识及女性自审意识等，都较五四时期更为丰富与成熟。

三、20 世纪 50—70 年代的中国女性文学

中华人民共和国成立后，战争时期形成的文化规范进一步影响着文学创作。女性文学在原来政治、文化一体的背景下，形成了较为单一的调式，性别意识逐渐萎缩、消解，女性文学创作进入了低潮期，性别意识也随着女性文学创作的低潮而逐渐瓦解、消融。中华人民共和国的成立在一定程度上提升了女性的社会地

① 王春鸣:《 芬芳的独唱》，学林出版社 2004 年版，第 131 页。
② 庄秋水:《 风入罗衣：中国文学中的服饰与人情》，文汇出版社 2009 年版，第 138 页
③ 月下:《爱恨不如期：遗世独立张爱玲》，中国友谊出版公司 2012 年版，第 162 页。
④ 张均:《 张爱玲传》，文化艺术出版社 2006 年版。第 109 页。

位，一方面，女性的选举权、教育权、财产权、婚姻自主权等都受到了法律的保护；另一方面，当时的口号是“妇女能顶半边天”“男女平等”，在这一时代背景下，被解放的妇女成为一个个中性化花木兰。花木兰这一女扮男装的女英雄，成为那个时代社会意识形态中关于女性的重要镜像。女作家和男作家一样，怀着强烈的政治自豪感，讴歌党的英明领导，书写新时代的美好生活，如草明的《火车头》《原动力》《乘风破浪》、陈学昭的《土地》、丁玲的《跨到新时代来》、白朗的《为了幸福的明天》、葛琴的《女司机》、江帆的《女厂长》等，他们在这些作品中塑造了很多新型的女性形象，这些有着强壮体力、粗犷豪迈性格及火热工作热情的女性，冲破“男主外、女主内”的思想束缚，纷纷从家庭走向社会，这成为这一时期女性文学表现家庭生活的主要模式。

这一时期的女性文学展现了革命战争中女性的成长及动人情感。革命战争题材是这一时期女作家创作的主要题材之一，不过女作家一般不对战争本身做过多正面书写，而是注重书写战争过程中的各种情感，包括友情、亲情、爱情等。杨沫的《青春之歌》讲述了小资产阶级知识分子林道静的成长历程，小说将革命、爱情与青春相结合，将身体成长与思想成长、个人情感与革命主题相融合，形成新的“革命＋恋爱”范式。值得注意的是，林道静的成长过程是与她在三个男性——余永泽、卢嘉川、江华之间的选择过程同步进行的，而这三个男性均是以拯救者、引导者的身份出现在林道静的生活中，林道静对他们都投以仰视的目光。一方面，林道静对爱情对象的选择建立在政治正确的基础之上，通过情感的选择来体现主人公在政治及性格方面的成长；另一方面，男性始终作为女性的拯救者与引导者，这既沿袭了20世纪30年代“革命＋恋爱”的书写模式，同时也体现了女性意识的一种倒退。此外，女性作家对战争的描写注重表现动人的情感及抒情的格调，茹志鹃的《百合花》就是这一时期的代表作。小说以战争为背景，讲述了部队一个年轻的通讯员与一个过门才三天的农村新媳妇之间圣洁的情感交流的故事，谱写了一曲爱情牧歌，赞美了人与人之间纯真美好的情感，营造了一种清新俊逸的抒情基调。另外，刘真的《长长的流水》《我和小荣》、菡子的《万妞》等小说也都充满着温馨情感与抒情色彩，体现了女作家的创作特色。

这一时期的女性文学在一些“潜在写作”中透露出潜隐的女性意识。尽管20世纪50—60年代性别感受的表达处于压抑状态，但女性创作中仍有大胆表露内心情感之作，只不过是以“潜在写作”的方式存在罢了。诗人林子在1958年曾写下一组情诗《给他》，不同于女性对情爱表达的含蓄，大胆直率地表白热烈的情感。不过诗人的女性立场受到男性本位审美传统的潜移默化的影响，体现了女性意识的杂糅性与不彻底性。“文革”时期“白洋淀诗群”中的一些女诗人构成了这一时期“潜在写作”的重要组成部分。这一诗群中，赵哲、周睡的诗歌突破当时政治话语与阶级话语的束缚，以诗歌袒露女性内心的感受与体会，赋予诗歌感性的艺术魅力。另外，女诗人张烨“文革”时期写有大量爱情诗，如《怀念——给已故情人》《初恋的冷》《你的心走进了我心灵的门》《彗星》等，这些诗歌以独特的女性经验，书写各种微妙、细腻的恋爱感受，真切动人。这一时期另一位女诗人灰娃的创作也值得重视，灰娃是在年过不惑且精神几近崩溃的状态下开始写诗，她的诗歌从来不是为了发表而创作。灰娃潜在的诗歌创作，超脱于政治时事，以自己独特的方式拒绝时代，从而进入到深邃、复杂的诗歌世界，带给人非同寻常的艺术感受。

四、20世纪80—90年代的中国女性文学

20世纪80年代以来，女性文学创作进入到又一繁荣期。一方面，女性创作与时代文学主潮同步，女作家的文学作品成为文学潮流的组成部分；另一方面，女作家的创作又游离于时代文学主潮，努力寻求并发出女性自我的声音。

这个时期以来的女性文学观照女性生存现状，书写性别意识困惑。受到压抑和桎梏的人性得到解放，女性以新的独立姿态走出自己的房间，女性意识得以复苏，女作家开始大胆呼唤理想爱情及女性独立意识。舒婷的《致橡树》是这一时期表达女性爱情观的代表作。“我必须是你近旁的一株木棉，作为树的形象和你站在一起。”① 诗歌通过对男女两性比肩而立、各自独立而又深情相对的理想爱情的赞颂，宣扬了一种平等的爱情观及女性独立意识。《双桅船》则进一步彰显了女性的自我意识，提倡女性应勇敢追寻自我，不被风浪击倒。另外，张洁的小说《爱，是不能忘记的》，率先进入中华人民共和国成立以来长期被视为文学创作禁区的爱情领域，讲述了没有爱情的婚姻的不幸及没有婚姻的爱情的痛苦，表达了对理想爱情及婚姻的渴求。

① 中国作家协会诗刊社：《中国新诗百年志 作品卷 下》，中国工人出版社2017年版，第4页。

不过，当女性在男女平等观念的号召下参与社会生活后，她们为了要同男性一样成为事业上的强者，往往会忽视自身的性别属性。于是，从外在形象到内在气质，女性都有了一种雄性化的倾向。张辛欣的《我在哪儿错过了你》讲述了一个女售票员兼剧作家，由于生活现实所迫，她不得不戴上男性的面具，并因此错过自己心仪的对象的故事。小说借由社会与男性对女性要求的错位来质疑“男女都一样”的性别平等观念。与此同时，一些步入婚姻的女性，事业和家庭的双重担子都压在她们身上，在事业上，她们争当“铁姑娘”；在家庭中，她们要当“贤内助”，这种双重角色与压力让很多女性不堪重负。谌容的《人到中年》、张辛欣的《在同一地平线上》等小说揭示了女性的两难处境。

这个时期以来的女性文学热衷解构男权中心霸权，建构母系文化谱系。如果说新时期早期的女性小说，如张洁的《爱，是不能忘记的》、王安忆的“雯雯系列”等还出现过理想的男性形象，这之后，不少女作家作品中男性形象轰然崩塌，取而代之的是对男性的“去势化”书写。从《方舟》开始，张洁小说中的男性形象由理想转为丑陋，如《方舟》中的白复山、魏经理，《七巧板》中的谭光斗，《祖母绿》中的左葳，《红蘑菇》中的吉尔冬，《无字》中的顾秋水、胡秉宸等，这些男性形象大多自私卑鄙猥琐无能，缺乏责任感，借此表达了张洁对男性的极度失望。铁凝的“三垛”系列（即《麦秸垛》《棉花垛》《青草垛》）及《玫瑰门》等作品，以鲜明的女性主义立场，揭示了男权压迫的无处不在及女性多种形式的抗争。《玫瑰门》既是“女性之门”，也是“生命之门”，小说中的女性多是生活的强者，而男性却往往自私自利、懦弱无能，如庄家三代男性。铁凝在创作中通过对男性进行“去势化”描写来实践女性主义的创作主张。另外，池莉的小说也通过一套叙事策略来拆解男性霸权机制，如《小姐你早》《云破处》《生活秀》等。在这些作品中，池莉通过塑造一个外表看似符合男权社会期待、内心却潜伏强大颠覆力的女性，让道貌岸然、有权有势的男性，以及男权社会的游戏规则最终土崩瓦解、彻底失败。此外，徐坤的《狗日的足球》《遭遇爱情》《厨房》等作品以一种反讽与调侃的笔调，无情地拆解当时文化语境中诸多的“男性神话”。

女作家在拆解男权中心文化的同时，亦试图建立女性乌托邦及母系文化谱系。张洁的《方舟》中三个独立自强的女性梁倩、荆华、柳泉，她们都经历了婚姻家庭的不幸，她们用自己的力量向以白复山、魏经理、刀条脸为代表的男权社会进行反抗，在这反抗过程中，三位女性相互安慰、帮助、取暖，试图建立属于女性的“诺亚方舟”。同样，池莉的《小姐你早》中三个受伤害的女子结成姐妹联盟，报复男权社会并积极面对生活中的不如意。王安忆的《弟兄们》探讨的则是没有婚姻、家庭、性爱的纯粹精神关系可否维持女性情谊的问题。小说讲述了三位寻找精神独立的女性在大学校园生活中互相鼓励，唤醒真实的自我的故事。但毕业后这种纯粹精神的女性关系被迫中断，并最终在妻性和母性的夹击下溃败、解体。这一时期的女作家往往以女性为主书写一个家族的历史，通过对女人或母亲的审视，改写并完成对男权文化的解构及对女性自身的审视。

新时期以来的女性文学关注女性内在欲望，大胆书写女性身体体验。20世纪80年代中期以来，一些女作家对传统女性写作禁忌予以突破与颠覆，从而完成了女性叙事视角的转折，即由对外部处境、女性命运的关注转向对女性生命本体、内在灵魂的探索。20世纪90年代以来，陈染、林白、海男等作家更是通过对女性身体经验的书写来展现作为性别个体的女性存在，呈现出鲜明的个人化写作风格，即以私人生活经验和情感体验作为文本叙述的中心和重心，大胆揭示女性的身体经验、情绪感受、精神臆想等。“个人化写作”的主要特色有：一是“自序传”的叙事方式。陈染、林白的小说多以第一人称“我”或一些反复出现的具有浓厚作家色彩的人物来表达女性个人独特的生活体验和精神状态。二是人物精神世界的孤独感。孤独作为一种弥散性的情感体验反复出现在陈染、林白等的笔下，如黛二小姐、倪拗拗、肖濛、多米、七叶等，这些人物身上呈现出来的孤独感，折射了一个时代知识女性的生存焦虑与情感孤独。三是大胆的女性身体书写。陈染、林白等女作家以身体和性作为探索人性、两性关系及女性奥秘的重要途径，以创作践行西方女性主义有关躯体写作的理论观点。四是书写同性之爱。在陈染、林白的不少作品中都有关于同性之爱的描写，陈染、林白笔下同性之爱的书写更多体现的是抵抗男权统治秩序的一种策略。

这个时期以来女性文学呈现多元创作局面。既有关注日常生活叙事的新写实小说，以池莉、方方为代表，她们关注底层人物的日常生活和情感体验，以世俗性、庸常性、琐碎性来解构爱情婚姻的神话，又有借鉴西方现代主义的先锋文学，以刘索拉、残雪为代表，刘索拉的小说《你别无选择》《女贞汤》等都富有一种超现实的张力与荒诞，在超现实的叙述中体现作家的女性主义立场。残雪的小说世界同样是怪异的、荒诞的，她在作品中构建了一个非理性世界，在这个非理性世界里展现女性的生存境遇。此外，这一时期女性文学既有关注乡村生活的乡土文学，如迟子建、孙惠芬的小说创作，迟子建以女性特有的悲悯情怀表现东北黑土地上的朴素人生，尤其对乡村女性命运的书写，体现了迟子建独特的女性观，即在赞颂女性存在的尊严与高贵同时，也包含对男性的宽容与理解，如《逝川》《亲亲土豆》《白银那》等，又有讲述都市女性生存经验的都市文学，这类文学包括太多女作家，如王安忆、张欣、陈染、林白、卫慧、棉棉等。可以说，都市女性的生存状态构成这个时期以来女性主义写作的关注焦点。都市已不再是一个地理性存在、一个人物及故事发展的空间，而成为一种文化存在渗入文本叙事及女性的生存经验中。王安忆的《长恨歌》以女性视角来书写上海这座城市的历史；张欣的《爱又如何》《掘金时代》等一系列小说讲述了女性与都市之间的种种纠缠。

20 世纪中国女性文学从五四运动时期的呐喊声中起步，经由 20 世纪三四十年代革命与救亡主题的发展、变奏，再到 20 世纪五六十年代政治话语的压抑、消解，直到 20 世纪八九十年代女性话语的复苏、繁荣。在经历了百余年的艰难探索后，中国女性文学终于走向成熟、多元与深邃，并为 21 世纪女性文学的繁盛发展奠定了良好基础。

第二章 1917—1927 年女性文学创作

作为中国历史上第一次大规模反帝反封建的文化运动，五四运动犹如一声惊雷，震醒了无数仁人志士，使得中国现代文学史上涌现一大批优秀作家。与此同时，随着五四运动的开展，解放个性与平等自由的理念在女性群体中广泛推广，被传统封建主义思想压抑了数千年的女性自我意识觉醒了。女性开始争取自己作为人、作为女人应有的权利和待遇，并希望整体提高女性的社会地位。在男性中心主义的压迫下卑懦地生活了这么久，女性的反抗意识强烈且动力十足，积压了几千年的愤慨随着五四运动的发起而喷涌而出。女性一改缄默的形象，将自身的不甘与期望都付诸在行动中，为女性的崛起拉开了历史的序幕。本章节主要对冰心、庐隐、冯沅君、凌叔华四位女性作家的文学创作进行了全面的论述。

第一节 冰 心

一、问题小说

毋庸置疑，在中国现代文学史上，冰心的文学地位非常高。她的价值不仅体现在对“问题小说”这一流派的促成，在五四运动时期，冰心虽然提出了当时青年人面临的实质问题，但是那些诸如新旧家庭传统、家庭矛盾、军阀混战、人生存的价值等问题也被很多学者关注并探讨，冰心只是众多写问题小说的作者之一，与其他学者没有更深层次的差异。针对她脱颖而出的原因，我们应该从她的实际创作方面去探究。

第一，整个五四时期都流传着冰心的问题小说。可以说，从 1919—1925 年整整六个年头，她都一直以问题小说来表达自己对于人生和社会诸多问题的思考。王统照、陈衡哲、汪敬熙、杨振声等人也都创作过问题小说，但都未曾有过持久的关注与一以贯之的热情，多是偶尔为之或中途转向。而冰心的问题小说创作数量最多、影响最大。

可以说，冰心在 1919 年到 1925 年这六年间，一共发表了二十多篇小说，包括《两个家庭》等，每一篇都是围绕着问题来阐述，都属于问题小说的范畴。这些小说大都以知识分子为主要描写对象，而作者则通过对这些人物和事件的细致刻画，来表达自己对于时代、国家及个人命运等多方面问题的看法。在这些小说阐述的问题中，有很多都是关于五四运动时期知识青年面临的最迫切、最敏感的问题。这些问题往往以其深刻而尖锐、鲜明而强烈的反讽意味成为五四时期文学中一道亮丽的风景线。比如《两个家庭》里讨论的是新式家庭与旧式家庭的传统对比问题;《斯人独憔悴》里探讨的是五四运动时期的家庭矛盾、父子观念冲突问题;《去国》里描述了知识分子报国无门的悲惨一生;《庄鸿的姊姊》探讨女性的家庭身份；童养媳制度在《最后的安息》一书中受到批判;《一个军官的笔记》揭露了军阀混战的荒唐和残忍。冰心虽然具有现实精神，但是对于社会问题的思考不局限于此，而是以全面的、广泛的视角去挖掘社会群体中隐藏的种种弊端，尤其《斯人独憔悴》，是一部难得的直接表现五四运动时期学生运动情况的力作，是一部具有深刻内涵和独特视角的小说。尽管反映实际的深度还有所欠缺，但冰心确实是多方面地、多方位地对社会问题和人生价值进行思考。她的思想与行动，也正是她对社会现实进行深刻思考与审视的结果。虽然冰心对社会问题的探讨大多浅尝辄止，但是作为一个年轻且阅历不多的女性，她的社会主体意识十分可贵，笔触真诚，风格鲜明。正是这种深刻而强烈的自我意识，使得她能够站到时代前列，为自己的人生选择选出明确的方向、作出正确的抉择，从而也就更坚定地投入到革命事业之中去。

纵观冰心的作品，她的文字具有一种吸引力，让人无法抗拒地将目光集中在她身上。究其原因，就是她在问题小说的写作中以简单而严谨的笔触，聚焦女性的身份地位，对人生态度和价值进行了探讨。这些小说大都以知识分子为主要描写对象，而作者则通过对这些人物和事件的细致刻画，来表达自己对于时代、国家及个人命运等多方面问题的看法。通俗地说，这是妇女走出阁、帷幕，热忱地关注人生和社会，具有强烈的入世精神。在这个意义上，五四运动时期女作家的问题小说也就具有了强烈的现代意识和鲜明的女性主义倾向。在封建社会中，妇女生存的空间是极为狭窄的，种种价值标准和生命尺度的确立无不围绕着男性展开，这些都在挤压女性的生存空间。无论是“修身齐家治国平天下”“感时忧世”“拯时救世”，还是“立德”“立功”“立言”“著书”，其预设的价值主体都是男性。这种设定使女性成为被动的客体。即从人的社会层面，抹杀了女性入场的可能性。这种对性别的歧视和遮蔽，导致了女性地位的低下和社会角色的异化。封建社会中的社会分工非常明确且严格，所谓“男外女内”“女子不干政事”，使得妇女在社会生活中处于边缘地位，对社会问题更是无所顾忌。

在封建社会里，讲究“女子无才便是德”，女子舞文弄墨就已经饱受诟病了，更别提探讨社会时事，那是男人的专利。在封建国家里，一切道德观念和伦理道德都以政治制度和法律形式表现出来。传统社会的超稳定状态使道德评判形成定式，使广大女性丧失了各种自我价值实现的可能性，因此，女性自然不能真正走入社会，无法对各种社会事务进行直接干预。自古以来，男人最忌讳的就是妇女干政，人们都把它当成禁区。在这样的历史条件下，一些女子为了生存不得不放弃自己的理想与追求，去做那些不符合她们心意的事情。日积月累，在这荒谬的价值逻辑下，妇女无才就成为高尚的美德。这种为男性所主导的伦理规范和价值体系，在一定程度上超越了现实的政治权力体系。而这一切正好迎合封建男权本位意识，反映了在男权本位文化下，男性对女性的压迫和价值抹杀，而政治对妇女的束缚并没有因为她们的觉醒和自觉而有所放松。在这种传统封建的樊篱中，部分女性的反抗无异于蚍蜉撼树。这种既定的文化设定，驯服了一代代女性的思想，使她们逐渐丧失自我意识，在既定的社会模式中，对社会给予她们的责任和限制逆来顺受。

总而言之，时代与社会生活的大门并没有朝女性敞开，女性失去了很多实现自我价值的机会，她们的自我意识也因此沉睡，无法在社会生活中得到成长和塑造，也就无法靠自己生存独立，依靠男性，成为男性的从属。从这一意义上说，男尊女卑似乎已成为一种历史趋势。更悲哀的是，男性本位文化对性别的攻势和入侵，已经延伸并渗透女性的精神心理和人生的各个角落。这种病态的社会形势的突出表现就是女性“缠足”的陋习，这也在一定程度上证明“男主外，女主内”的传统思想一直根深蒂固地存在。缠足的陋习标志着女性完全成为男性的附属品，这使她们的生命受到更彻底的摧残。而这些都只带来了一种结果，这是把女人永远困在家里，居于臣服地位。因此，女性要想真正走向解放，就必须打破传统的家庭伦理规范和父权制的束缚。然而在现实社会中，居于社会主体地位的一直是男性，男性在一定程度上支配着女性的精神意识，使得女性无法觉醒自我意识而成为独立的个体，实现社会价值。所以，要想使现代女性真正获得独立人格，就必须摆脱传统文化对其产生的影响，即打破原有的父权制思想的束缚，使她们树立起崭新的思想体系。显然，如何打破旧的文化模式对女性的束缚和自我意识对女性的阻碍，这是现代女性在实践精神中获得自我建立的第一要务。所以，要使女性摆脱传统束缚，获得自由平等的发展空间，就必须打破性别分工的桎梏，冲破传统文化对人的性别角色规范。而要想实现这种突破，首先要在话语权上实现女性地位的提升，也就是说，女性不再是一个被束缚在男性中心文化框架下被动地接受着男权统治的他者，而是以一种开放、自由的姿态来表达自己对世界的认识与体验的主体，有了对社会、人生进行自我思考的意识和权利。

二、爱的哲学

初期，冰心的问题小说引起了很大的反响，吸引了众多学者和读者的注意，人们纷纷赞赏其用真诚而简单的笔触对社会问题进行实质探讨。但随着时间的推移，人们对冰心小说的批评声渐渐多于赞赏声。尤其是在冰心提出用“爱的哲学”来解决社会问题之后，人们对这一解决方法提出了许多质疑和批评。有学者因此发现冰心缺乏对人性的深层次认识，没有看到人性存在的意义。茅盾在当时是有名的批评家，他当时作为《小说月报》的主编，对她进行了批判，“软脊骨好人”是他对冰心笔下人物形象的总结。“青年则已认明了这问题的解答靠了抽象的‘爱’或‘憎’到底不成。”[①] 很明显，茅盾对冰心小说的批评确实切中了她的弱点，但这一批判同样暴露出肤浅、狭窄的功利主义文艺观。事实上，要想真正理解冰心的内涵与价值，应把冰心放在五四运动时期的文化语境之中，以一种整体审美的视角去给予真实的诗意关照，这样才能体现出她独一无二、弥足珍贵。

在清政府的懦弱领导下，闭关锁国、自高自大的结果就是西方列强用炮火轰开了紫禁城的大门，在异族的压迫和入侵下，中华民族的新青年发起了五四新文化运动。在此背景下，人的生存成为最重要、最具决定意义的问题之一。在民族

① 唐旭君:《中国现代女性作家创作论》，湖南人民出版社2007年版，第56页。

危急存亡之际，人们首先要做的是学会自我保护。在这一过程中，作为救亡利器的西学自然成为人们关注的焦点之一。因此，启蒙者对西方理念的探究与汲取，虽稍显急功近利，但其形势所迫也是有目共睹。启蒙知识分子在这种特定危机环境下，在功利、理性的维度上，全盘否定了传统文化，并全盘接受西方文化，不加反思和批判。这或多或少地造成了不该有的曲解，例如，在对西方作家进行介绍时就将夏尔·皮埃尔·波德莱尔（Charles Pierre Baudelair）、爱弥尔·左拉等人也一股脑算作写实主义作家。就新文化倡导者们所心仪的西方文明而言，他们主要所指也多是英、法、美繁荣富强的物质文化与民主平等的社会政治，也就是说他们在言说西方的种种文明和科学的时候，多是从物质、政治层面出发的，缺少冷静理性的态度和整体全面的思考，甚至对自我意识和主观意图进行篡改和变形。例如，对于托马斯·亨利·赫胥黎（Thomas Henry Huxley）《进化论与伦理学》的翻译，严复只取其主张“物竞天择，适者生存”[①] 的意思，而忽视了其中关于伦理与进化辩证的思考。也正是基于这种普遍的选择心态与接受心理，在有意或无意的情况下，译者们会对西方文化进行简单的改动或简化。在这种观念支配下，他们的思想往往以“人本主义”为核心来加以表述，并由此形成了自己的理论话语体系。因此，西方文明也在其推广和宣传下，具有精密的外在体制和丰富的内在物质累积。在近代物质文化方面，启蒙者进行了一系列的变革，试图使用西方的政治体制，但是最终都以失败结束，证明西方的体制并不完全适合中国。这为那些写实主义作家提供了参照与警醒，由此，他们在思想文化界达成了共识，开始在精神道德方面竭力提倡创新与变革。但是，相对于过去的知识分子，他们的思想的急功近利有过之而无不及，所以现实表现并没有达到预期的目标。在这种情况下，精神启蒙本身就被异化成一种以“新”“反”“俗”为特征的工具。因此，西方文明输入基本成为一种投机取巧的捷径，而变革思想与精神上的无知与误解，则被以上手段所掩盖，显得含混模糊。就连思想、精神上的教化启蒙等本体性行为，都变得异常功利，最终降格为手段。如果目的降格为手段，不仅不利于启蒙者和被启蒙者，也不利于启蒙本身。目的和手段只能限制在一个极为有限的范围之内，同时还需要我们设置一个相应的防御机制，需要我们用一种主体性的意识和真正冷静的理性对其进行相应的思考和审视。西方文明之所以如此富强和发达，

① 宸冰：《中国家书家训》，辽宁人民出版社 2019 年版，第 279 页。

不仅仅是其制度的精严和物质的丰富，而是在于其民众作为生命主体的创造力的蓬勃和发达，在于其内在精神和意志的自主和自律。他们的商业文明和机械文明，他们的道德意识和民主政治不仅仅来自他们的产业革命，也不仅仅源自他们数百年的启蒙运动，而来自整个西方文明传统的丰厚资源和不竭的进取精神。而这里自然也就离不开被视为西方文明基础的两希文明精神之一的基督宗教精神。基督精神中“众生平等”“博爱”“虔敬”“原罪”“救赎”等一系列观念和思想带给西方文化的影响，不仅仅在人的道德精神和情感意志方面，而且涉及民主政治、社会生产。著名学者马克斯·韦伯就在他的名著《新教伦理与资本主义精神》中论述了西方资本主义的发展和西方新教的种种关系。明确指出，西方的物质繁荣和民主政治不是西方所固有的表征，而是西方文化传统发展的某种必然。由此看来，五四新文化运动时期，在对西方文化进行了解、辨析和引进时，从某种程度上说，那些启蒙先驱们大都只看到西方文化外显的表层，尚未真正认识到西方文化的深层次内涵与精神，甚至对西方文化传统盲目崇拜、错误理解。在当时，西方先进思想文化被作为一种知识体系进行宣传和推广，并通过报刊、书籍等媒体向社会大众传递。而且这一传播和引进方式，还表现出中国人接受外来文化的实用理性自觉，但基于中国人民内心深处的本位意识与保守心态，西方文化的引入也不如预期那样顺畅。因此，他们另辟蹊径，认为要想全面了解西方思想，就必须深入理解西方的基督教哲学，并从这个意义上来认识和把握西方思想。

五四运动时期的知识分子们在面对西方基督文化时往往抱有极大的热情与兴趣，甚至不惜以牺牲自身为代价来寻求它的真意。这些文化先驱们迫不及待地从一个主义的极端奔向另一个主义的极端，抛弃一种学说而笃信另一种学说。虽然他们的状态是亢奋积极的，出发点也是为国为民，但是这种盲目亢奋的状态使他们没有耐心和意识去对所宣扬的文化和精神进行冷静的辨析，不考虑其是否符合中华民族的实际情况，一味照搬，缺乏理性的审视。因此，他们匆忙间把目光投向五四运动时期的基督教及其思想理论研究上来，以为可以弥补当时学术上的不足。但即便像陈独秀这样的人物，对西方的基督文化的了解和介绍也只是浮于表面，未达其内在，缺乏深层次的探索与研究。这种不经判断匆忙引进的文化无法实现那些启蒙先驱们改革、教化的理想目标，导致出现了意料之外的情形，例如，很多人对基督教的思想和理念极为排斥，对基督教的上帝存在论，创造论，神知论和天堂地狱等重大信仰进行了严厉的攻击和批评。而五四运动时期的文学作品，能将西方基督精神艺术真实表达出来的，却是凤毛麟角，这或许可以说是因为当时的作家还没有意识到他们所生活的时代已经发生了很大变化——从传统的封建专制向民主共和转型。客观来说，在体现基督精神要义的五四运动时期的作品中，冰心的理解与感悟比陆志韦、陈梦家、刘廷蔚等人物要更深刻一点，其他人的著作里或多或少地涉及一点基督精神要旨，但是他们的作品本身带给人们的思考和影响都很小，没有引起什么强烈的反响。只有冰心，她毫无疑问是五四运动时期的先驱中最主要的一位。她用虔诚的态度对待基督教义，将“爱的哲学”融入文学作品里，信奉耶稣。在她看来，对“爱的哲学”的思考就是她创作的出发点和归宿，也是她创作的基本方向和动力所在。总的来说，冰心是靠问题小说打入了当时的文坛。但是她没有在建立自我品格与价值的基础上提出问题，而是在选择解决方法方面真正体现出了自身的特殊价值。从某种意义上讲，问题小说的创作目的就是准确的提出问题，引发大家的思考，然后合理地解决问题。它既包含着作家对于现实社会的批判，也包含着对人生的思考。可以说，冰心在众多五四运动时期青年作家中独树一帜的原因，就在于她提倡用“爱的哲学”来解决现实社会问题。虽然她的思想饱受抨击，但仍不可否认她的思想价值。因此，我们应该以更高的视角去理解冰心的问题意识。我们以往受茅盾和其他权威评论家的影响，常常批评她的“爱的哲学”，而恰恰是这张不被认同的“处方”，使她找到了属于自己的特殊文学个性。这不仅表现在她在创作上所追求的超越传统的艺术形式方面，而且还体现在她对待宗教的态度及她的人生观和世界观之中。在更深的层次上，这是她以基督精神及爱之真义虔敬守护生命至上的宗旨及意义，真正从侧面触及西方文化精神的真谛。

当今时代，思想开放活跃，假如五四新文化运动发生在当下，不难设想，冰心的独特光辉将更加耀眼。除了对救国启蒙的一腔热血与积极探索，她必定会开拓新的格局，汲取多元的文化气象，创作更宏大的文学作品。在当时，西方先进思想文化被当作一种知识体系进行宣传和推广，并通过报刊、书籍等媒体向社会大众传递，故冰心的意义与价值不只文学领域优秀小说的产出，更多的是在文化领域上起到了引领启蒙的作用。从这个角度看，五四新文学运动所体现出的正是一种以基督教精神为核心的全新的文明形态。无论基督精神在中国能否得到启蒙和救亡之用，但是，在封建伦理道德的长期压制之下，她都将其当作一种新的精神与信念引荐给人们，为人们拓展眼界、挖掘心灵世界提供了机会，对被压迫的中华民族来说是一种救赎。当时的中国人对精神上的理念都避之不及，一个国家的灵魂深处坚守着既有的偏见，而这种偏见会不会压抑、封锁人们的灵性与值域？这正是我们需要探讨和解决的问题。我们以往对西方文化与传统文化进行借鉴与参考时，常常采用“洋为中用”“古为今用”等方式，并将其奉为金科玉律，实际上，这种方式并没有体现出真正的价值理性，而是带有实用的功利色彩。我们要从历史发展的角度去审视和选择外来文化。广大学者认为，引进西方文化要经过审慎的判断，选取其中符合中国文化思想的部分，并考虑其是否符合中国实际情况，只有这样做才能顺畅地引进西方文化且发挥出其应有的价值。但是这种思想很空泛，没有用发展的眼光去看待问题，还将丧失文化交融所追求的最大价值。事实上，文化是一个复杂而庞大的系统，任何一种外来文化都不是孤立存在的，而是与其他民族或国家的文化发生着广泛的联系，这就使得不同文明之间可以相互交流、吸收和融合。我们现在回过头来看五四新文化运动，不仅无法对文化先驱们的功利选择进行苛责，而且也能在一定程度上理解冰心对基督教文化的接纳与宣扬。冰心的出现，终究在某种程度上为五四新文化运动扩大了格局，丰富了“五四精神”的内涵。综上所述，除了丰富五四新文化运动的文化内涵，引进西方文化的基督教义来启蒙、救亡人民，冰心的价值还在于她那温柔优美的文风诗性，是五四新文化运动文坛上盛开的一朵绚烂的花。

另外，人们在五四新文化运动时期有了自我意识的觉醒，突破了封建思想的桎梏，追求自由平等，那个时代无疑是宣泄个性的反叛时代，五四运动时期文学也就成了当时最具有时代精神特征的文艺形式之一，但是，从整体来看，在五四运动时期的文坛的实际体现方面，主要审美导向仍旧是苦痛焦虑和悲伤忧愁。五四运动时期的文学之所以具有如此巨大的震撼力和吸引力，正是因为它在表现人生情感时总是带有强烈的悲剧色彩，在这种审美激情之中，伴随着责怨与愤怼，不仅有底层人民的愤懑积怨，还有启蒙者的狂妄自傲，以及对苦难生活的绝望之情。应该说，这些都是在中国社会实际中产生的不可避免的社会文化心理。这一社会文化心理，就其核心而言，是爱和恨杂糅在一起的复杂心理状态；是出于一种爱恨交织、复杂交错、互相抗争、剥离不开的状态。在仇视的表象下其实还是一种怨恨，只不过是一种被压抑了的情绪体验而已。但就启蒙者的具体作品而言，在整体焦灼悲凉和痛苦惆怅的气氛中，怨恨成为主调。

在启蒙的过程中，启蒙者往往把这种情绪寄托于自己的启蒙事业上，通过启蒙自身来表达，因此，他的这种心态实际上就成了一种怨恨。不管中国现代文化语境下怨恨的处于何种复杂的状态，本质上都是弱者的心理。怨恨作为一种情感体验方式，它具有非理性和非道德等特点。既是不可挣扎的情态，亦为难以忍受之情态。在这种状态下，人只能通过对自己的行为进行控制来避免悲剧发生，但是，面对客观现实无法轻易改变，只能用强烈的自我抑制来面对它。当个体对客体的认识与评价发生偏离，并导致了自身情感的扭曲和行为方式的异化时，便会使自己处于一种十分痛苦而又无可奈何的境地之中，形成了对客体和自我都否定的非常状态。这种情况下，主体就会表现出一种强烈的仇恨情绪和愤怒情感，并将自己的意志强加于人。在这种情况下，就有了对自己和别人的仇恨与仇视，以及对他人的蔑视和侮辱，甚至是对自身的唾弃和贬抑，这种愤懑情态，使近代启蒙知识分子的作品思想很难被底层群众所接受。这不但影响了启蒙的效果，更是对启蒙者本身价值产生了影响。就是在这愤怼和愤恨的感情废墟中，冰心以“捧花”“挥翅”“笑靥”的心态面临痛苦与黑暗，在众多作家中脱颖而出。她的作品既表现出了一种对苦难和黑暗的反抗精神，也体现了对人的尊严和人格的尊重。这里，我们不应单纯评价冰心缺乏悲剧精神，以及她对中国社会的黑暗缺乏深刻的了解，而应真切地看到冰心面对痛苦与黑暗所表现出来的乐观、超越精神，以及宽广的胸怀。这种真正崇高的救赎姿态就是我们所说的冰心的“爱的哲学”，也就是我们所理解的冰心的崇高的价值观。

第二节　庐　隐

庐隐（1898—1934 年），原名黄淑仪，又名黄英。由于出生那天恰逢外祖母去世，因此，她被母亲认为是一颗灾星，把她交给一个奶妈抚养。也许正是缺乏关爱与温暖的生长环境，使被家庭抛弃的庐隐认识到女性的真实困境，没有背景，没有地位，没有话语权，也没有未来，她体会到了女性的无助与弱小。

从五四新文化运动的大潮中觉醒的庐隐始终以积极勇敢的姿态对抗着漆黑如

铁的社会，她在《今后妇女的出路》一文里大声疾呼：“今后妇女的出路，就是打破家庭的藩篱到社会上去，逃出傀儡家庭，去过人类应过的生活，不仅仅作个女人，还要作人。”[①] 庐隐呼吁女性同胞走出家庭并做一个独立的“人”，这是她对女性解放的清醒认识。她关注女性与封建家庭的抗争，书写女性的爱情和婚姻。庐隐的处女作《一个著作家》写青年男女共同反抗封建婚姻制度，沁芳和邵浮尘真心相爱，但却遭到封建家庭的反对，父母逼迫沁芳嫁给她并不爱的人，最终造成这一对青年男女一死一疯；《海滨故人》写露莎、云青、玲玉、莲裳、宗莹五个青年女性在面对爱情、婚姻问题时的苦恼和焦虑；《前尘》写“伊”回顾恋爱的纠结、痛苦经历。庐隐的婚恋题材的小说一般是披着恋爱的外衣书写人生的苦闷，而且她主要关注的是女性在争取个性解放、恋爱自由后何去何从的问题。

高喊个性解放、婚恋自由的新文化运动虽然解放了一批知识女性，使她们纷纷走出家门，走向社会追求自己作为人的权利，但是新文化运动并未给女性追求自我价值肃清道路。封建势力和传统观念积累了上千年，它们并没有因为一朝一夕的观念更新而轻易瓦解、消逝。刚刚觉醒的女性长久处于封建传统文化当中，在追求个性解放、爱情自由的同时，她们并不能完全摆脱传统道德习俗对女性的束缚，常常陷入一种两难的境地，无法前进也不能后退，无法摆脱这种矛盾心理的女性只能在时代车轮的碾压下苦闷、彷徨。庐隐的成名作《海滨故人》就是一部书写在新时代大潮的感召下勇敢踏入社会、寻求人生理想的女性希望幻灭的故事。露莎、云青、玲玉、莲裳、宗莹这五个情意相投的女孩子，利用假期时间在海边度过了一段浪漫的生活。但是愉快的时光总是短暂的，三年之后，“不解以事的露莎、玲玉、云青、宗莹、莲裳，不幸接二连三都卷入愁海了”。[②] 性格刚强、活泼的露沙深陷“人生到底做什么”这一哲学命题而不能自拔，弄得精神衰颓；同时与梓青的交往也让露沙陷入了苦恼，梓青是有妇之夫，两人虽然彼此相爱，但露莎始终不能突破传统的世俗观念和封建礼教的束缚去接受梓青的爱，他们只能选择精神结合，视彼此为知己，小说结尾露莎不知所踪；一向对世界积极乐观的云青这时候也陷入了恋爱的苦恼，为了父母的意愿而放弃自己的爱人，最后只能过着青灯古佛的隐逸生活；温和的宗莹虽然战胜了父母的包办婚姻和师旭走入

① 庐隐:《庐隐选集（上）》福建人民出版社 1985 年版，第 31 页。

② 庐隐:《庐隐选集（下）》福建人民出版社 1985 年版，第 140 页。

了婚姻的殿堂，但在婚后的生活中却也丧失了自我；富于感情的玲玉和无忧无虑的莲裳也都经历了爱情的痛苦。

这部充满了悲哀、苦闷、愤世、嫉邪的《海滨故人》，是庐隐对接受新思潮而勇敢地迈出家门的“露莎”们出路何在的思考。生活在男性为主体的男权社会，女性长期遭受压抑，她们被束缚在家庭中，除了传宗接代、相夫教子，她们并没有真正意识到自己作为人应该拥有的社会身份和权利。因此，摆脱了家庭的“娜拉”们在踏入社会后是迷茫的，她们根本就不知道自己该如何争取自己的社会身份，面对依然黑暗的社会，她们只能在个人理想与社会现实的矛盾中哀叹生的苦闷。

尽管前途艰难曲折，但五四运动时期的新女性们并不甘心退缩，就像《海滨故人》里宗莹那样，选择反对父母给她安排的婚姻，争取自由恋爱的权利。不过，步入婚姻后的新女性们很快又发现她们走进了另一种束缚之中，婚姻成了阻碍她们获取社会身份的绊脚石，她们又陷入了另一种彷徨、不知归路的境地。宗莹虽取得了恋爱的胜利，最终嫁给了师旭，但婚后的生活并没有预料的幸福。宗莹从父母的家庭走出来却又走进了丈夫的家庭，从父亲的女儿成为丈夫的贤内助，她并没有真正寻求到自己作为女人的社会身份。

不仅仅是宗莹，庐隐自身就面临这样的问题。1923 年受情感的驱使，曾抱定独身主义的庐隐不顾家人、朋友反对，与有妇之夫郭梦良结为夫妻。她认为只要有爱情，便什么问题都没有了，然而婚后的生活却与她设想的婚姻生活完全相反。她忙于琐碎的家庭事务，无法专心地投入到自己的事业当中，于是对于婚姻她产生了困惑：“结婚也不好，不结婚也不好，歧路纷出，到底何处是归程呵？”①庐隐婚后消沉了半年，之后她又继续创作，并将她婚后的矛盾心理和生活体验诉于小说之中。《胜利以后》中沁芝写信给朋友琼芳诉说结婚之后的苦恼，她们都曾为了婚姻自主而与家庭进行过艰辛的斗争，胜利之后，“依旧是苦的多乐的少，而且可希冀的事情更少了”②。本以为结婚以后人生的大问题算解决了，但既不善于管理家庭琐事，又无力兼顾社会事业的她们成了“高等游民”。另一篇小说《何处是归程》也是对女性婚后如何寻求独立人格的拷问。已经为人妻、为人母的沙

① 庐隐：《庐隐选集（上）》福建人民出版社 1985 年版，第 313 页。

② 庐隐：《庐隐选集（上）》福建人民出版社 1985 年版，第 293 页。

侣每天都如走马灯似的忙着家庭琐事，结婚、生子一切平淡的事情，事业、志趣都成了生命史上的陈迹。所以在分歧的人生路上，沙侣只能不停地追问“歧路纷出，到底何处是归程呵”[①]。沙侣的疑问不仅是作者的疑问，同时也是那个时代走出家庭的女性的疑问。五四运动那个时期注定不能为女性提供更为自由的空间，她们的解放永远只是踏着一个“魔圈”回到原地。庐隐意识到了这个问题，但她给不出答案，她能做的也只是向她们不甚了了的男权发出了她们微弱但是反叛的嚎叫。[②]

第三节　冯沅君

一、冯沅君简介

冯沅君（1900—1974 年），原名冯恭兰，后改冯淑兰，原籍河南省唐河县。与冰心、凌叔华相似，她同样出身于一个官僚家庭。其父冯树侯曾于 1898 年中进士，后出任湖北崇阳县知县。冯沅君从小就获得了良好的传统文化教育，为日后从事文学创作与学术研究奠定了扎实的基础。1917 年她赴京投考北京女子高等师范学校，与苏雪林、庐隐等现代女性作家一同求学；1922 年她以优异成绩毕业，同年考入北京大学，幸运地成为北大历史上第一位女研究生；1924 年 2 月，她用“淦女士”的笔名在当时著名的新文学杂志《创造季刊》第 2 卷第 2 期上发表了处女作《隔绝》。尔后，在多种报刊上都有作品发表，后汇成《卷葹》《劫灰》《春痕》三部小说集，在当时引起了文坛广泛的关注。鲁迅先生曾将其《卷葹》编入《乌合丛书》之中，并给予了较高且十分中肯的评价。五四新文化运动后，她逐渐淡出文坛而潜心于学术研究，与丈夫陆侃如共同致力于古典文学研究，有《中国诗史》《中国文学史简编》等成果问世。20 世纪 30 年代她赴巴黎大学求学，后历任武汉大学、山东大学等高校教授，于 1974 年病逝。对于冯沅君，苏雪林曾认为：

① 庐隐：《庐隐选集（上）》福建人民出版社 1985 年版，第 313 页。

② 孟悦、戴锦华：《浮出历史地表：现代妇女文学研究》，中国人民大学出版社 2004 年版，第 24、39 页。

"她是一个在故纸堆中讨生活的人物，与文艺创作是无缘的。"① 这显然是偏颇之论，冯沅君的创作数量虽然不多，但却在中国现代文学史上有着不可被忽视的意义与价值。

二、冯沅君的创作主题

作为现代女性作家的代表，冰心关注爱的哲学、凌叔华精心营构诗性意境、庐隐传递时代与个人的哀愁，冯沅君与她们不同，她执着地表现爱情的神圣纯洁。从她进入文坛之始的《隔绝》到逐渐退出文坛时的《春痕》，其创作主要围绕五四运动时期男女自由恋爱、自主婚姻的斗争与追求这一主题展开，即如沈从文在《论中国现代创作小说》中所论："用有感情的文字，写当时人所朦胧的两性问题，由于作者的女性身份，使作品活泼于一切读者印象中，到后就有了淦女士。"② 而在冯沅君这些关注爱情的作品中，最为引人注目的当属被众多研究者反复肯定的《隔绝》《隔绝之后》《旅行》《慈母》等系列小说。《隔绝》中，"我"与士轸的爱情受到母亲的阻挠，母亲将"我"软禁在小屋里，逼"我"与先前择定的刘家土财主的儿子履行婚约。"我"并不屈服，不仅向爱人士轸传信以示自我的坚贞与纯洁，更回顾了往昔在校求学时与士轸相恋相爱的甜蜜与幸福，并勇敢地与爱人相约窬墙潜逃，积极无畏地突破封建礼教为恋爱自由所设置的樊篱。《隔绝之后》是《隔绝》故事的继续，纗华与士轸原本相约半夜潜逃，但因母亲闹胃病，全家忙乱，于是她们也就失去了逃跑的机会。在绝望的情势下，纗华服下了早已准备好的毒药，自杀殉爱，男主人公士轸闻讯赶来，抚尸痛哭，随后也毅然地从袖中摸出毒药，殉情而亡。"恋爱的路上的玫瑰花是血染的，爱史的最后一页是血写的。"③ 这两部作品既是对自由恋爱的礼赞，也是对封建礼教和包办婚姻作出的最为严峻的抗议。《卷葹》扉页上引用温庭筠《达摩支曲》"捣麝成尘香不灭，拗莲作寸丝难绝"，便诗意地表明了讴歌作品中人物追求爱情的主旨。

与《隔绝》《隔绝之后》着重表现爱情的坚贞相比，《旅行》则注重表现爱情的纯洁。两个在校的学生为了"爱的旅行"，"旷了一个多礼拜的课，费了好多的

① 沈辉：《苏雪林文集 第 3 卷》，安徽文艺出版社 1996 年版，第 218 页。

② 徐岱：《边缘叙事：20 世纪中国女性小说个案批评》，学林出版社 2002 年版，第 44 页。

③ 王萌：《禁锢的灵魂与挣扎的慧心：晚明至民国女性创作主体意识研究》，河南大学出版社 2009 年版，第 162 页。

钱”。[1]离京开启了一次浪漫的行旅。于是火车座位中间的行李成了他们的界牌。在旅店中，夜夜同衾而眠的男女之间并无欲望的放纵与肉体的淫秽，而是纯洁无邪、冰清玉洁的。爱情并不是感性、欲望的宣泄或者病态、本能的暴露，而是一种诗意的人类情感，一种圣洁美好的生命咏颂。

在五四运动时期，自由恋爱与婚姻自主不仅成了知识青年的共同追求，也是这一时代文学作品共同表现的一种价值共鸣，胡适的《终身大事》、丁西林的《一只马蜂》、许地山的《命命鸟》等作品无不如此。胡适、丁西林在各自的作品中虽对顽固保守的家长与扼杀自由爱情的包办婚姻有着批判与抗争，但封建落后的家长与追求自由恋爱的父母之间并没有尖锐的冲突与极具张力的矛盾，再加上轻松活泼的喜剧氛围，反封建反礼教的主题显得很是淡薄，既不能给读者以强烈的震撼，也不能代表五四运动时期青年对于爱情自由的强烈渴望与大胆追求；许地山的《命命鸟》对旧式婚姻的控诉虽甚为强烈，但过分强调佛家人生观念的引导，让原本反封建的作品移位于对佛家人生信条的诠释，自然其反封建的力度也就消弭空幻氛围之中。与这些作品相比，冯沅君作品中的男女对爱情的追求无疑要强烈、激进得多，他们不仅勇敢地与封建家庭和旧式礼教抗争，并且喊出了真正能够代表五四运动时期男女在爱情追求上的最强音。即使面对死亡，爱情主体依然毫不退缩，并时刻准备着为了真理主义牺牲。[2]在这里，爱情已经不仅停留在个体情感生活之中，而是成了一种信念，一种信仰。可以说，这其中所蕴含的情感力度与价值信念，才能真正担当起追求个性解放、自由恋爱的“五四时代精神”。

在冯沅君的上述作品中，我们可以清楚地看到，她在表现自由恋爱与自主婚姻时，常围绕爱情之爱与母女之爱的矛盾为轴心展开叙事，甚至这种情形也成为其他作品的一种叙事定式。如《慈母》《误点》《写于母亲走后》都是如此。在男女两性之爱与母女人伦之爱中，作为女儿的女主人公，往往不能轻易取舍，一方面自由爱情能令人生死相许，另一方面母女亲情也让人无法断然诀别。于是，纗华、继之、“我”总是在两者之间彷徨不舍、犹豫不决。纗华服毒自杀之前，在遗书中所写的“阿母！你不要怨我，我也不怨你，破坏我们中间的爱情的，是两

① 钱乃荣:《20 世纪中国短篇小说选集 第 2 卷 1920—1939》，上海大学出版社 1999 年版，第 80 页。

② 钱乃荣:《20 世纪中国短篇小说选集 第 2 卷 1920—1939》，上海大学出版社 1999 年版，第 80-85 页。

个不相容的思想冲突。”[①] 可以说是这种情感的典型表现。在这种情感矛盾之中，母亲不仅仅是封建文化中旧礼教维护者的家长，而且还是自然人伦之中伟大母爱的载体，这样母亲与儿女之间的矛盾便不那么鲜明与截然，而其中的情感也就丰厚得多了。但在另一方面也让具有新进理想与个性追求的青年在旧式家庭中显得有些矛盾，这样纗华她们虽知母亲真正的意图，但却不得不因母爱而回到家中。在慈母的爱中，虽有意离去但又不忍离去的情形，正如鲁迅先生所说：“将毅然和传统战斗，而又怕敢毅然和传统战斗，遂不得不复活其‘缠绵悱恻之情’的青年们的真实的写照。”[②]

三、冯沅君的创作题材

除《隔绝》系列小说外，冯沅君的《潜悼》《贞妇》《劫灰》《缘法》《我已在爱神前犯了罪》也是值得关注的作品。在这些作品中，作者力图拓展其表现领域，题材开始从知识分子个人生活向社会现实转换，客观写实的因素也较先前有所增强。《劫灰》写匪祸横行，给昔日宁静的农村带来的巨大灾难。土匪未来时人们提心吊胆、居无宁日，土匪来时尸骸横陈、满目疮痍，真实地反映了中国农村社会的悲惨与不幸。《贞妇》同样是用写实的笔调，叙写了一个被婆婆和丈夫虐待而后被休回家的农村妇女何姑娘的悲惨生活。文中虽借梦境写出慕风宸对何三姑的毒打与横暴，但作品主旨却不是停留在对恶夫批判的道德层面，而是力图揭示封建贞节观念与伦理孝道对其思想的侵蚀与毒害之深。何姑娘虽屡遭虐待、被休回家、生活贫困、病骨支离，但在婆婆死后依然为其备奠仪、行孝礼，不改愚节、痴情，甚至让残暴的前夫感动并用向来对她不曾用的诚挚、温柔的声调含泪地叫她一声。整个作品以愚节与残忍相对，两者相比较有着深厚的审美张力，使冯沅君的小说可谓别具一格。《缘法》写雄东在自己的妻子玉贞死后，一度因情思悲切而神情恍惚，但在家庭压力与物质的诱惑下，续娶了母亲的侄女三妞。结婚那天，他到玉贞坟前哭得死去活来，没想到婚后几天却是红光满面、得意洋洋。整个作品前部似乎在写封建家长的强横与专制，但结尾处却是新境，将反讽的锋芒直接指向了薄情寡恩、世俗平庸的男性主人公。

① 唐旭君：《中国现代女性作家创作论》，湖南人民出版社 2007 年版，第 77 页。

② 钱欢青、徐征：《风雅济南：济南文学地图》，山东文艺出版社 2017 年版，第 109 页。

与《劫灰》《贞妇》相比，《潜悼》与《我已在爱神前犯了罪》可以说是冯沅君在婚外情上的优秀之作。《潜悼》以男青年“我”对堂兄之妻刻骨铭心的爱为中心，真切而细腻地表现了为伦理道德所不能容忍但又情不自禁的情爱。如果说面对男女之爱与母女之爱的矛盾，冯沅君笔下的人物呈现出了犹豫，那么在这里，她对这种婚外情的描写则有些大胆了。在作品中，她不仅写了闹新房时“我”与堂兄贪婪地争看新娘睡态的娇憨、美丽，而且大胆地叙说在牌局之中可使男女们领略到夫妻以外的性的安慰，可以说是不仅突破了男女界线，而且还有些放纵欲望的因子在其中了。当然，她这部作品并没有堕入对男女性爱的自然主义的描写的泥淖，而是将男女健康自然的性心理与欲望意识予以诗化的表现。特别是在写“我”在牌局中见到堂嫂时所用的句子，更是有一种令人心旌摇动、情迷神醉的美。“你的流盼使我的灵魂顿时兴奋；你的微笑使我的灵魂得到安慰。……你的连娟的秀眉，你的细腻的肌肤，你的柔语，你的巧笑……我鉴赏了你的各式各样的娇态……”[①] 可以说这种自然情欲的表现在诗性语言下毫无淫秽与欲望的渲染，而是一种十分微妙朦胧，但又不涉及基本人伦常理的自然人性、人情美的诗化流露。这在温柔敦厚的冰心与忧郁伤感的庐隐的作品中是见不到的，在无所顾忌的郁达夫与着意表现三角情恋的张资平的作品中也是无法见到的。但这又是真切自然地存在于青年男女之间的一种朦胧、含蓄的诗性情愫，难怪沈从文高度评价她：“能肆无忌惮地写到一切。”并且她“以崭新的趣味，兴奋了一时代的年青人”[②]。与之相似，《我已在爱神前犯了罪》虽是写婚外情，但并没有轻易地越出道德的界限，而是将一个二十多岁的男教师对一个[③]“雪样聪明，小样灵动，明眸皓齿，出尘绝世，如月下白莲似的”女学生萌动的爱情写得诗意葱茏。虽他有所忏悔，但这种忏悔更将此种自然人性表现出了一种淡泊、灵动的自然情韵。

四、冯沅君的艺术表现

冯沅君不仅在创作题材上有着自己的独特之处，在艺术表现上也有着自己的

① 陆侃如、冯沅君：《陆侃如冯沅君合集　第 15 卷　冯沅君创作译文集》，安徽教育出版社，时代出版传媒股份有限公司 2011 年版，第 91 页。

② 乔以钢：《中国女性与文学 乔以钢自选集》，南开大学出版社 2004 年版，第 262 页。

③ 冯沅君、袁世硕、张可礼：《陆侃如冯沅君合集　第 15 卷　冯沅君创作译文集》，安徽教育出版社，时代出版传媒股份有限公司 2011 年版，第 79-84 页。

独特之处。在文艺观上，她强调自我个性的张扬与主观情感的直接表露。她论及艺术创作时说："无人不感到生命的活跃，与环境的压迫、反抗的苦闷，因这苦而发出来的叹息号泣。"① 这显然接近于创造社强调创作主体自我表现的主张，所以冯沅君处女作会被《创造季刊》选中，也似乎在情理之中了。在《隔绝》《隔绝之后》《潜悼》等作品中，她要么以心理独白直抒胸臆，要么以信件的方式倾诉自我，有着浓郁的主观色彩与抒情意味。《春痕》更是如此，整个作品以女主角瑷如写给璧君的五十封信件组成。虽然如许多学者所指出的这个作品不仅在题材上与前面创作有所重复，而且失去了应有的艺术感染力，但其强调主观抒情与直抒胸臆的写作手法却与先前保持着内在的一致。

在强调主观情绪与自我胸臆的表现上，她与庐隐有着较为一致的地方，但是庐隐的愁情更为浓郁，其愁郁所指的是对女性命运归宿的茫然，是女性生命价值指向的虚无，而冯沅君的作品相较而言更为具体与客观。庐隐一味地抒发悲愁情绪，而冯沅君则在悲情之中有着欢快与愉悦。因而她的笔调虽比冰心放纵，却又没有庐隐的悲戚；虽有石评梅的豪气，但又不似她的悲壮。与她们相比，她更似凌叔华，如《潜悼》在某种程度上接近《酒后》，《春痕》类同《疯了的诗人》，诗人与妻子的浪漫情趣又似瑷如与璧君的情意相投、心灵相契。

冯沅君自小就深受古典文化的熏陶，在用词造句，抒情写境上都有着古典文学的情韵与趣味。她常爱好在小说中营造情景交融的意境，如《隔绝》中在花园畅游时的所见之景、所感之情；《潜悼》中橘红色灯光充溢的房间中铺设的景象与春意盎然的人物心理相得益彰。同时，她还喜欢在小说中借用古典诗词来表达情感、抒发胸臆，如《误点》《春痕》中多次的征引，不仅让人物情感得到了切合的表现，而且让作品本身也体现出较为典雅的艺术情韵；有时，冯沅君在用词用语上也十分注重文字的典雅与含蓄，如"高爽澄碧的太空衬着冷光四射的秋阳，仿佛断狱老吏"②，称休妻为"上山采蘼芜"、打牌为"分曹射覆"……当然，这种语句如果太多，在某些地方也会有过犹不及之感，但整体来看，还是为作品增色不少。

---

① 冯沅君、袁世硕、张可礼：《陆侃如冯沅君合集 第15卷 冯沅君创作译文集》，安徽教育出版社，时代出版传媒股份有限公司2011年版，第239页。

② 冯沅君、袁世硕、张可礼：《陆侃如冯沅君合集 第15卷 冯沅君创作译文集》，安徽教育出版社，时代出版传媒股份有限公司2011年版，第43页。

第四节　凌叔华

一、凌叔华简介

凌叔华（1900—1990 年），原名凌瑞棠，笔名叔华、素心等，原籍广东省广州市番禺区。1922 年凌叔华考入燕京大学，大学期间开始文学写作。1924 年凌叔华在《晨报》副刊、增刊上先后发表了一系列表现封建传统束缚女子命运的作品，如小说《女儿身世太凄凉》《我那件事对不起他》等。20 世纪 20 年代中期到 30 年代，凌叔华进入创作的黄金时代，这期间她出版了《花之寺》《女人》《小哥儿俩》三部小说集。

凌叔华的笔调优雅、细致，被称为“新闺秀派”，是五四运动时期具有独特性的女作家。虽然她和冰心、庐隐等一样积极关注时代女性的命运，但由于独特的成长环境和美学追求，她既不像庐隐那样表现现代知识女性在婚姻与事业方面的苦闷，也不似冯沅君那样表现时代女性为追求个性解放而大胆反叛封建道德和传统礼教的故事，更不像冰心、苏雪林她们那样热烈赞扬母爱、追忆母亲，她把目光投注到了那些生活在封建家庭里的旧式少女及高门巨族里的太太们的身上，通过对她们的心理状态和人际交往的描写，表现她们可悲可叹的生活状态。

二、凌叔华的文学艺术

在凌叔华塑造的众多女性人物当中，锁在深闺庭院里的旧式少女最令人难忘。她们虽然受文明开化之风的吹拂，但自幼就接受封建价值观熏陶，早已认同了传统的女性角色，有着一套传统的价值观念，这让她们与深宅大院外的新世界格格不入，并且无法把握自己的命运，从而陷入枯寂无味的惨淡人生。

《绣枕》里的大小姐是一个典型的大家闺秀，她待字闺中，为了讨得白总长的欢心，嫁给白总长的儿子，她听从父亲的命令，用了整整半年的时间精心绣出一对漂亮的靠垫。但不幸的是，曾拆了又绣，足足绣了三次，凝结着大小姐无限希望和心血的绣枕在父亲送去的当天，一个被吃醉了酒的客人吐脏了一大片，另一个被打牌的人挤掉在地上，然后被当作了脚垫子，最后被白家的佣人捡走了靠垫。两年之后，满怀着希望的大小姐才从佣人小妞儿的口中得知绣枕的下落。对于这一切，生活在深闺里的大小姐无法反抗，她唯一能做的只能是默默忍受。在这里，绣枕其实就是女主角自身，她的去留完全由男性来决定，她只能被动地等待，而无法主动把握自己的命运。这对曾经寄托着大小姐对未来美好生活无限向往和希望的绣枕被践踏、被抛弃，不仅是女主角青春梦想的破灭，更是闺房外的男性世界对女性命运的肆意践踏与蹂躏。

《吃茶》里的芳影似乎要比《绣枕》里的大小姐幸运一些。芳影生活在社会风气稍微变化的时代，她不必像大小姐一样终日守在闺房，已经可以参加一些社交活动。但浸润在中国传统文化里的芳影接受的是旧式婚恋观，她理解不了“女士先行”这一外国最平常的礼仪。因此，在接触对她殷勤有礼的留学生王斌时，她误以为王斌对她有情，所以在接到王斌的信时，她腮上立刻热了起来，心里亦跳，等走到内房打开信发现是一张婚礼请帖时，她只能以冷笑掩饰自己内心的创伤。属于芳影的旧的价值体系已经不适应这个变化了的社会，但芳影已经被禁锢在旧有的体系中，她无法抽身，因此，在面临新旧价值体系的冲突时，她只能充当可怜的牺牲者。《茶会以后》阿英和阿珠两姐妹和芳影面临的是一样的问题，她们出入大型社交圈，穿洋装、涂血红的口红，生活在看似很时髦、很现代的文明社会里，但传统的家庭教育却让她们无法理解男女自由交往的外国规矩。对于那些同男朋友那样起劲地说笑的小姐们，俩姐妹一边表示鄙弃，保持距离，另一边却又暗生羡慕之心。她们无法抛弃旧的、熟悉的生活方式，而新的陌生的生活方式又难以融入，因此，她们只能在新旧两种不同的生活方式的夹缝中徘徊、惆怅。

凌叔华笔下这些温婉多情的旧式少女生活在新旧交替的时代，她们的双脚虽然跨出了闺房，但她们的内心依然被禁锢在传统文化里。传统文化铸造了她们温和、顺从的性格，使得她们在面对爱情和个人幸福等重大问题时，不能积极主动地去追求，而只能带着美好的希冀被动地等待。无尽的等待消耗了这些少女青春的同时又让她们感觉到生命的空虚和无聊，于是这些沾染了现代文明风气的少女们在面对外面世界时，只是显露出好奇和艳羡的眼神，她们没有足够的勇气冲破封建礼教的束缚，去追求属于自己的幸福。凌叔华在回头审视这一代几乎被遗忘在历史尘埃里的旧式闺秀时，“无意中表现了我们文化变革关头历史与个人的某种关系，表现了男女平等、妇女解放呼声的一个意识形态性纰漏”[①]。

与深宅大院里的闺阁小姐相比，凌叔华对高门巨族里太太的描绘似乎具有更深的意味。从婚后不久的敬仁太太到拖儿带女的白太太及有福气的章老太太，凌叔华为我们勾画的是一个个平庸、琐碎、毫无个性及追求的女性躯壳。这些女性依靠男性而活，她们没有自身价值和独立人格，相比新时代追求独立自主的女性，她们不仅可鄙，也更加可悲。

《中秋晚》中的敬仁太太是一个旧式家庭妇女，她无法把握自己的婚姻，更不能主宰自己的命运，她把爱情的美满、婚姻的幸福全都寄托在中秋节吃团鸭这一愚昧、迷信的仪式上，最终她成了旧文化可悲的牺牲者。敬仁和太太婚后第一次过中秋节，太太为敬仁精心准备了一顿饱含了她对美好婚姻全部希望的团圆宴，她相信吃过了团圆宴，一年不会分离。但当一切准备停当，他们正要一起吃饭时却接到了干姐姐病危的电话，敬仁急于去看干姐姐而没有吃象征着夫妻团圆的团鸭。太太对于丈夫不吃团鸭一事耿耿于怀，而丈夫则埋怨太太不该让自己吃团鸭耽误了见干姐姐最后一面，于是两个人发生口角，并失手打碎了一个花瓶。敬仁和太太因为中秋节的争吵而心生芥蒂，两人从此貌合神离。敬仁终日在外游荡，听戏、逛窑子，并为了两个姑娘典当了祖遗的铺子。婚后第四年的中秋夜，敬仁已经变卖了家产并离开了太太，到此时，敬仁太太仍旧把这一切归咎于婚后第一年中秋节没吃团鸭及打碎花瓶这件事情上，并认为这一切都是命中注定。敬仁太太是一个彻头彻尾被旧文化习俗熏染的家庭妇女，当夫妻感情失和时，她只能从某种旧文化习俗中寻找原因，并最终在这种自欺欺人的安慰中苟活下去。敬仁太太的遭遇让人感到可笑的同时又令人可悲。

如果说敬仁太太是旧文化习俗的可悲的牺牲者，那么凌叔华笔下另一类像《太太》《送车》中的太太则是新旧文明交替时代中虚荣、庸俗而又不自知的堕落者。《太太》中，凌叔华塑造了一位贪图享乐而又爱慕虚荣的太太形象。这是一位整天只知道出去打牌的太太，她为了赌牌而忽视儿女和丈夫的基本需求。更甚者，为了满足自己的虚荣心，在牌友面前证明自己五十块钱还输得起，她甚至让佣人当掉了自己的灰鼠脊袍子和丈夫的狐皮袍子及一块金表，为此，引起了回家找不到合适衣服穿的丈夫的不满。《送车》则通过白太太与周太太的对话，表现

① 孟悦、戴锦华:《浮出历史地表：现代妇女文学研究》，河南人民出版社 1989 年版，第 77 页。

了她们对自身不再处于优越处境的恐惧心理。这些太太们依附丈夫而活，她们整天无所事事，经常聚在一起说些家长里短的闲话。她们永远在互相攀比，谈论的话题也只限于怎样防止佣人偷懒、揩油和怎样应付孩子的无理取闹等一些鸡毛蒜皮的小事情。这些深受传统女性意识熏染的旧式太太们生活在新旧文化交替的夹缝里，她们根本找不到适合自己的位置。凌叔华毫不留情地挖掘她们的丑态和不堪，表现这些毫无独立人格的太太们小市民式的庸俗和麻木，体现了她对妇女解放时代这一类庸俗而不自知的太太们的忧虑。

除了旧式女性，凌叔华笔下还有一类新式妻子的形象，她们是五四运动时期勇敢争取恋爱自由并且获得胜利的女性。这类女性与所爱的人组成新式的家庭，她们既不像鲁迅笔下的子君因为经济困难而又重新回归家庭，也不像旧式太太们那样麻木、堕落，她们就是《酒后》里的采苕、《春天》中的霄音，以及《花之寺》里的燕倩。

《酒后》描述了一次家宴后，女主人公采苕在酒醉蒙眬之际对醉卧在客厅的子仪产生亲近的念头，并大胆地向丈夫提出想要亲吻子仪的要求，虽然丈夫很不情愿，但最后还是答应了采苕的要求。然而，在采苕走到子仪面前时，她又放弃了亲吻子仪这一想法。《春天》和《酒后》展示了同一主题。《春天》讲述的是霄音因无意中听到一段婉转凄恻的琴声，想起了以前的男友君健，想到他患病并且穷困潦倒，霄音决定提笔写信问候。在这两个故事里，妻子的心目中出现了除丈夫外的其他男性，这些其他男性的出现超越了现实的伦理意义，成为女性寻求自身独立人格和感情空间的象征。

《花之寺》讲述诗人的妻子燕倩发现诗人对家庭生活产生了厌倦的情绪，为了维护婚姻，聪明的妻子以一个匿名女读者的口吻写信给丈夫，约他到花之寺共赏春色。当诗人满怀着热情和激动欣然赴约时，才发现这是妻子与他开的一个玩笑。在小说中妻子以女性第三者的口吻写信给丈夫，把他比作园丁，并说他像甘泉一样浇灌了她这棵小草，使她开出了美丽的花朵。信中的“我”是在丈夫的浇灌下成长起来的，这说明“我”的美丽和价值都是丈夫赋予的。女主人公显然已经意识到自己除了妻子这个身份，还有独立的思想和人格，所以她才以一个他者的身份对信中的“我”进行了戏谑式的反观。

从以上这些小说中我们可以看到，在新式婚姻里，妻子虽然拥有爱与被爱的权利，但她们和旧式家庭里的太太并无差别，她们在家庭里依然承担生儿育女、相夫教子一类的旧式太太的重任。她们由丈夫供养，是丈夫的所有物并处于被动的地位。新式女子一旦被冠以“太太”之名便失去了自主行动的可能性，她们的新观念、新思想在以丈夫为中心的小家庭范围内变得毫无意义。如果想要重新获得自己作为人的独立、自主性，她们必须借助于由她们想象或者编造出来的他者来完成，但这些借助他者获得的自我又只是短暂性的，享受完这短暂性的欢娱后她们依然要回归到自己的家庭角色里。凌叔华借助采苕、霄音及燕倩这一系列新式妻子的形象让我们看到了新式女性对于实现自我独立人格的向往，同时也为我们展示了新式女子实现自我价值的尴尬处境，让我们了解到女性解放之路的艰难。

与同时代的女作家相比，凌叔华的小说在反映时代精神方面相对较弱，但她在展现女性意识时，却比同类作品开拓得要深。从《绣枕》到《中秋晚》再到《花之寺》，我们发现，无论是受传统熏染的旧式少女还是沐浴过“五四新风”的新式太太，这些女性灵魂深处其实都潜藏着传统意识形态对于女性角色的定位。新的思想只激起她们一时的反抗，却不能彻底解放女性，她们一旦发现自己的反抗违背了潜意识的价值规范，便立即退回原地。在这些小说里，凌叔华反思了女性的解放之路，她毫不留情地展露了女性骨子里隐秘的、可悲可叹的乃至封建性的东西，并对她们进行了讽刺和批判。与此同时，她发现在新旧文化交替的时代，女性除了觉醒、叛逆、反抗和出走，更多的是无奈、迟滞和困守。可见，凌叔华将妇女的体验由一个小毛病、一个小呼声发展成了艺术，这恰恰是崭露头角的一代女性能够完成的最大努力，从一定意义上说，她传承了简·奥斯汀（Jane Austen）与凯瑟琳·曼斯菲尔德（Katherine Mansfield）式的风格，这在那个时代女性创作中极为少见。

第三章　1927—1937 年女性文学创作

中国现代女作家创作在 20 世纪 30 年代发生了明显的变化，特定的政治环境和社会环境形成了特定的文化环境，“革命”与“救亡”取代了五四运动时期的“启蒙”。1927 年大革命失败后，社会急剧变动，民族矛盾和阶级矛盾日益尖锐，女作家们从五四运动的激情与想象中走出，思考“娜拉出走”之后的道路。20 世纪 20 年代是五四个性解放的时代，20 世纪 30 年代则进入了社会解放的时代，提出建立“革命文学”的口号，这一时期的女性创作也开始从对个人价值、人生意义的思考转向对社会性质、发展趋势的思考与探索，这一时期文学基本面貌是关于革命文学思潮文学创作。本章节主要对萧红、丁玲、白薇三位女性作家的文学创作进行了全面的论述。

第一节　萧　红

在中国现代文学史上，萧红不仅以她的文字，也以她的生命书写了一曲女性生存的悲歌。萧红的一生都在动荡、漂泊中度过，男权的压迫、女性的苦痛始终伴随着她，而这些都融入进她的创作中。可以说，萧红用自己短暂的生命完成了最具性别自觉的女性书写。

萧红，原名张廼莹，1911 年出生在黑龙江省哈尔滨市呼兰县（今呼兰区）一个地主家庭。父亲张廷举曾投身于五四新文化运动，后成为呼兰区教育界的首脑人物。一方面，张廷举是个顺应时代潮流的维新人物，他在对待萧红上学的问题上态度开明，送其入呼兰城的新式学堂接受教育；另一方面，张廷举骨子里又是个传统的人物，他希望女儿温顺恬静、知书达理，做一个大家闺秀，故而，对女儿的管教非常严厉，与女儿的关系也较为冷淡。这些在萧红幼年的心灵中留下了抹不去的阴影，及至成年的萧红回忆起父亲，印象最深的就是父亲的暴戾、无情。

“父亲常常为着贪婪而失掉了人性。他对待仆人，对待自己的儿女，以及对待我的祖父都是同样的吝啬而疏远，甚至于无情。”[①] 母亲姜玉兰在萧红 9 岁时因病去世，父亲很快续弦，继母和萧红的关系是客气而淡漠的。祖母则因萧红是个女孩，在那样一个重男轻女的社会里也极不喜欢萧红。

如果说萧红的童年还能感受到一丝温暖，回忆里还能有着一抹亮色，那便是祖父带给她的。祖父教童年的萧红背诵《千家诗》，带她在后花园栽花、拔草、锄地、捕蜻蜓、捉蚂蚱，任萧红自在地、任性地玩耍、成长。有祖父的后花园让萧红感受到无忧的快乐，感受到心灵的自由，也感受到关爱的温暖，这与家中的寂寞、束缚与冷漠形成了鲜明的对比。可以说，祖父和后花园成为童年萧红的一种心灵慰藉，也成了成年萧红的永久精神家园，是其一生中最美好、最温暖的时光。正是从祖父那里，萧红知道了人生除了冰冷和憎恶外，还有温暖和爱，所以萧红向这温暖和爱的方面，怀着永久的憧憬和追求。[②]

早年的成长环境、生活经历形成了萧红任性敏感、倔强叛逆的性格特点。萧红中学毕业继续往下求学时，父亲坚决反对，因家里已给她订下一门亲事。受到“五四新思想”影响的萧红，决心效仿娜拉，只身前往北平与表哥陆振舜会合。然而，当陆振舜写信提出离婚要求后，家里断了他的经济供给，两人的生活陷入危机。最终，陆振舜向家里屈服，两人在次年的春节前夕踏上了黯淡的归程。

萧红的第一次出走以失败告终。回到呼兰的萧红，在这样一个闭塞的小城，处境艰难可想而知，周围尽是流言与冷眼，全家也被迫迁往阿城区。在阿城的萧红实际上已被家人看管起来，没有行动的自由，这让萧红在精神上异常苦闷。在被软禁了十个月后，萧红决定再次出走。只不过这一次的出走，让萧红开始了后半生的漂泊生涯，震怒的父亲宣布开除女儿的族籍，而萧红也再没有回过这个家。

出走后的萧红依然没有生存能力，也没有亲朋好友敢收留她，为生计所迫的萧红无奈之下只得接受父亲为她介绍的未婚夫汪恩甲的帮助。萧红与汪恩甲在哈尔滨东兴顺旅馆开始了同居生活。在两人欠下旅馆六百多元后，汪恩甲告知萧红回家拿钱后便一去不返，而此时的萧红已怀有七八个月的身孕，既无处可去，又无力还债，还面临被旅店老板卖到妓院的危险。绝望之中的萧红，用“悄吟”的

① 万燕、李彦姝：《落红萧萧：萧红》，安徽文艺出版社 2009 年版，第 193 页。

② 万燕、李彦姝：《落红萧萧：萧红》，安徽文艺出版社 2009 年版，第 194 页。

署名给当时哈尔滨最有影响力的报纸《国际协报》文艺副刊编辑裴馨园写信求救。裴馨园接到信后很重视，带人到东兴顺旅馆了解情况，之后又托作者萧军去给萧红送书。正是这次见面，开始了他们生命中剪不断、理还乱的爱恨情缘。

哈尔滨的一场洪水解救了萧红，由于旅馆被淹，客人、老板都纷纷逃走，这使得萧红能够搭乘救济船逃离旅馆。不久，萧红临产。由于贫困，产后的萧红放弃了做母亲的权利，将孩子送与他人。可以说，这段经历让萧红遭遇了身心的多重折磨，产子的身体之痛、放弃养育的心理之痛及断绝母子之爱的精神之痛，《弃儿》反映的即是这段惨痛经历。这种痛入肺腑的生命体验，使得萧红在日后的创作中尤其关注女性的生育与死亡，这也成为萧红作品中反复出现的主题。出院之后的萧军和萧红住进俄罗斯人经营的欧罗巴旅馆，在这里度过了一段饥寒交迫、穷困潦倒的日子。这段时期虽然物质生活匮乏，但萧军和萧红的感情深厚、稳定，并且萧红开始了她的文学创作生涯。1933 年 10 月，萧军和萧红自费出版了小说散文集《跋涉》，包括萧军的六篇作品和萧红的五篇作品，萧红的五篇作品为《王阿嫂的死》《广告副手》《小黑狗》《看风筝》和《夜风》。《跋涉》的出版让萧红在文坛崭露头角。1934 年 11 月，萧军和萧红来到了上海——这个聚集了当时中国一大批文艺家的十里洋场。来到上海之后的萧军和萧红，不久之后与鲁迅在内山书店见面了。这次见面，让萧军和萧红百感交集，他们将鲁迅视为自己的精神导师，鲁迅也尽自己的力量帮助和提携这两个年轻的东北作家。1935 年 12 月，萧红的《生死场》在鲁迅等人的帮助下自费出版了，鲁迅亲自为该书作序，指出该书“自然还不过是略图，叙事和写景，胜于人物的描写，然而北方人民的对于生的坚强，对于死的挣扎，却往往已经力透纸背；女性作者的细致的观察和越轨的笔致，又增加了不少明丽和新鲜”[①]。《生死场》的出版，使萧红步入中国著名女作家之林，也奠定了其在中国现代文学史上的地位。鲁迅对《生死场》与萧红的评价都很高，他称《生死场》是“中国女作家所写的最有力的现代小说之一”，并断言萧红“是最有前途的女作家，看来她有可能接替丁玲女士”。[②]

不过就在萧军和萧红逐渐摆脱生存困境，在文坛声名日增之时，两人之间的情感也出现了裂痕。个性强悍粗暴、较为泛情的萧军与敏感脆弱的萧红之间矛盾

① 萧红:《萧红全集：呼兰河传》，北方文艺出版社 2018 年版，第 3 页。

② 黄静:《二十世纪中国女性文学研究》，安徽师范大学出版社 2017 年版，第 101 页。

日益扩大，这让萧红陷入了深深的痛苦之中。《苦杯》便是这一时期萧红表达自己内心的作品：

五

往日的爱人，

为我遮蔽暴风雨，

而今他变成暴风雨了！

让我怎样来抵抗？

敌人的攻击，

爱人的伤悼。①

这组诗歌集中反映了当时萧军和萧红的情感纠葛带给萧红的精神苦痛。为了平复精神上的创伤，弥合与萧军的感情裂痕，萧红决定去日本。在日本期间，萧红创作了小说《王四的故事》《红的果园》《家族以外的人》《孤独的生活》《牛车上》。其中，《牛车上》于 1937 年 5 月出版。

1937 年 1 月，萧红回国。抗日战争爆发后，萧军和萧红随同他人一道退往武汉。1938 年 2 月，萧军、萧红、端木蕻良、聂绀弩等应邀到山西临汾的山西民族革命大学任教，不久之后，日军攻陷太原，学校决定撤离。应聘来的作家愿留的随学校撤离，不愿留的可随丁玲的西北战地服务团去西安。萧军和萧红为去留问题发生了激烈的争执，他们谁也说服不了谁，最终决定各走各的路。萧红到达西安后，与端木蕻良的关系日趋亲密，两人在文学创作方面有着较为相近的看法。不久，萧军和萧红分手。1938 年 5 月，萧红与端木蕻良在汉口举办了婚礼。1940 年 1 月，萧红与端木蕻良南下到香港。香港时期的萧红疾病缠身、内心孤独，然而就是在这样的身心痛楚中，萧红完成了《呼兰河传》《小城三月》《后花园》《马伯乐》等作品的创作。1942 年 1 月，萧红住进香港的养和医院，由于医生误诊，萧红接受了肿瘤切除手术。术后，萧红伤口迟迟无法愈合，再加上日军的管制，市面上买不到消炎药，萧红的病情不断恶化。1942 年 1 月 22 日，一代才女萧红怀着对故乡的思念，怀着心有不甘的遗憾，离开了人世，“我将与蓝天碧水永处，留得那半部‘红楼’给别人写了”，“半生尽遭白眼冷遇身先死，不甘，不甘”②。

① 萧红：《孤独的生活：萧红自述》，吉林人民出版社 2020 年版，第 265-266 页。

② 李娇：《萧红：黄金时代的婉约》，北京时代华文书局 2015 年版，第 237 页。

纵观萧红的一生，是不断出走的一生，也是不断漂泊的一生，更是不断抗争的一生。从少年时代对父权统治的反抗，到后来对性别歧视的抗争，萧红的一生都笼罩在男权的阴影中。尽管她试图摆脱这种男权压迫，从一个男人身边漂泊到另一个男人身边，但她始终也没有解决好女性的自主、自立问题。对于萧红而言，那些来自男权思想的性别歧视令她感到痛苦和无奈，从父亲到爱人，他们都曾带给过萧红无法言说的伤痛。萧军晚年在回忆录中也曾提到："她最反感的，就是当我无意或有意说及或玩笑地攻击到女人的弱点、缺点……的时候，她总要把我作为男人的代表或'靶子'加以无情的反攻了。"[①] 因此，萧红才会感慨其一生最大的痛苦和不幸，都是因为做了女人，也真切地感受到当时的社会能够提供给女性的发展空间是多么有限。可以说，这段剖析既是萧红对自身的生命体悟，同时也是萧红对女性在男权社会生存现状及女性自身弱点的清醒认识。渴望做一个独立的发光个体，不甘心被笼罩在男性光环之下的萧红，生命中出现的男性却往往粗暴或懦弱，而这也成为其笔下男性形象的主要特征。

萧红笔下的男性很少有理想型，作为社会底层受压迫、被欺辱的劳动者，他们却压迫、欺辱比他们地位更低、力量更弱的女性。《生死场》中的男性粗暴、无情、自私，女性更多时候是他们的出气筒与泄欲的对象，她们所受的伤害往往来自与她们朝夕相处的男性。小说描写了金枝与成业一对恋人的故事，如果说婚前金枝还能感受到成业的热情，那么婚后的成业就仿佛完全变了一个人。婚后的金枝终于明白，成业与其他男人一样，对于妻子只有粗暴地打骂。即便是在金枝快要临产之时，成业也仍然只顾满足自己的欲望而不管妻子的死活，强行和她发生关系。面对生存的压力和生活的困难，成业不是想着如何与妻子共患难、渡难关，而是将妻子、女儿视为负担，成为他肆意发怒的出气筒。仅仅因为过节时家中什么都没有预备，仅仅因为回家时妻子还没有烧菜，仅仅因为受不了女儿的哭闹，成业就将才一个月大的女儿活活摔死，可谓丧心病狂。

小说中，月英的丈夫对待瘫痪的妻子却没有夫妻间应有的情分，而是无情地折磨她、虐待她。月英曾是打鱼村最美丽的女人，可是这个美丽的女人却不幸患了瘫病，起初丈夫还替她请神、烧香，但当鬼神治不好月英的病后，丈夫觉得责任已经尽到了，于是他开始咒骂妻子："娶了你这样老婆，真算不走运气！好像娶

① 萧军：《萧红书简辑存注释录》，黑龙江人民出版社1981年版，第67页。

家个小祖宗来，供奉着你吧！”[①] 若妻子争辩，他还打她。再接着，他不再管妻子的死活，自己吃完，自己睡下，任凭可怜的女人呼唤到天明也不理睬，连口水也不给喝。他甚至认为妻子反正快要死了，用不着被子了，便将被子抽走而将砖块垫在妻子身下，妻子身上生了蛆也是不闻不问。在疾病的折磨与丈夫的虐待之下，这个曾经美丽的女人如今却像鬼一样。这里，月英的悲剧揭示了性别的压迫与对立是由于男性的粗暴与无情直接导致的。此外，小说中自私自利的二里半，天天除了看管山羊、寻找山羊，同样也会打骂自己的妻子。在贫穷与灾难面前，这些底层男性不仅不能为家庭、为妻子挡风遮雨，反而欺辱比他们更为弱势的女性，充分暴露了男权社会中男性对女性的压迫、践踏。

粗暴、冷酷是萧红眼中男性的重要特征，这既来自儿时父亲留给她的阴影，也有爱人刻在她心头的伤痕。萧军的大男子主义作风带给萧红尤多的伤痛，所以在萧红笔下，男性的象征意象往往是石块这类坚硬物，如《生死场》中，成业的婶婶对男性的评价便是“男人和石块一般硬，叫我不敢触一触他”[②]。通过这类意象，体现男性冷漠粗暴的本质。除了粗暴无情，男性在萧红笔下的另一重要特征则是懦弱无能。小说《马伯乐》中的马伯乐，虽已为人夫、为人父，却没有经济能力，反而要经常向父亲与妻子讨钱，兴师动众地准备做大事，结果却是闹剧一场，仍旧待在家里吃白饭。除了无能，马伯乐对待家人阴险自私，凡有危险时，他总是不顾家人安危自己一个人逃到最安全的地方。此外，面对战争，马伯乐无任何民族使命感，反而苟且偷生，奴性十足。这样一个于国于家皆无用的男人，完全解构了男性中心社会赋予男性特质的一般概括。此外，《小城三月》中的堂哥，迟钝软弱，虽然感觉到翠姨对他的真情，但他却无所作为，当翠姨在他面前大哭时，他不知所措。

无论是粗暴冷酷，还是懦弱无能，萧红笔下的这两类男性形象都解构了男权社会中理想的男性特质。同时，萧红也将男女两性置于性别的对立层面，揭示女性在男权社会的生存现状。在萧红看来，性别歧视、性别压迫是女性追求自立、自主道路上的最大障碍。萧红小说中两性之间的关系往往不是和谐平等的，而是充满着性别压迫与对立的，女性对男性多怀有恐惧、害怕的心理。当然，男权社

---

① 萧红：《呼兰河传》，江苏凤凰文艺出版社 2020 年版，第 260 页。

② 萧红：《生死场》，江苏凤凰文艺出版社 2018 年版，第 13 页。

会对女性的压迫不仅来自男性的直接伤害，还来自社会伦理道德的无形压力，这些都让女性的处境更加艰难。《呼兰河传》中有一段关于娘娘庙中泥塑的议论，即说明男权社会如何按照男权价值标准来塑造女性、要求女性。

“塑泥像的人是男人，他把女人塑得很温顺，似乎对女人很尊敬。他把男人塑得很凶猛，似乎男性很不好。……那么塑泥像的人为什么把他塑成那个样子呢？那就是让你一见生畏，不但磕头，而且要心服。就是磕完了头站起再看着，也绝不会后悔，不会后悔这头是向一个平庸无奇的人白白磕了。至于塑像的人塑起女子来为什么要那么温顺，那就告诉人，温顺的就是老实的，老实的就是好欺侮的，告诉人快来欺侮她们吧。”①

这里，萧红一针见血地指出了男权社会中对于男女两性的不同价值评判标准，男性是让女性心生畏惧而臣服的，而女性则应是温顺的、受男性欺侮的。男权中心社会为女性设定了一系列的要求，如温顺贤良、恪守妇道、安分守己等，符合这些要求的女性就会被社会接纳、认可，不符合这些要求的女性就会受到各种有形无形的惩罚。小团圆媳妇（童养媳）的悲惨遭遇便说明了愚昧麻木的人们如何按照传统价值标准扼杀了一个鲜活的生命。男权社会认为团圆媳妇应该是温顺的、害羞的、扭捏的，可是胡家的团圆媳妇却被街坊四邻认为没有规矩，不像个团圆媳妇，最终招致婆家的严厉惩治。他们先是打她，给她一个下马威，认为通过打可以让小团圆媳妇变得老实温顺。不过，即使遭到狠打，小团圆媳妇也没完全顺服，她不断嚷着要回家。胡家认为小团圆媳妇被胡仙（狐狸精）附体，于是他们找人为她驱鬼，在这样的折磨下，小团圆媳妇的精神越来越差。然而，胡家仍不善罢甘休，为了给小团圆媳妇“治病”，他们用大缸灌满滚烫的热水，当众给她洗澡。终于，那健康的、活泼的、笑呵呵的小团圆媳妇在众人的折磨下不幸死去。应该说，小团圆媳妇不仅是死于人们的愚昧迷信，还死于男权社会的价值标准，只是因为她不像团圆媳妇，不懂得顺服。

《呼兰河传》中另一死于男权社会价值观念的悲剧人物是王大姐，出身于劳动家庭的王大姐人长得好看，膀大腰圆，大眼睛，能说能笑，干起事来勤快又麻利。做姑娘时，周围都是夸赞她的声音，“兴家立业好手”“长得怪好的”“带点福相”“真是一棵大葵花”“这姑娘真响亮”等。然而这一切在王大姐结婚后完

① 萧红：《萧红文集·小说.Ⅲ》，济南出版社2020年版，第55-56页。

全改变了，人们开始说“王大姑娘这样坏，那样坏，一定不是好东西”“说话的声音那么大，一定不是好东西”，说“好好的一个姑娘，看上了一个磨坊的磨倌，介个年头是啥年头”，说“没见过一个姑娘长得和一个抗大个的（抗工）似的”，说“那姑娘不是好东西，你看她那双眼睛，多么大！我早就说过，这姑娘好不了”，说“王大姑娘的眼睛长得不好，说王大姑娘的力气太大，说王大姑娘的辫子长得也太大”。人们对王大姐的态度发生这种变化只是因为王大姐没有经过父母之命、媒妁之言而是自作主张与磨倌冯歪嘴子结合。由于王大姐的行为不符合传统社会对女性的规范，人们视其行为是伤风败俗的、不能容忍的，甚至盼望这对贫穷的夫妇被冻死、饿死。于是，王大姐成为周围人的众矢之的，成为周围人肆意嘲讽的对象，在生活和舆论的双重压迫下，原本健康的、积极的王大姐日渐消瘦苍白。

无论是小团圆媳妇还是王大姐，在某种程度上她们都挑战了男权社会对女性的价值标准，于是，她们遭受到有形或无形的严厉惩治，并最终付出生命的代价。那么，如果女性不去反抗男权社会的价值标准，是否就能避免悲剧，安稳生活呢？萧红给出的答案是否定的。《小城三月》中主人公翠姨就是旧礼教与旧婚姻制度的牺牲品。翠姨的原型是萧红的小姨，年龄与萧红相仿。翠姨有着青春期女孩子对爱情的向往，她悄悄地爱上了“我”的堂哥，一个在哈尔滨读书的帅气青年。不过翠姨却只能将这份爱意深深地埋藏在心底，因为她的婚事不掌握在自己手中，而由长辈决定。由于是寡妇的女儿，翠姨知道自己身份低下，而她的性格也决定了她无法去反抗社会的伦理道德，去追求自己所爱，她只有顺从，接受家里给她选择的不称心的男人。三年后娶亲的消息传来，翠姨心中一急便病倒了，而她未来婆婆听说她病了，便要立马迎她进门，完成婚事。翠姨内心不愿却又无法拒绝，于是只有拼命糟蹋自己的身体，盼望自己早点死去。翠姨在临死前见到了她的心上人，只有这一次，她没有压抑自己的情感，“他刚一伸出手去，翠姨就突然的拉住他的手，而且大声地哭起来了，好像一颗心也哭出来了似的”①。在 20 世纪初偏远的闭塞小城，尽管社会新思潮已经开始冲击传统价值观念，但传统伦理道德和各种陈规陋习依然顽固，依然束缚着女性的思想和行为，所以翠姨不敢也没有勇气去追求她的所爱，只能以自毁的方式来表达她的反抗。

可见，女性无论是顺从还是反抗男权社会对女性的价值规范，结局都是悲惨

① 萧红：《萧红小说集：生死场》，中国妇女出版社 2018 年版，第 68 页。

的，因为女性在这样的空间里没有自由选择的权利，只能被动地接受命运的安排，而女性的这种悲剧命运往往会一代代地沿袭下去。《红玻璃的故事》以寓言的方式道出了女性逃脱不掉的命运轮回悲剧。这篇小说是由萧红口述，骆宾基执笔完成的，体现的是萧红的创作思想。小说主人公王大妈的丈夫去黑河挖金子，将王大妈扔在家里十五年不闻不问。王大妈也逐渐习惯了这孤寒的日子，仍旧怀着生活的希望愉快地生活。王大妈的女儿结婚后，女婿也上黑河挖金子，一走五年也没有音信，女儿的日子过得也很孤单。一天王大妈去看望外孙女小达，在看到小达玩的玩具——红玻璃花筒时，王大妈震惊了，她预感到了小达的命运，可能如这红玻璃花筒一样，逃不出可怕的命运轮回。“王大妈失神的瞬间，想起什么来了呢？想起她自己的童年时代，也曾玩过这红玻璃的花筒。那时她是一个纯真的愉快而幸福的孩子；想起小达儿她娘的孩子时代，同样曾玩儿过这红玻璃花筒，同样走上她做母亲的寂寞而无欢乐的道路。现在小达儿是第三代了，又是玩儿着红玻璃花筒。王大妈觉得她还是逃不出这条可怕的命运的道路——出嫁，丈夫到黑河去挖金子，留下她来过这孤独的一生？谁知道，什么时候，丈夫挖到金子，谁知道什么时候做老婆的能不守空房？”①

这里，红玻璃筒成为女性命运的象征物，任凭一代代女人如何挣扎也难以逃出它笼罩下的阴影。萧红通过这个故事表现了女性生命为命运所摆布，苦难生涯在一代代女性身上轮回却又无法逃脱的人生悲剧。这种对女性命运的认识无疑带有绝望色彩，体现了萧红在历经种种坎坷不幸后对女性自我生命历程的悲观与失望。萧红看到了在男权社会的层层重压下，女性不仅受到来自外在的有形及无形的诸多压迫，还需要承担女性自身的身体苦痛。可能是因为有过切身的痛楚感受，生育成为萧红作品中反复呈现的女性身体经验。“正是这种象喻意义上的、或许与作者女性经验有关的妊娠和生育成了作者透视整个乡土生命本质的起点，成了‘生’与‘死’一系列象喻网络中最基本的象喻……是萧红那已然掩盖起来的女性自我通往这一中性社会的一条信息通道。”② 萧红的第一篇小说《王阿嫂的死》就涉及了女性生育与死亡的主题，王阿嫂挺着大肚子还得在地里劳作，当她在地边稍作休息时就被张地主踢了一脚。几天后，王阿嫂在痛苦中产下了孩子，然而，

① 萧红:《小城三月》，北方文艺出版社 2018 年版，第 376—377 页。

② 孟悦、戴锦华:《浮出历史地表：现代妇女文学研究》，中国人民大学出版社 2004 年版，第 185—186 页。

大人与孩子很快都死了。小说不仅揭示了阶级压迫造成的悲剧，同时也呈现了生育带给女性的痛苦体验。小说这样描述王阿嫂产子后的情形：“王阿嫂自己在炕上发出她最后沉重的嚎声，她的身子是被自己的血浸染着，同时在血泊里也有一个小的、新的动物在挣扎。王阿嫂的眼睛像一个大块的亮珠，虽然闪光而不能活动。她的嘴张得怕人，像猿猴一样，牙齿拼命地向外突出。”[①] 生育的痛苦让人触目惊心。

在《生死场》中，萧红更集中地再现了女性生育的惨痛与血腥。在第六章《刑罚的日子》中，标题即指出生育对于女性而言是一种刑罚、一种痛苦和一种折磨。五姑姑的姐姐到了快生产的时候了，因为不能犯了“压柴，压柴，不能发财”的忌讳，其被迫光着身子像一条鱼似的趴在没有草的土炕上生产。女人叫号了一整夜，生育作为女性几乎与生俱来的一种刑罚，在萧红眼里无异于一种原罪。

在萧红看来，那些被规定为女性天经地义的本质概念，如生育、母性等，它们对女性主体性的缺失负有重要的责任，是羁绊女性追求自由的主要障碍，是男性替女性设置的高级陷阱。故而，萧红不仅解构女性生育的神话，同时也视母性为一种累赘，尤其在极端贫乏的物质条件下，放弃母性似乎是可以理解的。因为“海伦・多伊奇……考察了母性现象。她赋予这项功能以十分重要的意义，认为女人通过它可以得到完全的自我实现——但条件是，它是被自由承担的，被真诚需要的；年轻女人的心理、道德和物质处境，必须使她有可能承受所要付出的努力；否则后果将是灾难性的”[②]。萧红认为母性是女性被父权制社会文化建构的本质性规定之一，女性完全具备自由选择的权利。萧红是这样认为的，也是这样选择的。萧红有过两次生育经历，一次是被迫将孩子送人，另一次是孩子出生没多久就夭折。尽管萧红作出放弃孩子的选择是艰难的、痛苦的、无奈的，但仍让人觉得难以认同。由此，我们会发现，其实在萧红笔下很少有散发着母性光辉的母亲形象，也很少有充满着强烈母爱的感人场景，同被解构的生育神话一样，母性神话在萧红笔下也是轰然坍塌。再来看《生死场》中的王婆形象，当王婆向别人讲述女儿之死时，她表现得异常冷静，“孩子死，不算一回事，你们以为我会暴跳着哭吧？我会嚎叫吧？起先我心也觉得发颤，可是我一看见麦田在我眼前时，

① 萧红：《小城三月》，北京联合出版公司 2018 年版，第 9 页。
② 西蒙娜・德・波伏娃：《第二性》，陶铁柱译，中国书籍出版社 1998 年版，第 591 页。

我一点都不后悔，我一滴眼泪都没淌下”①。面对孩子的死，王婆表现出了一种坚强，为了生可以舍弃母性，生存大于母爱，于是在对生的坚强的肯定中，母性的光环也在无形中被消解。可以说，萧红与张爱玲笔下都没有理想的母亲形象，只不过两人是从不同面来解构母性神话的，萧红视母性为女性追求自我路上的一种累赘，而张爱玲则是以人性的弱点来完成这一解构的。

萧红之所以站在反本质主义立场否定女性的生育、母性等，是因为她要做一个真正独立的、自由的人，而传统赋予女性的职能在她看来会成为她追求道路上的障碍。萧红看到了也感受到了男权社会无处不在的性别压迫与性别歧视，这种性别不平等不仅存在于传统封建社会中，还存在于现代社会中。萧红一方面为这种有意无意的性别歧视而感到痛苦，另一方面认为女性要独立自主，寻找自己的天空。萧红曾告诫女友，一个女人要想翻身，必须自己站起来，既不给男人当“文明棍”，也不给男人当“巴儿狗”。因此，萧红特别欣赏艾格尼丝·史沫特莱（Agnes Smedley）的《大地的女儿》及丽洛琳克（Lilo Linke）的《动乱时代》这两部书，因为这两部书中都塑造了勇敢、坚强、独立的，追求自由与自我的女性形象，这是萧红在理性层面渴望自己也能够做到的。萧军曾指出：“她要做一个超历史的，从而否认历史的，光荣独立的人！”②可见，为了维护女性的人格尊严，萧红特别强调要做一个与男性平等的自由自在的人，甚至因此否定女性的自然属性，这使得萧红的女性主义立场又有着非女性化倾向。萧红对自己的女性身份是有着认同危机的，她对女性自身缺乏信心，“灵魂太细微的人同时也一定渺小，所以我并不崇敬我自己。我崇敬粗大的、宽宏的……”③从这个意义而言，萧红其实也在无意识中落入了男权中心主义性别歧视的泥淖。此外，萧红也有意识地去除自身的女性化，以达到靠近甚至超越男性的目的。于是在生活中，她抽烟、喝酒，她不让自己身上有矫情的女人气，而代之以豪爽刚烈的男子气。由于萧红的性别意识不是建立在对自身自然属性认同的基础上，所以这就造成其女性观充满着某种悖论。萧红既站在两性对立的立场反对性别歧视，要求性别平等，追求女性的自主自立；与此同时，萧红又对自身的性别属性充满厌憎、缺乏自信，有意无意舍弃自己的性别属性，通过去女性化来谋求男权话语中女性的人格尊严，这就使得

① 萧红：《呼兰河传 萧红小说集》，海南出版社 2017 年版，第 216 页。

② 萧军：《萧红书简辑存注释录》，黑龙江人民出版社 1981 年版，第 106 页。

③ 萧军：《萧红书简辑存注释录》，黑龙江人民出版社 1981 年版，第 33 页。

萧红所追求的性别独立最终还是落入男权话语的桎梏中，也使得女性始终逃不出“第二性”的宿命。实际上，不仅萧红的性别意识中体现着这种悖论，她的一生也都陷在这种悖论中而无法解脱。

总之，萧红不仅通过文本创作也通过自身的生命历程来完成具有性别自觉意识的女性书写。虽然在萧红的女性书写中，还存在着某种悖论，但其对于女性身体经验的展示，对于女性生育、母性等女性本质主义的解构，无不显示了其女性主义书写的自觉与深刻。

第二节　丁　玲

一、丁玲简介

丁玲原名蒋伟，字冰之，1904 年出生于湖南省常德市临澧县。祖父做过大官，家里拥有两百多间房子。父亲蒋保黔十几岁考中秀才，曾到日本留学，学习法律专业。母亲蒋胜眉端庄大方、刚毅自强、沉着和气，为人可亲可敬。由于接受了新文化教育熏陶，丁玲具有比较浓厚的民主革命思想和冲破旧习俗的倾向，同时还是著名的教育家和社会活动家，致力于开办女子工读学校，为平民女子提供受教育的机会。

尽管丁玲的母亲思想进步，受过良好的教育，但是丁玲的童年生活仍旧十分艰难。丁玲的父亲放荡不羁、挥霍无度，在她四岁时因病去世，后家道中落。母亲带着两个小孩被逼无奈投靠了外祖母。在外祖母的抚养下，她才勉强学会了走路，还能和小伙伴一起玩耍，可就是不会说话，也没有什么好朋友。小时候丁玲最好的玩伴是舅舅的儿子，两人青梅竹马，外祖母囿于封建思想为二人订了娃娃亲。不久后，外祖母把两个孩子送到一所小学读书。可这件事就像是根刺，扎到了丁玲的心里。丁玲在校期间接受新思想，反抗意识逐渐萌芽，她不想嫁给表哥，但是舅舅对她很好，给她买过衣服、鞋等生活用品，并送去许多零用钱。她既感到温暖，也品尝到了寄人篱下的滋味。如果反抗外祖母和舅舅，那么以后母女的生活又该陷入困顿，于是这些少女心事使得丁玲忧郁、惆怅。后来，坚强的母亲毅然同女儿同入常德女子师范，从封建大家庭的重围中闯了出来。为此，丁玲感念母亲一生。向警予曾与蒋胜眉是同学，并结为至交，并发誓振奋女子志气，立志读书，实现男女平等，达到教育救国的目的。这些对青少年时代的丁玲产生了很大影响。

丁玲在桃源师范学校学习期间，五四运动与新文化运动开始兴起。作为一个有志青年，她踊跃地参加了游行活动，到处进行讲演，同其他进步学生一起举办活动，剪发明志，她的内心中迫切地追求自由与解放。晚上，她到成人夜校为比她大的学生义务授课，被学生亲切地称为“崽崽老师”。丁玲曾就读于长沙周南女子师范学校，当时的新民学会会员陈启民是她的老师，在他的教育熏陶下，丁玲对文学燃起了浓厚的兴趣，也表现出独特的天赋。她有两首白话小诗，经陈启民先生推荐，曾在《湘江日报》上刊登。1918 年，丁玲的弟弟因病夭折。1920 年放暑假时，丁玲对校方辞退陈启民的做法感到不满，与杨开慧及其他六名女学生转到长沙岳云中学就读。当时正值五四运动爆发前夕，她对青年学生进行过广泛的宣传。1922 年初，18 岁的丁玲毅然同表哥解除婚约，还放弃了即将到手的中学文凭，与挚友王剑虹同赴上海。她们考入了一所由陈独秀和李达开办的平民女子学校。由于当时的社会环境和个人条件限制，她对政治并不十分了解，但她坚信革命是一条光明的道路。后来，学校停课，她和王剑虹一起失学，却没有停止学习。第二年夏天，她们认识了著名的共产党人瞿秋白，丁玲、王剑虹经他介绍考入中国共产党人创办的上海大学文学系读书。瞿秋白对丁玲执着的个性十分赞赏，曾经对丁玲有过一番评价:“冰之是飞蛾扑火，非死不止。”[①] 这是对丁玲往事的总结，同时预示着丁玲今后的发展。1924 年夏天，王剑虹嫁给瞿秋白还不到一年就因病去世了。当时她才 23 岁，丁玲哀痛好友英年早逝，告别上海，转赴北京。

来到北京后，丁玲准备继续学业，报考美术学校。虽然也曾用心准备考试，但她终究没能实现自己的愿望。丁玲过着清苦的求学生活，曾在北京大学旁听文学课程。回想起这些年的漂泊生活，感念已经永远离开她的亲人和朋友，丁玲想起远在故乡的母亲，不禁悲从中来，忧愁不已。

偶然间，丁玲通过朋友认识了青年作家胡也频。胡也频原本在首饰铺做学徒，后来决心追求文学，成为《京报》副刊《民众文艺周刊》的编辑。在交往中，他

① 赵国春:《丁玲在北大荒的故事》，哈尔滨工程大学出版社 2019 年版，第 2 页。

们对彼此的了解逐渐加深。当时的胡也频虽是个很有激情的青年，思想却不太成熟，做着文学之梦到处流浪。这个青年走进了丁玲寂寞的生活，并以非常浪漫的方式表白。他得知丁玲失去了心爱的弟弟，就在纸盒里盛了一大片黄玫瑰，并且在花下用一张小纸条写下："你的一个新弟弟所献。"按照常理，这么浪漫贴心的告白应该会有非常大的成功率，但那时的丁玲正苦于弟弟夭折，自己命运多舛，所以对幼稚的胡也频没有任何兴趣，因此没有接受其表白并很快回了湘西老家，也暂时中断了这段情感。

回到老家的丁玲并没有因见到母亲而舒展心情，她的内心仍旧充满了迷茫和惆怅。早年间的激情与理想在现实的打击下慢慢褪去，留下的只有挣脱不了的现实，丁玲感到十分疲惫。但是要就此停下追求理想的脚步，她又属实不甘。她依然像是一艘随时待命的航船，只等时机到来，扬帆起航。

表白失败的胡也频陷入了无法疏解的苦闷与烦乱。但是他不愿轻易放弃，便昼夜兼程地赶赴丁玲的故乡，并且沿路打听她的住址。某天，他不修边幅地站到了丁玲母女俩面前，这副蓬头垢面的样子却打开了丁玲紧闭的爱情大门。从此，他们开始了长达三年多的恋爱生活。胡也频的孤注一掷和勇敢热情让丁玲大为感动，也就是从这个时候开始，丁玲才渐渐地了解了胡也频的不幸经历。

常德环境优美，山水如画，并不像都市那样无聊、喧闹，对于两位饱受苦难的漂泊青年来说，这里就像世外桃源般美好，是一处理想的栖身之所。他们在古老的常德城墙边、旖旎的沅水河畔互相陪伴，交流感情。在他们的身上有一种相似的气质——真诚与执着。胡也频的豁达与激情在给予丁玲无尽安慰的同时，他的艰辛与漂泊也引起丁玲内心深处的同情与共鸣，她将写到日记里的对生活的热爱和对社会人生的思考都讲给胡也频。随着对彼此认识的加深，二人最终走进了对方的心，在这片自然纯朴的大地上，他们的爱情幼苗蓬勃生长。

丁玲与胡也频在一起生活了一段时间后，逐渐从悲伤中振作起来，找到了新的方向。在他们看来，在常德虽然过着快乐闲适的日子，但是他们注定是为了追求理想而活着的，因此他们必须走出这个人间仙境，到外面去寻找一片新的天地。于是，他们毅然决然地回到了北京。

来到北京以后，丁玲和胡也频就去了香山碧云寺，他们居住在简陋的亭子间内，靠着微薄的稿费度日，虽然生活条件艰苦，但是精神世界极为富足。丁玲非常喜欢看书，每次下山购买生活必需品时都会买许多书。有一次，两人回家走过一片淤泥地，脚踏进去拔不出来，便索性陷在淤泥地里看星星聊天，直到有人路过他们才被解救出来。

然而，经历过新思想洗礼的丁玲对于爱情有着浪漫幻想和理想追求。因此，在和胡也频正式结婚之前，两人的爱情还遇到了一次危机。

某一天，诗人冯雪峰随朋友到丁玲家做客，虽然他其貌不扬，但是经过一番畅谈，丁玲发现冯雪峰是个思想成熟，文学天赋极高的人。那时的冯雪峰正在北京大学自学日语，经朋友介绍，他开始教授丁玲日语。很快，丁玲便被这位有才华、有理想的青年作家深深吸引。一边是第一个让她真正动心的成熟男人，另一边是与自己患难与共的男友，丁玲的内心斗争异常激烈。不久，冯雪峰离开北京，丁玲、胡也频也相继跟随他到风光秀丽的杭州西湖游玩。

个性开放的丁玲主动要求与两人同居，三人一起在西湖边共同相处了一段时间，最终胡也频无法坚持而回到了上海，找好朋友沈从文求问夫妻相处之道。痛定思痛的胡也频于次日回到了杭州。丁玲也在经历了一番思想斗争后，选择守护那份和胡也频得来不易的感情。她明白很多时候，选择是痛苦的，却总比没完没了的情感纠葛与伤害强。最终，冯雪峰离开了杭州，胡也频和丁玲也重归于好。

二、丁玲早期代表作与情感磨难

丁玲是新文化运动后第二代善写女性，并且始终保持女性立场的作家。

在写作的第一阶段，丁玲主要写女性意识的觉醒及其现实处境。1927—1928年，丁玲先后在《小说月报》上发表了第一部短篇小说《梦珂》和成名作《莎菲女士的日记》。丁玲意在通过分析这两篇小说中所体现出的女性意识和悲剧命运，探讨其思想价值与艺术魅力。《莎菲女士的日记》以两性关系为主线，展现莎菲追求真爱，寻求和向往个性解放的故事。作者以自己独特的艺术表现手法成功地塑造了这一形象。由于特殊的时代环境，这一追求注定要破灭，而个性倔强的莎菲也不甘心屈从，只能以病态的方式进行抵抗。她以反抗来求得自身心灵的解脱。莎菲的病态痛苦真实地反映了得到个性解放的年轻人在革命低潮时迷茫而又无可奈何的心态。莎菲形象的成功塑造，显示了丁玲是中国现代文学史上第一个细腻、大胆刻画人物复杂心理的作家。其小说充满了“对社会的鄙视和个人孤独灵魂的倔强挣扎”，[①] 既引起了文坛的关注和赞赏，也奠定了丁玲在文学史上的地位。

在写作的第二阶段，丁玲主要创作的是“革命 + 恋爱”式的作品，代表作有发表于 1930 年《小说月报》的《韦护》和《一九三〇年春上海》。《韦护》中的主人公韦护因沉醉于同丽嘉的爱情中而影响了革命，觉醒后与丽嘉分手，丽嘉也从离异中振作起来。《一九三〇年春上海》分为两部，第一部写美琳因政治思想上的分歧而与爱人子彬分手，她在革命者若泉的帮助下到社会上为民众服务。第二部写望微与玛丽因革命态度不同而分手。望微全力投入革命工作引起享乐主义的玛丽的不满，在望微工作越来越繁重而最需要她帮助时，她离家出走了。后来，当望微被捕时看见玛丽与一个漂亮男子挽手走着，他如释重负，不再为她担心了。作品以爱情与革命冲突为题材，展示知识青年由个人解放到社会解放的思想转变历程。

回到上海后，丁玲和胡也频二人与沈从文合作，在萨坡赛路成立了一家叫作“红黑”的出版社，主要以文艺期刊的编辑、出版为主。同时，丁玲和胡也频二人又受到普罗文学和马克思主义等多种思想的影响。他们含辛茹苦创办的出版社最终在 1929 年末由于种种原因而关停，并且欠下了很多债务。胡也频四处奔波赚钱，并在 1930 年的冬天被朋友引荐到山东济南的一所高中任教。此时的丁玲还在上海，但心里惦念着山东的丈夫，终于在一个月后无法忍受长期两地分居的她追随丈夫去了山东，并继续推广普罗文学和马克思主义。不料，他们却因此遭到国民党反动派的通缉。幸好他们得到了进步教师的帮助，才得以顺利逃离山东，回到上海，进而成为中国左翼作家联盟（以下简称“左联”）的成员。

但是革命之路，危机四伏。1931 年 1 月 17 日，胡也频出门召开“左联”执委会，并且和丁玲相约回家共进午餐。但丁玲母子俩一直等到天黑也没等来胡也频归家。在焦灼的等待中，丁玲的心像是被黑暗吞噬了一样。她试图向好的状况设想，但内心长久无法平静。当她听到远处传来一阵沉闷而急促的枪声时，不顾家里还有一个正在沉睡的婴儿，疯狂地跑出家门，狂奔于黑夜笼罩下的大街小巷。她绝望地坐在黑暗之中，过了很久，仍然找不到解决办法，只能回家，看着睡梦中还不知道发生了什么的儿子，丁玲眼泪如泉水般汹涌。此后数日，在沈从文和

① 丁玲：《一个真实人的一生——记胡也频》，光明日报出版社 1994 年版，第 150 页。

王会悟的帮助下，丁玲顾不上产后尚未休息好的身体，为解救丈夫日夜奔波，办法用尽却仍未能救回胡也频。这期间，丁玲只有一次探监机会，却仅见其侧影。他们通了好几封信，信中胡也频表现得很乐观，也经常安慰丁玲。

胡也频被逮捕是因为他牵涉了一件重案，即东方旅社事件。此案件性质特殊，所有涉案人员一律不得赦免，即便丁玲为了丈夫四处奔走求助，但仍然束手无策。在京汉铁路工人领袖中国共产党党员林祥谦牺牲 8 周年的悼念日——2 月 7 日，胡也频和其他三十多名革命同志于上海龙华荒郊刑场被枪决，执行枪决前，这些革命英烈高呼："中国革命成功万岁！革命必将胜利！"这一天，丁玲正赶赴南京，寻找救援方法，直到胡也频殉难三日以后她才收到丈夫的绝笔信，信中他写道虽然自己身陷囹圄，但不会在监狱里颓废、自伤，他不允许自己的生命白白浪费在监狱里，他立志写出更优秀的作品，同时他希望丁玲将孩子送回湖南老家，叮嘱丁玲要坚持写作，不要因为眼前的困难就放弃理想。

对于丁玲来说，即便有丈夫的手书鼓励，也仍旧无法磨灭丧夫之痛。但是，强大的她并不因此而退缩，反而激发了她的革命斗志。她遵循丈夫的遗愿，在沈从文的陪同下，将仅四个月大的儿子送回了湖南老家，目的是使自己更好地投身工作和革命。很快，丁玲返回上海，并且扛着巨大的压力和危险发表了胡也频的遗著。

丁玲一心为亡夫报仇，她请求去江西苏区，履行烈士遗愿。可是革命形势发展得很快，中国共产党对知识分子有新政策。很快，组织找到了丁玲，与其进行交谈，决定让她在上海继续战斗，负责"左联"机关期刊《北斗》的编辑工作。在这个白色恐怖最为惨烈的日子里，丁玲毫不退缩，服从组织安排，以手中的笔作为尖刀刺向敌人。

冯雪峰听说胡也频牺牲便前往上海看望丁玲。他们相逢之后，冯雪峰对丁玲进行了安抚和鼓励，彼此都回想起了曾经隐藏在内心深处的感情。冯雪峰与丁玲一起参与期刊《北斗》的编辑工作，她和冯雪峰的再一次接触，使得埋藏在心底的爱重新焕发生机。他们都是革命知识分子，他们的理想和信念都是一致的，在精神层面和灵魂层面具有深层次的共鸣。不过那时候冯雪峰已经结婚了，所以尽管两个人都看重这段感情，但是没有罔顾道德，二人非常理性地处理好了这份感情。丁玲曾经给冯雪峰写了两封信，但是理智使她只能将伤痛深深地埋在心里，故而这两封信从始至终都没有寄出去。他们化爱情为革命动力，在革命的日子里相互鼓舞。

在丁玲写作的关键时刻，冯雪峰都会写信给予她客观、中肯的评价。这不仅体现了一个伟大作家对革命事业所应有的忠诚与奉献精神，还体现了冯雪峰的人格魅力。

中国共产党于 1932 年发展丁玲为党员。工作能力出色的丁玲在入党后不到半年就成为“左联”的党团书记。她经历了从革命文学向无产阶级革命文学转变的阶段。在这个阶段中，她运用了革命现实主义手法，正面刻画了血与火交织在一起的阶级斗争和工农斗争的现实状况，创作了《某夜》《田家冲》《水》《法网》《消息》《夜会》《奔》《诗人亚洛夫》《给孩子们》等中短篇小说。

三、丁玲代表作品精彩片段赏析

丁玲说过：“从一篇作品可以认识一个作家，从几十年的作品更可以认识一个作家。”①

例如，写于 1941 年初的《我在霞村的时候》，作品塑造的是一个在遭受日本侵略者凌辱后忍受着灵魂与肉体的双重折磨而做着地下抗日工作的乡村青年女子的形象。特殊题材的选择，以及作者对于主人公寄予的深切同情和敬意，表明了作者的思想、胆识和艺术创新方面的追求。尽管对于主人公形象的塑造基本上是从侧面进行的，但女性作家特有的视角，仍然使得作品具有深沉、感人的力量。

丁玲这样描写女主人公贞贞：“在房门口我握住了这并不熟识人的手了，她的手滚烫，使我不能不略微吃惊。她跟着阿桂爬上炕去时，在她的背上，沉沉地垂着一条长辫。这间使我感到非常沉闷的窑洞，在这新来者的眼里，却很新鲜似的，她拿着蛮有兴致的眼光环绕地探视着……”②

虽然这部作品并不足以说明丁玲的写作风格，但其中所传达的女性主义的意识、观念、态度和立场却是如此鲜明。作家从女性立场去判断外界事物，用女性的眼光感知生活，用女性的话语表达内心情感，正显现出女性作家的所有特点。

① 袁良骏编：《丁玲研究资料》，知识产权出版社 2011 年版，第 150 页。

② 刘泽学主编：《丁玲作品集》，人民日报出版社 2005 年版，第 176 页。

第三节　白　薇

中国现代女作家的写作，不但在话语权上实现了由“代言体”向“自我言说”的转变，而且实现和拓展了自我本体意义上的生存价值。这种努力除在小说和散文领域中取得了长足进步外，在戏剧领域中也留下了她们执着探索的身影。其中，白薇无疑是这一方面的代表。

一、白薇简介

白薇（1893—1987 年），原名黄彰，出生在湖南省资兴市的破落地主家庭。其父曾参加同盟会，在日本留学后回到家乡，初期思想激进，在家族意识中有着浓厚的专制思想，为白薇指定婚事，在婚姻问题上让白薇饱受旧礼教的摧残与折磨，导致了白薇一生的命运悲剧。但他并不遵循“女子无才便是德”的古训，从而使白薇获得了接受教育的机会。面对封建婚姻的枷锁，具有新思想与新精神的她在长沙第一女子师范就读时，勇敢地选择了“反叛”与“抗争”。“为着前进、光荣，女孩子们，千关当前，跳，跳，跳！”[①] 为了寻求自我的独立生存与精神自由，白薇先赴上海，继而东渡日本。在日本，她历尽艰辛，考入日本东京御茶水女子大学，后在郭沫若、田汉等人的影响下开始了文学创作，并成为中国现代文学史上著名的女戏剧作家。

在白薇身上我们见到了一个不断渴望与追求，但又总是沦陷于生命苦难漩涡中的女性悲剧命运的缩影。家庭的重轭、爱情的伤痛、命运的多舛、身体的病痛、生活的极度艰辛……但面对这些困难，她都一一予以克服，并为现代女性书写了《苏斐》《访雯》《琳丽》《姨娘》《革命神的受难》《打出幽灵塔》《北宁路某站》《敌同志》《假洋人》等戏剧和以《炸弹与征鸟》为代表的小说。从其整个创作来看，白薇在现代时期的文学创作主要分为两个时期，即五四运动时期与“左联”时期。与五四运动时期的“民主”“科学”的价值主流相应，在这一时期的创作中，她大声疾呼爱情自由与婚姻自主，极力张扬爱的伟大与神圣。在“左联”时期，受

① 《中国文学家辞典》编委会:《中国文学家辞典 现代第二分册》，文化资料供应社 1980 年版，第 102 页。

到激进思潮的影响，她在创作中表现出对革命与政治的狂热，并从自己意识中的革命理念出发，描绘出一幅幅革命的时代画卷。可以说，爱与革命是白薇创作中两个至关重要的词。

二、关于“爱”主题的作品创作

1922 年，白薇在田汉、郭沫若等现代戏剧大师的影响下创作了第一个剧本——《苏斐》，发表于当时影响巨大的文学刊物《小说月报》上。这个作品中讲述的是苏斐、亚斐姐妹同恶少陈特之间的爱情与恩仇。陈特因得不到苏斐的爱，暗害了苏斐的父亲及其恋人华宁，还害死了亚斐和七姑，强占了他们的全部家产。万念俱灰的苏斐潜心宗教，想从中获得灵魂的安宁。此时，她与上山游玩的陈特相遇，未曾料到陈特淫邪不改，上前调戏。苏斐假意与其周旋，趁其酒醉之际欲想复仇，但事到临头忽然放弃了，而是采用不抵抗精神来感化他，结果双双皈依。虽然，在这个作品中，她在宣扬宗教之爱的慈悲与博大，但在整个作品中我们可以敏锐地感受与体验到她怀着虔诚与膜拜之心，来追求真正的爱，但陈特的残忍、淫邪与卑劣不仅让爱的美梦成为泡影，并且给她的命运带来了浓厚的悲剧色彩。其剧末的陡转虽与人物性格逻辑及整个作品的艺术逻辑不合，但却折射出作者在面对人生苦难与人性罪恶之时，想寻求一种超越与解救的可能。虽有以空幻、虚无之爱来化解世界苦痛的柔弱与幼稚，但可见作为女性作家的她对于爱的虔诚与渴望。与冰心对于母爱、自然之爱与童心之爱的礼赞相比，冰心作品中的爱以一种纯粹状态呈现，而白薇之爱则在尖锐的戏剧冲突中突然降临。其实，两人同为女性作家的那种爱的情怀在底子里却是息息相通的。

真正为白薇带来文坛声誉的当属诗剧《琳丽》。在《琳丽》中，女主人公琳丽热烈地爱上了艺术家琴澜，把人生的一切都丢弃了，并且认为：“人生只有情才靠得住的，所以我这回要特别执着我的爱，人生最深妙的美只存在两性之间。”“我只为了爱而生的，不但我本身是爱，恐怕我死后，我冰冷的那块青石墓碑，也只是一团晶莹的爱，离开爱还有什么生命，离开爱能创造血和泪的艺术么！”[①] 但痴情女偏逢薄情郎，琴澜是一个“泛爱论”的践行者，他又爱上了琳丽的妹妹璃丽。在失恋痛苦的折磨下，琳丽决心追求知识和艺术，想成为一个剧作家，去那心目

① 唐旭君：《中国现代女性作家创作论》，湖南人民出版社 2007 年版，第 137 页。

中的殿堂——遥远的莫斯科，追求新的生活。最后她周身佩着蔷薇花，死在池子里面。如果说《苏斐》中还含有反对包办婚姻、追求爱情自由的内涵的话，那么在《琳丽》中，“爱情至上”的唯美主义倾向和“颓废”“幻灭”则成了整个作品的主调。但戏剧冲突是颇有意味的，那就是不再将剧情矛盾设置为追求自由爱情与封建礼教之间的冲突，而是赋予隐秘的心灵世界以动人的景观，专注于理想与现实的冲突、“灵”与“肉”的搏斗。如果说琳丽渴望的是圣洁、理想的爱的话，那么琴澜则代表的是现世泛滥的爱。可以说，我们虽然可从其缺乏现实性与生活深度方面来对其作品进行批评，但她在一种奇诡美幻色彩下对人性自身矛盾的面对无疑更有着普遍与深远的意义。

三、关于“革命”主题的作品创作

1926年，漂泊在异国长达九年之久的白薇因受中国革命的影响，毅然放弃还有两年公费研究生学习的机会，满怀热忱回到祖国，投身于大革命。次年，大革命失败，她满腔悲愤来到上海。此时的上海正是革命文学与左翼文学潮涌波起的时代，面对中国社会政治的热潮，她心中所蕴蓄的叛逆精神在政治与革命的激情中唤起了强烈的共鸣。她被时代潮流裹挟，其创作也从抒写爱情的悲剧转向描写社会生活的苦难，从唯美转向现实。其标志性的作品当属《打出幽灵塔》。这部作品以第一次国内革命战争时期的中国社会为背景，讲述了一个充满罪恶的封建家庭在革命大潮冲击下被毁灭的过程。劣绅胡荣生二十年前强暴了矿上技师的女儿萧森，并生下了女儿野苓。萧森不甘在此种命运中悲戚一生，要求胡荣生抚养女儿野苓，自己远赴法国求学。胡荣生怕丑事败露，决定托人将幼儿溺死。庆幸的是，野苓被一直暗恋着萧森的贵一救起，被送入育婴堂，更名为月林。十多年后，月林几经转卖又落到了胡荣生的手上，并被他居心叵测地收为养女。月林天真烂漫、单纯美丽，有着恋爱的美梦，又怀着革命的憧憬。此时，胡荣生之子巧鸣对月林心生恋情，但被胡荣生强夺为妾的郑少梅却又深爱着巧鸣。胡荣生并未知晓月林为自己之女，对月林美貌垂涎不已并蠢蠢欲动。此时，整个时代风云变幻，革命浪潮开始向罪恶的封建地主发起攻击。归国的萧森此时以妇联委员的身份走进了胡家。与此同时，月林青梅竹马的恋人凌侠又以农协委员的身份向胡荣生进行“革命”。于是各种矛盾在胡府交错相冲，一触即发。最后，胡荣生手刃亲生儿子胡巧鸣，与亲生女儿月林持枪互射，双双中弹身亡。在这个作品中，时代革命风潮蔓延纸上，但是最为扣人心弦的是各种复杂、集中、尖锐的矛盾冲突。可以说，这些矛盾冲突涉及血缘人伦、阶级社会、人性人情之间的种种复杂关系。虽然各种矛盾的缘起与爆发有些巧合与突兀，但是这种构建复杂戏剧冲突、把握主体社会矛盾的气度与才能则是 20 世纪 20 年代中国戏剧创作中应予以嘉许的。甚至可以说，这种矛盾冲突的建构方式为后来曹禺的代表作《雷雨》所借鉴与整合。

同时，在《打出幽灵塔》中值得注意的是，它给我们塑造出了多种女性形象。有惨遭凌辱但意志坚定的萧森、有沉郁哀怨的郑少梅、有单纯明丽的月林，与粗糙简单的凌侠与胡荣生相比，她们性格中蕴藏着丰富的社会生活内容。郑少梅是在“幽灵塔”中有所爱但又怯懦、卑弱的女性，萧森则是有着顽强生命意志，又有着现代理性精神的成熟女性，即使在单纯的月林身上，也有着女性在黑暗时代中种种的不幸与悲惨。最值得注意的是，这些女性在时代风潮的影响下，一改先前女性的屈抑、卑弱与怯懦，勇敢地面对邪恶与苦难，对旧的世界进行着毫不妥协的抗争。虽以悲剧告终，但那种“与汝偕亡”的精神却焕发出凛然的悲壮之美。这种审美格调也是现代戏剧创作中少有的。难怪戏剧史论家评价此剧是“在思想上和艺术上把 20 世纪 20 年代的社会问题剧提高到了一个新水平”①。

在经历第一次国内革命战争后，白薇对这场革命中以“革命之旗”行“邪恶之私”的行为感到了震撼，这种名实相悖、表里不一的情形一方面让她进一步深切地认识到革命的艰难与不易，另一方面进一步激起了她对这种丑行的义愤，并直接地在作品中对其予以了严正的批判和揭露。1928 年 3 月，她的《革命神的受难》在《语丝》上发表。作品揭露了以“革命神”为标榜的戴天所谓的革命，一是为了金钱，二是为了美女。于是“革命神”的革命举动便变成了深山藏娇、幽谷贮宝的闹剧。整个作品虽然简洁，但剧作者那烈焰般的愤怒、疾恶如仇的正气让作品有了一种严峻的风格。她不但揭露了麒麟皮下的马脚，而且对人民的力量寄予了殷切的希望。这种正义激情同样也表现在她的其他剧作之中。两幕剧《莺》在批判与揭露反动军阀勾结帝国主义对人民的反抗进行血腥镇压之时，更反映出

① 陈白尘、董健主编:《中国现代戏剧史稿：1899–1949》，中国戏剧出版社 2008 年版，第 126 页。

江南工农武装革命如火如荼的浩大声势。在中日民族矛盾尖锐之时，她创作的《假洋人》嘲讽那些借洋人之威而欺负同胞的民族败类，严正地批判丧失民族尊严，辱没国格、人格的洋奴心态。后来“九一八”事变爆发，她迅即作出反应，创作出《北宁路某站》《敌同志》，高扬东北土地上的生的挣扎与死的反抗，并严厉地抨击了那些变节的民族败类，在抗日救亡中产生了广泛的社会影响。

四、白薇的文学艺术创作成就

白薇的文学艺术创作成就主要表现在戏剧领域，但其小说也有着独特的特色。其中，最有代表性的作品是《炸弹与征鸟》。整个作品虽以革命为背景，但其真正目的在于从时代巨变的激流中追问女性命运改变的可能。余玥、余彬姐妹俩出生于北京一个破落的仕官之家，余玥深受封建包办婚姻之苦，应父母之命嫁了人，历尽折磨与虐待，但她并未屈服，而是抱着对革命的向往南下广州。她先后在中央党部、妇女部和政府某部工作。在标举革命旗帜的妇女部，她未曾见到切实的革命实践与民主行为，只见到女人为表现自己的美丽而争出风头，官僚政客在青天白日下谋求私利、蝇营狗苟一类丑态。她在现实之中有所警觉，意识到中国共产党党员可担革命之任，但又在个人激进思潮的影响下，参加暗杀活动，最终身处牢狱。

妹妹余彬天真纯洁，与像征鸟一样坚定的姐姐相比，她活泼热情，但同时又有着浮躁虚荣、耽于幻想的性情。虽在汉口妇女协会交际部工作，但只不过是一个革命名义下的交际花而已。她由自己的生活体验见到了革命并没有让妇女获得应有的自由与地位，诅咒“革命”新添的罪恶：“哼！革命！把女权安放马蹄血溅下的革命！”[①] 由于脆弱敏感又极易颓唐放纵的人生态度与性情，她过上了消沉颓废的生活。她在上层大人物中周旋，为沉稳内向的姐姐谋求了一个刻钢板的职业。她与革命青年吴诗弗热恋，但未料到这个恋人曾是追求过姐姐的韶舟方，这让她内心更是伤心，行为也更为放荡。错综复杂的关系和起伏不定的态势，反映出那个特定时代的女性特有的精神面貌。

正如阿英所说，白薇的主要价值在于戏剧，虽然她也写小说，可是她的小说远不如戏剧有成就。《炸弹与征鸟》这部作品结构较为粗糙，人物形象刻画流于

① 唐旭君：《中国现代女性作家创作论》，湖南人民出版社 2007 年版，第 141 页。

表面，情节推进也并不依照人物性格逻辑与主题需求予以整合，而是过于放任叙事者的随意介入。但是作为中国现代女性创作中较早的长篇之作，无疑有着其应有的价值，其核心之处则是对女性命运进行的执着探索。余玥、余彬无论是沉稳热情或坚韧浮躁，无论是执着如“征鸟”、激进如“炸弹”，始终不能把握住自我的命运。女性怀着热诚渴望参加“革命”，想改写与重构女性的命运，但她们却一次次落入男性欲望之中。如果说在《打出幽灵塔》中，胡荣生以男性淫邪的欲望构筑了压抑的“幽灵塔”，那么在《征鸟与炸弹》中的各种男性同样将“革命”视作了捕获女性的色情场。胡荣生是对立阵营中的淫徒，而在“革命”阵营中的男性则是女性同伴中的登徒子。可以说，女性始终无法摆脱作为欲望对象的宿命，这并非源自社会体制与阶级身份，而是源自男性本位文化中女性“以色事人”的病态意识。女性要获得真正的自由与尊严，并非轻而易举之事。白薇对革命虚有其表、败絮其中的揭露与庐隐的《曼丽》相比更为全面，对女性在“革命”场景中的命运探索超出了其时代中的任何一个女作家，所谓把参加革命的女性还原为性爱角色，限制她们革命角色的实现的批评实属不实之论。白薇在这一作品中再次让女性为“革命”的目的而牺牲身体，在其最为根本的生存上也就失去了重建自由的可能。

除了这部长篇小说，白薇还创作了短篇小说《接江》《爱网》等。《接江》写一个女共产党员在陈腐的生活中逐渐成为一个官太太，原来的爱人想唤醒她返回前进之路，但一切皆是徒劳。《爱网》写一个将爱情视作自我生命的热情女性，在受尽了爱的痛苦之后，对爱产生了质疑，发出了“我唯一的路还是恋爱吗”①的疑虑，并在这种疑虑中重新抉择人生之路，抛弃先前个人的小我之爱，而转向追求社会大爱。在创作风格上，她在这两个作品中继续使用了《炸弹与征鸟》中的主观色彩与浪漫格调。

在中国现代女性文学史上，白薇是同时在戏剧与小说领域取得较大成绩的一个作家。无论是戏剧还是小说，她的作品都带有一种率真，没有任何遮掩与文饰的自然，同时其戏剧与小说还有着鲜明的自我生活的痕迹与影像。人物形象往往在作品中敞开心扉、直抒胸臆，有着一种浓郁的主观色彩与悲郁色调。可以说，这种创作风格既是现代女性作家所用的一种言说审美方式，也与其内蓄的创伤性

① 曾庆瑞、赵遐秋编：《中国现代小说 140 家札记》，漓江出版社 1995 年版，第 517 页。

生命体验有着密切的联系。但从其外在根源来讲，则是她在日本留学时，一方面耳濡目染了日本“私小说”那种大胆暴露、感伤颓废的艺术风格，另一方面又受田汉、郭沫若这些创造社大家的直接示范与引导。于是，她的创造除带有创造社“自序传”色彩外，更有着一种唯美表现主义的特征。即使后来剧作现实主义成分有所加强，但她与严谨的客观写实、“典型环境中的典型人物”的创作原则也是有区别的，其现实也是自我主体情感的现实，是一种有着充沛主体情感的诗意的浪漫境界。例如，在《打出幽灵塔》中，中弹负伤的月林在临死之前疯狂地歌舞、吟唱:“我们的世界，要从我们的血里来。”[①]这就不是单纯的客观现实，而是一种有着浓烈表现色彩的主观诗情。可以说，剧作家把舞台变为真实生活，把人物化为自我，在一种兴奋的艺术激情中突破了种种界限而达到了一种“情往似赠，兴来如答”的境界[②]。

总而言之，白薇的戏剧与小说有其粗糙与亢奋的一面，也有其开拓与激进的一面。就其在整个现代戏剧中所处地位来看，她是前承五四运动时期的戏剧家，后启曹禺、夏衍等人的剧作家。曹禺剧作中的激情，以及夏衍作品中的政治化、诗意都可从她的剧作中找到。

① 王青:《性别与叙事：中国五四女作家创作论》，中国矿业大学出版社2007年版，第88页。
② 丘振声:《中国古典文艺理论例释》，漓江出版社1984年版，第54页。

第四章　1937—1949 年女性文学创作

抗日战争的爆发，中国的版图被分为沦陷区、国统区和根据地（20 世纪 40 年代后期称为解放区）三个不同的政治区域，中国的文学也呈现出不同的面貌。与之前相比，这一时期，“救亡”已经逐渐替代“启蒙”，成为时代的主题。战争对时代造成了强大的冲击，并在一定程度上促进了中国政治、经济、文化等各方面的重组与分化。战争影响着文学发展的方向，很多作家正是受到战争的影响和启发，不得不对自己的创作进行调整，对关乎中华民族生死存亡的事件作出反映，并将全部注意力放在抗战和民族救亡上面。本章节主要对张爱玲、苏青两个女性作家的文学创作进行了全面的论述。

第一节　张爱玲

一、张爱玲简介

（一）贵族血统

1920 年 9 月 30 日，张爱玲出生于上海公共租界西区一幢没落贵族府邸。张爱玲的外曾祖父是晚清权臣李鸿章，祖父是晚清清流派风头极劲的人物张佩纶。历史很是逗趣，这二人最初在朝堂之上是水火不容的政敌。对外国列强的态度，李鸿章主“和”，张佩纶主“战”。慈禧也被张佩纶说动了心，便抱着试一试的态度将其派往福建。马江之战中，法国舰队司令孤拔致电张佩纶令其在 12 小时内投降，否则将进攻福建水师。但是，张佩纶并未收到这个消息，使得全军覆没。虽是政敌，但李鸿章爱才，在他的尽力维护下，张佩纶流放东北归来，但妻子却已故去。于是，李鸿章将自己的二女儿李菊藕续弦给了张佩纶。

这段婚姻在当时也是颇为轰动的大事，小说家曾朴甚至将这对佳偶编排进了

《孽海花》，演绎出了一见钟情的桥段，说是张佩纶无意看见了李菊藕手书的《基隆》七绝二首，其中有“论材宰相笼中物，杀贼书生纸上兵”的怜才之语，于是一见如故。

婚后，张佩纶和李菊藕二人育有一子一女，男孩就是张爱玲的父亲张志沂，女孩就是张爱玲的姑姑张茂渊。张爱玲的母亲是黄逸梵，外公是长江水师提督黄翼升；张爱玲的继母是孙用蕃，其父亲是曾经出任过民国总理的孙宝琦。

文人相轻，同在上海的女作家潘柳黛出言讥讽：“因为她的祖父讨的老婆是李鸿章的女儿，她是李鸿章的孙女——其实这点关系就好像太平洋里淹死一只鸡，上海人吃黄浦江的自来水，便自说自话是‘喝鸡汤’的距离一样，八竿子打不着的一点亲戚关系。”① 张爱玲当时虽未反击，但怒气却在十几年后的香港喷泻而出，据说有记者请她谈潘柳黛，她冷冷地说：“潘柳黛是谁？我不认识她。”②

在《对照记》里，张爱玲郑重其事地表达了对自己血统的敬意与依恋：“我没赶上看见他们，所以跟他们的关系仅只是属于彼此，一种沉默的无条件的支持，看似无用、无效，却是我最需要的。他们只静静地躺在我的血液里，等我死的时候再死一次。我爱他们。”③

当然，张爱玲的这些贵族亲戚对于张爱玲的意义远远不止于此，除了是她的亲人，还是她小说创作的重要素材来源。张爱玲小说里的大部分人物原型，都取自于童年时期看来、听来的真人真事，然后改头换面，以张爱玲的理解写进小说。读者畅快淋漓，当事者如坐针毡。张爱玲的弟弟晚年写了一部关于张爱玲的传记《我的姐姐张爱玲》，顺便将书中的人物与现实中的亲戚对号入座。

（二）传奇爱情

在自己的爱情里，张爱玲单纯得像一个不谙世事的小姑娘，忠实地践行着人们对爱情的美丽想象、无条件付出，如同飞蛾扑火般义无反顾。

张爱玲的第一任丈夫是胡兰成，曾经的汪伪国民政府的宣传部政务次长，因此“汉奸”二字就像洗不掉的印记，一直伴随着张爱玲。张爱玲的第二任丈夫是美国人赖雅，一个落魄的好莱坞编剧。

---

① 姜燕：《中国现当代女性作家作品研究》，吉林人民出版社 2016 年版，第 116 页。

② 姜燕：《中国现当代女性作家作品研究》，吉林人民出版社 2016 年版，第 116 页。

③ 林溪：《世间曾有张爱玲》，天津人民出版社 2014 年版，第 190 页。

（三）成名之路

14 岁那年，张爱玲创作了长篇鸳鸯蝴蝶派的章回体小说——《摩登红楼梦》，回目由其父亲代拟。

1932 年，张爱玲在上海圣玛利亚女校校刊上发表了自己的第一篇作品——《不幸的她》。但现代文学史上在谈及张爱玲的文学创作时，一般以 1939 年张爱玲在《西风》杂志上发表的征文《天才梦》为开端，“生命是一袭华美的袍，爬满了蚤子”，虽短短一句，却已经显露出张爱玲独一无二的写作风格。

1943 年，张爱玲在《紫罗兰》上发表小说《沉香屑·第一炉香》，该篇小说使张爱玲在上海文坛一炮打响，崭露头角。

二、张爱玲的作品分析——《色·戒》

《色·戒》开始构思于 1953 年，历经 20 多年的修改后，于 1978 年发表。2007 年，李安导演根据张爱玲小说《色·戒》改编的同名电影横空出世，连带着小说主人公的现实原型——郑苹如也被连篇报道。表面上，从郑苹如到张爱玲的王佳芝、再到李安的王佳芝，是一个一脉相承的故事，但实际上，这是有着不同叙事内核与叙事逻辑的三个故事。

关于《色·戒》故事的来源，张爱玲一直没有给出详细的解释。在其文章《羊毛出在羊身上——谈〈色·戒〉》（以下简称《羊毛》）的开头，张爱玲以“这故事的来历说来话长，有些材料不在手边，以后再谈”一笔带过，但此后也并没有进行相关的解释说明。

本书无意于考证《色·戒》的原型，之所以将郑苹如的故事放入解读框架，是为《色·戒》提供一个有趣味的参照物。

在郑苹如的故事中，丁默邨并不是被放走的，他通过皮货店玻璃门的反光看见了枪手，因此将大把的钱撒向空中，引得很多人来争抢，造成了混乱，自己借机逃走。郑苹如不甘心暗杀计划就此失败，便决定单枪匹马执行刺杀丁默邨的任务，最后被逮捕，以致丧命。郑苹如不惜付出生命也要刺杀丁默邨，可以确定他们之间是不可能有爱的。

在王佳芝想明白“这个人是真爱我的”这一点之前，其实在小说的前面就已经有了暗示，张爱玲在自己的《羊毛》中总结了两点：第一，王佳芝的特务行为，仅仅出于一时爱国心的冲动；第二，王佳芝为了扮成已婚妇女，失身于梁闰生，最终却没有派上用场，所以有苦难说，逐渐有点心理变态。这两条解释都是比较恰当的，王佳芝作为一个特工人员，有着太多的杂念，这是很不应该的。小女孩般的虚荣、对爱情超乎现实的想象、对同伴的抱怨、对自身处境的担忧，都在不断地消耗着她的精神。

但是，这场在王佳芝内心轰轰烈烈的爱，必须在前面加一个“错”字，即错爱。在王佳芝看来，易先生所流露出的“温柔怜惜的神气”，不过是他惯有的陪欢场女子买东西的表情。易先生不过是在正确的时间和地点，满足了王佳芝心目中对于白马王子的美好想象。在粉红钻的映射下，在墙根倚着的大镜子上面画的艳俗的彩凤牡丹成了人间仙境，而简陋、狭隘的店面，则成了天方夜谭里藏有无数珍宝的市场。一切看起来都是那么完美无瑕的，那么易先生自然也是完美的。李安《色·戒》电影的英文译名是 *lust*，*caution*，也就是在这部电影中，将《色·戒》中的“色”理解为“lust”，即肉欲、色情。笔者认为这种理解失之偏颇，《色·戒》中的“色”更应该是“fantasy”，即幻想、空想的意思。王佳芝在说出“快走”两个字之前，不由惋惜地想，这戒指只是舞台上的小道具，只能用一会儿工夫，不能属于自己。但是她万万想不到的是，这舞台上最大的道具是易先生，易先生的主要作用就是满足她对于爱情的超出现实的幻想。

爱错也就罢了，她却偏偏爱上好色卑劣的易先生，这更加凸显出这份爱情的不堪。在一切都已成定局之时，易先生回到太太的牌桌之前，那一段心理活动令人所不齿，他一面沾沾自喜，觉得她还是真爱他的，是他有生以来第一个“红粉知己”；另一面，他却连自己死去的红粉知己都不放过，将两个人的关系看作是猎人和猎物的关系，认为她生是自己的人，死是自己的鬼。

对于《色·戒》，李安表达了这样的感受：“像是在拍张爱玲的自传。”不得不说，这种观点是很恰当的。如果我们将小说里的王佳芝、易先生，跟现实世界中的张爱玲、胡兰成对应起来，也就能够理解张爱玲为什么一遍遍改写《色·戒》，也就能体会到她的意难平了。《今生今世》中将张爱玲与胡兰成交往的细节透露出来，一方面，这些记述成为日后人们研究张爱玲的重要资料；另一方面，人们也对胡兰成的滥情和卑劣而深感痛恨。

张爱玲向来不愿提及自己与胡兰成的关系，而胡兰成却将自己和张爱玲交往的细节暴露出来，特别是张爱玲在交往过程中所表现的低姿态。胡兰成大肆描写张爱玲的魅力和智慧，只是为了说明连张爱玲这样的女子都能为他倾倒，足以体现自己的魅力。

让张爱玲倍感难堪的是，在《今生今世》中，胡兰成将二人感情破裂的原因都归结于张爱玲“像刀截的分明”和“临事心狠手辣”，对自己的不忠行为则只字不提。在《今生今世》中，胡兰成大谈张爱玲的理性，由此可见，他一直以来也没有理解张爱玲对他的一片深情。此外，对于张爱玲“刀截式的分明”，胡兰成是心怀恨意的，他不相信也不愿意相信会有这样的女人。在他的眼里，只看得见张爱玲对他的心狠手辣，却看不到自己给张爱玲带来的伤害。

两相比较，小说与现实之间的交集就更加明显了。王佳芝和张爱玲十分相似，她自导自演了一出爱情戏码，临时搭戏的男主角占尽便宜，一个企图“终极的占有”，一个无所顾忌地拿出来炫耀。正因如此，我们也理解了在小说的结尾之处，面对易先生的大言不惭，张爱玲那种狠毒的语气，这明显体现的是张爱玲对胡兰成的恨意与回击。

第二节　苏　青

一、苏青简介

苏青（1914—1982 年），本名冯和仪。早年发表作品时曾署名冯和仪，后以苏青为笔名。苏青出生于浙江省宁波市鄞县（今鄞州区）的一个书香门第家庭，父亲曾在美国哥伦比亚大学留学，母亲毕业于师范学校，这样的家庭环境让苏青接受了良好的教育。1933 年，苏青考入国立中央大学外文系，读书期间，其与富家子弟结婚，后因怀孕而辍学，于是苏青做了一段时间的家庭妇女。在这期间，苏青开始写作并向外投稿。1935 年，苏青在《论语》杂志上发表了处女作《生男与育女》，这篇文章展现了她快人快语、大胆泼辣，以及言他人所不敢言的写作风格。1942 年冬天，苏青的婚姻生活遇到问题，她因无法忍受丈夫的婚外情及丈夫不肯养家的行为，与丈夫离婚。此时的苏青为了养育几个孩子，被迫走向社会，她以写作为生，将写作视为自己的生存手段，开始了她的职业创作生涯。苏青的代表作主要有长篇自传体小说《结婚十年》《续结婚十年》，中篇小说《歧途佳人》，短篇小说《蛾》，散文集《浣锦集》《涛》《饮食男女》《逝水集》等。

应该说，20 世纪 40 年代沦陷区的政治、文化环境为张爱玲、苏青这些海派女作家提供了成名的舞台，如柯灵所言："偌大的文坛，哪个阶段都安放不下一个张爱玲；上海沦陷，才给了她机会。"[①] 其实，对于苏青而言，又何尝不是如此呢？一方面，由于沦陷区的政治高压，代表国家、民族的主导意识形态普遍沉寂，女作家可以更加毫无顾忌地书写女性的感受。另一方面，受战争的影响，沦陷区的女作家普遍感到命运的无常，她们需要把握一些实实在在的东西来证明自身的存在，所以她们关注日常，重视物质生活，尤其肯定世俗的人生价值观。苏青的创作也是物质的、世俗的、日常的。在实用主义的生存哲学之下，苏青展开了对两性关系的探讨，既不对爱情抱有不切实际的幻想，同时又站在女性立场务实地寻求女性在男权社会中的安身立命之法。苏青对女性解放有着清醒的认识，她认为：社会解放了，女性并不一定随之解放，只有女性自身解放，女性才能获得真正的自主与自由。苏青对男权意识的批判及其站在性别差异立场上强调两性平等的观点跟西方女性主义遥相呼应，展现了中国女性主义文学批评的自觉与实绩。

二、苏青文学作品中的女性观

（一）对男权社会、男权意识的批判

苏青对男权社会、男权意识的批判包含以下两个层面。

其一是对男女不平等的社会地位的批判。在《生男与育女》一文中，苏青首先指出生儿子与生女儿的差别待遇。"为人妻者，无论你的德容言功好到怎样程度，可是若生不出儿子的话，按法据理，就得被丈夫逐出去；即使'夫恩浩荡'，不忍逼令大归，你就得赶快识趣，劝夫纳妾图后，自己却躲在'不妒'的美名下噙着眼泪看丈夫与别个女人睡觉。"[②]

反之，情形则大不同，中国一向母以子贵，生了儿子的母亲无论如何不堪，都会被认为是丈夫家族传宗接代的功臣。故而，女子从一出生就受到男权意识的

---

① 萧宜：《凭窗忆语：笔会十年师友录》，文汇出版社 2018 年版，第 120 页。

② 江晓英：《苏青：风从海上来》，北京时代华文书局 2015 版，第 93 页。

压制，社会已估定了其价值。于是刚出生的女婴便因这种男尊女卑的思想，成为众矢之的，虽有“千金”“掌珠”之名但没有“千金”“掌珠”之实。在这种状态中生长着的女孩，名为“招弟”“领弟”“来弟”“有弟”等。苏青进一步指出，这种男尊女卑的思想已内化到很多女性的意识深层，作为女性本体也不由得被男权意识掌控，故而就会出现这一现象：生育的是女人，被生的是女人，轻视产女的也是女人。生育的女人感到悲哀，被生的女人觉得不舒适，轻视产女的女人困在失望的痛苦中。小说《结婚十年》中，苏怀青因头胎生养了女儿，受到婆婆及家人的冷遇，产前产后的待遇差别很大，甚至自己哺育女儿的权利也因为还要生育儿子而被剥夺，连苏怀青的母亲也因为女儿生了女孩而心有愧疚。当然，这种男女的不平等不只是体现在出生阶段，它伴随着女性今后生活的诸多方面。例如，社会对待男女离婚的不同态度，“对男人是不予重视，管他丧妻也好，离婚也好，一经续娶便没事了；对女人则是万般责难，往往弄得她求死不甘，求生不能”①。此外，由于男权意识的影响，女性的审美往往都是为了取悦男性、迎合男性，于是女性自觉或不自觉地按照男性的标准来要求美，实际上是将自己置于男性玩物的地位。由此，苏青指出“红颜薄命”的实质。

其二是对女性自我价值失落的批判。苏青注意到在男权社会中，女性往往将男性的价值标准内化为自身的价值标准，从而在思想上成为男性的附庸，有时甚至比男性还要忠实地执行男权社会的价值标准。苏青认为，女子自小到大所接受的教育都是来自男权社会的价值规范，在这样的教育下，女性是很容易失去自我价值观的，所以置身在从前的男权社会中，女子是无法说出她们自己所要说的话的。旧式女子如此，新式女性同样也面临这样的问题。那些新文学作品，“对不住得很，也还是男人写给男人们看的，因为现在仍旧是男人的社会呀。虽然他们也谈到妇女问题。提倡男女平等，替我们要求什么独立啦，自由啦，但代想代说的话能否完全符合我们心底的要求，那可又是一件事了。所以我敢说，读这类文章读出来的女生，她们在思想上一定仍旧是男人的附庸。她们心中的是非标准紧跟着男人跑，不敢想男人们所不想的，也不敢不想男人们所想的，什么都没有自己的主意”②。故而，针对五四运动时期出现的体现女性自我价值观的“娜拉出走”

① 苏青:《饮食男女：苏青散文》，新世界出版社 2003 年版，第 134 页。

② 苏青:《饮食男女：苏青散文》，新世界出版社 2003 年版，第 18 页。

现象，苏青毫不客气地指出，“娜拉可是易卜生的理想，不是易卜生太太的理想”[①]，因为“凡男人所有的并不都是好的；凡男人所能享受的，女人也并不一定感到受用，这个观念须弄得清楚”[②]。

（二）提倡尊重性别差异基础上的两性平等

苏青不仅看到男权社会中男女不平等的现实，她同时呼吁建立平等的两性关系，但这种平等不是无差别的平等，而是尊重性别差异基础上的平等。相比较五四运动时期提出的宽泛意义上的男女平等，苏青的立场尤为可贵。苏青坚持女性与男性的差异、对立，以此来坚守女性的自我。苏青反对女性男性化的倾向，认为这是男女平等思想走向极端的结果。针对女子的教育问题，苏青指出：“严格地说来，我国根本没有所谓女子教育；学校里一切设施都是为男生而设，不是为女生而设的。”[③]然而很多人没有意识到这点，一般自命为新女子的女性还高兴得很，以为这是男女平等。因此，苏青指出我国的女子教育是失败的，因为身为女子，却要受男子教育，而教育过后，社会又要求女子做女子本该做的事，所以这种女子教育注定是不能取得成功的。苏青站在女性的立场上，提出真正的女子教育应该包括两种：“一种是预备给完全以婚嫁为职业的女人来用的，就专门教给她们以管家养孩子的种种技能，相当于其他各项的职业训练，使她们将来能够学得其所用。另一种便是除了教她们与男生同样学习各种职业技能，或同男生一样启示她们一条路径，使她们将来得从事于某种学术研究之外，还得教给她们些管家养孩子的常识，因为从事职业或研究学问的女子总还得结婚养孩子，在目前的中国社会里，男子可以专心从事职业或研究学问，把家务孩子统统交给他的家主婆，女子可没有这么好福气讨个家主公来呀！”[④]

苏青针对社会中男女分工的现状，务实地指出女子教育不能忽视女性在家庭中的分工与作用，应将家务培训也纳入女子教育中，这样才能让女性更好地适应将来她所要承担的角色。此外，苏青强调女性在生理、心理等方面都区别于男性，如果不顾女性的自身条件，而以男性标准来衡量、要求女性，则很难达到真正的

---

① 苏青：《苏青散文集》，安徽文艺出版社1997年版，第77页。

② 苏青：《饮食男女：苏青散文》，新世界出版社2003年版，第27页。

③ 苏青：《饮食男女：苏青散文》，新世界出版社2003年版，第17页。

④ 苏青：《饮食男女：苏青散文》，新世界出版社2003年版，第22页。

平等。因此，苏青对那种不顾及女性的生理、心理特点，一味空谈男女平等是不认可的，“所以我对于一个女作家写的什么：‘男女平等呀！一起上疆场呀！就没有好感，要是她们肯老实谈谈月经期内行军的苦处，听来倒是入情入理的”[①]。苏青认为女性权利的争取首先应该从自身的生理特点出发，不能盲目地要求与男人事事相同，更不能一味地强调与男性处处平等。这是因为，“一个女子需要选举权，罢免权的程度，决不会比她需要月经期内的休息权更切；一个女人喜欢美术音乐的程度，也决不会比她喜欢孩子的笑容声音更深”[②]。当然，苏青并不是说女子一世只能做生理上的努力，而是希望女性能够先满足自己合理的生理需要之后，再来享受跟男人平等的权利。那么，如何达到真正的男女平等呢？苏青认为：“由于男女先有一种天然的不平等，即生产。我们要做到真正的男女平等地步，必须减轻女人工作，以补偿其生产所受之痛苦。假如她更担任养育儿童工作，则其他一切工作更应减轻或全免，这才能以人为补自然之不足，也就是婚姻的本意。故而，妇女运动是妇女要求合法的，也是合理的减轻工作，不是要求增加工作，或与男人一样的工作。”[③] 应该说，苏青提倡的男女平等是在强调两性差异基础上的平等，这是一种站在女性立场、讲求实用的平等观，与五四运动时期提倡的建立在个性解放基础上的平等观有着根本的不同。

（三）大胆正视女性的身体欲望

长期以来，受封建礼教和男权思想的影响，女性的身体欲望是被淡化的。五四运动时期，多数女作家虽然呼唤恋爱、婚姻自由，但对女性的欲望仍是采取规避的态度。冰心的作品歌颂母爱、童心与大自然，基本不涉及爱情题材；冯沅君的小说虽大胆追求自由恋爱，但当作品中无法回避男女主人公共居一室时，她特别强调男女主人公除了拥抱、接吻，没有进一步的身体接触了，以性爱关系的缺席来保证爱情的纯洁神圣；庐隐笔下的女性对男性充满着一种神秘的渴望，但一旦走近男性后，她们又表现出逃避和厌恶的姿态；直到丁玲笔下，女性欲望才浮出历史地表，莎菲对男性充满了欲望，她渴望凌吉士的吻，不过由于凌吉士卑劣的灵魂，莎菲处在灵魂与肉体的矛盾冲突中，而这样的内心痛苦多少抵消了纯

① 苏青：《饮食男女：苏青散文》，新世界出版社2003年版，第18页。
② 苏青：《饮食男女：苏青散文》，新世界出版社2003年版，第27页。
③ 苏青：《饮食男女：苏青散文》，新世界出版社2003年版，第86页。

粹的欲望。此外，丁玲笔下女性的欲望是建立在个性解放基础之上的，具有某种精神价值的高度。在苏青看来，欲望如同吃、喝、睡一样是人的正常生理需求，苏青对欲望的肯定是建立在世俗价值观基础上的。与之前的女作家相比，苏青毫不遮掩女性的欲望，而是大胆地正视它、肯定它，甚至专门写文章谈性。苏青注意到了受传统思想文化的影响，女性往往不敢承认性欲的现实："性欲是人人有的，但是女人就决不肯承认；若是有一个女人敢自己承认，那给人家听起来还成什么话？"[①]不过在苏青看来，"性是人类自然要求之一种，也称本能""是促成婚姻关系的第一个原因"[②]，而"只有真正有爱情的性生活才可以使人满足"[③]。苏青不仅从生理层面肯定女性欲望的合理性，同时也指出欲望需建立在情感的基础上，只有这样，性才是美满的、和谐的。应该说，在欲望表达的大胆与直白上，她比丁玲走得更远。在短篇小说《蛾》中，女主人公赤裸裸的呐喊可谓惊世骇俗。作者更借扑火的飞蛾来形容女性的欲望之火，"欲望像火，人便像扑火的蛾，飞呀，飞呀，飞在火焰旁，赞美光明，崇拜热烈，都不过是自己骗自己，使得增加力气，勇于一扑罢了"[④]。又如《结婚十年》中，苏怀青直言性生活对于女性的重要，多次表达自己对爱欲的渴求，"我需要一个青年的，漂亮的，多情的男人，夜夜偎着我并头睡在床上，不必多谈，彼此都能心心相印，灵魂与灵魂，肉体与肉体，永远融合，拥抱在一起"[⑤]。苏青往往敢言别的女性所不敢吐露的惊人豪语，对于女性欲望的直白言说，苏青确实是无所顾忌。不过，也因为这样大胆的言说方式，苏青被冠以"文妓"和"性贩子"的帽子。可见，在男权社会中，女性要想说出内心欲望是要承受很大的社会压力与道德谴责的。

（四）对于婚姻生活、女性生育、养育孩子等问题的探讨

苏青站在世俗的生存哲学立场，对于女性生活的诸多方面予以指点。因此，从某种意义而言，苏青的文章可视为女性的婚姻生活指南。对于婚姻的本质，苏青有着清醒的认识。在她看来，理想婚姻应该是才貌相当的。所谓才貌相当，不

① 苏青：《饮食男女：苏青散文》，新世界出版社 2003 年版，第 2 页。
② 苏青：《饮食男女：苏青散文》，新世界出版社 2003 年版，第 84 页。
③ 苏青：《饮食男女：苏青散文》，新世界出版社 2003 年版，第 15 页。
④ 苏青：《苏青文集（上册）》，上海书店出版社 1994 年版，第 4 页。
⑤ 苏青：《结婚十年》，经济日报出版社 2002 年版，第 23 页。

仅是指男有才而女有貌，还是指男之才与女之才相称、男之貌与女之貌相当。男女双方之才相称则精神上愉快，男女双方之貌相当则肉体上满足，这是兼顾灵魂与肉体的完善的办法。除此之外，更重要的条件是道德。在婚姻关系中，若有一方不讲道德，即使才貌相当，也很难获得幸福。苏青对婚姻不抱乐观态度，她认为由于生理本能导致男性往往对待爱情不专一、不长久，故而，爱情是不能够靠结婚来保障的，它的本身是性的本能与美的幻想的混合物，要使它持久且专一，最不容易，所以结婚的目的不在于保障爱情。因此，她认为，为女人打算的最合理想的生活应该是婚姻取消、同居自由，孩子归母亲抚养，国家补贴费用。甚至认为，婚姻只是一种可有可无的关系，随个人自由意愿，而不必定有法律效用。能够实现这一目标的前提是，将恋爱结婚与养孩子职业化。苏青认为，由于生理原因，女性在生产及养育孩子方面付出了比男性更多的精力与心血，但往往得不到社会及男性的认可与尊重。因此，她提出由国家负责养育孩子或支付养育报酬的想法，并认为这可以在一定程度上解决婚姻对女性的束缚及女性对男性的依赖。另外，为女性着想，苏青认为节制生育也是必要的，生育问题一日得不到合理解决，女人就不会真正有地位。女性将来的幸福是建立在儿童公育上的，所以节制生育也是必要的。此外，对于女性离婚，苏青的态度也是开明的，认为这没有什么不妥，不过需要考虑清楚今后的生活。一个女子在逼不得已的时候，请求离婚是必须的。不过在请求离婚的时候，先得自己有能力和勇气。因为“娜拉并不是容易做的，娜拉离开了家庭，便是‘四海虽大，无容身之所’了”[①]。应该说，苏青的婚姻观大胆前卫，有时甚至较为偏激，她将婚姻中的男女双方视为对立的个体，由于男权社会中的婚姻并不能保障女性的权益，因而无论是情感还是经济，苏青都对婚姻不抱任何希望，甚至提议取消婚姻制度。苏青的这一态度是激进的，不过这恰恰体现了处于弱势地位的女性对于男权社会的一种绝望的反抗。

（五）经济权对女性独立的重要性

在《结婚十年》及《续结婚十年》中，苏青强调了经济权对于女性独立的重要性。长期以来，横亘在女性解放道路上的第一道屏障就是女性经济的不独立。没有独立的经济权，女性的人格独立和个性自由就得不到保障。苏怀青最终与丈

① 苏青:《饮食男女：苏青散文》，新世界出版社 2003 年版，第 138 页。

夫决裂的导火索就是经济问题，在此之前，尽管知道丈夫有外遇，尽管内心很痛苦，但苏怀青并没有选择离婚。每次当苏怀青低声下气地向丈夫讨要生活费时，都需要忍受丈夫的冷言讥讽，这让苏怀青意识到没有经济权，就没有尊严与人格。当丈夫最终不愿再提供养家费用时，夫妻彻底决裂，苏怀青也因此被迫走上职业女性之路。由于有着对生存权的切身体会，因此苏青强调经济独立对于女性尤其是走出婚姻围城的女性的重要意义，“你恨你的丈夫，怕他，想逃避开他的魔掌，那只有一条路可走，便是自谋生活”①。

不过当女性意识到了经济独立的重要性，那么，这种经济权容易获得吗？苏青显然不太乐观，她意识到在半新不旧的过渡时代，女性的经济独立往往较难实现。“娜拉的出现曾予千万女人以无限的兴奋，从此她们便有了新理想，一种不甘自卑的念头。她们知道自己是人，与男子一样的人，过去所以被迫处于十等男子之下者，乃是因为经济不能独立之故。于是，勇敢的娜拉们开始在大都市中寻找职业。结果是：有些找不到，有些做不稳；有些堕落了！成功的当然也有，但是只在少数。”② 苏青指出了在男权社会中女性寻求经济独立的艰难与困境。不过，少数成功获得经济权的职业女性就一定幸福吗？苏青给出的答案是否定的。“这些少数的成功者当中，尚有一个普遍现象，便是她们在职业上成功以后，对于婚姻同养育儿女方面却失败了。”③ 由于整个社会充斥的仍是男权文化意识，职业女性无论是在社会还是家庭都依然摆脱不掉男权的压迫与歧视。除此之外，在目前的过渡时代，职业妇女都肩负着双重责任，忍受着双重痛苦，这些都加重了职业女性生存的辛苦与精神的苦闷。苏青在不少文章中都颇有同感地谈到职业女性之苦，“这种苦包括三个方面：第一是必需兼理家庭工作，第二是小孩没有好好的托儿所可托，第三是男人总不大喜欢职业妇女，而偏喜欢会打扮的女人”④。因此，在苏青看来，职业女性并不一定就优于家庭妇女，其在爱情、婚姻等方面往往会更加吃亏，这既体现了实用主义的生存哲学对苏青女性观的影响，同时也反映了苏青女性观的矛盾与新旧杂糅。

① 苏青:《饮食男女：苏青散文》，新世界出版社 2003 年版，第 139 页。
② 苏青:《苏青经典作品》，当代世界出版社 2004 年版，第 38 页。
③ 苏青:《饮食男女：苏青散文》，新世界出版社 2003 年版，第 25 页。
④ 苏青:《饮食男女：苏青散文》，新世界出版社 2003 年版，第 7 页。

苏怀青是新女性但又不是一个彻底的新女性，在她身上，仍有着一些“旧”的痕迹，其行动还受到旧道德、旧思想的束缚。因此，苏怀青才会忍受丈夫的婚外情，委曲求全，希望通过维持无爱的婚姻来确保自己和孩子的生存问题，最终当丈夫不再提供经济供给时，苏怀青的幻想彻底被打破。应该说，苏怀青走上职业妇女之路完全是被迫的，如果不是丈夫太过绝情，苏怀青是不愿走到离婚这一步的。正如苏怀青对自己的剖析，“我是个满肚子新理论，而行动却始终受着旧思想支配的人。就以恋爱观来说吧，想想是应该绝对自由，做起来总觉得有些那个。一女不事二夫的念头，像鬼影般，总在我心头时时掠过，虽然自己是坚持无鬼论者，但孤灯绿影，就无论怎么解释也难免汗毛悚然”[①]。在苏怀青或是苏青身上，集中体现了接受过新式教育的女性骨子里所渗透的传统思想的影响。因此，我们会在苏怀青身上或是苏青的言论里，看到某种矛盾性。例如，苏青一方面强调女性应该经济独立，另一方面又认为用丈夫的钱是一种快乐；一方面强调女性不要做男性的附属品，另一方面又认为女性“失嫁”最可怕；一方面强调女性不应一味地按男性的标准而追求美，另一方面又认为职业女性吃亏就在于没有时间打扮自己而去获取男性的欢心。从苏怀青及苏青身上，我们看到了女性解放之路的漫长与艰辛，这既是男权意识形态的强势造成的，也是女性自身所受的文化因袭的结果。

总之，苏青的女性观站在市民价值立场，讲求实用性，肯定世俗欲望，强调性别的差异性平等，其不少观点即便是在今天看来，仍是大胆前卫的，也仍具有启发意义。与此同时，苏青的女性观也具有那个时代共有的特点——新旧杂糅，这使得她的女性意识又充斥着某种内在的矛盾。

① 苏青:《结婚十年》，经济日报出版社 2002 年版，第 24 页。

第五章　20世纪50—70年代女性文学创作

20世纪50—70年代的女性文学创作在整个20世纪女性文学史上具有特殊意义，这种特殊性在于：它继承了20世纪30年代女性革命化写作的这一重要传统，改变了20世纪40年代前期女性写作中一度高涨的女权主义意向，根据新的文学规范，对中华人民共和国成立前期的革命者及中华人民共和国成立后期作出突出贡献的建设者进行了颂扬，并且在和平建设的过程中，逐渐发现了女性地位和价值与理想联系不够紧密的现象，引发了社会的强烈不满。20世纪50—70年代，在文学创作领域中比较活跃的女性作家，大多经历过20世纪三四十年代的革命与战争，她们自身饱受磨炼的成长经历使她们认为，只有经过革命实践的考验，才能成为真正意义上的无产阶级革命者；而现在革命胜利者的身份，又进一步加深了她们的这种认识。这样的认识可以说是比较符合新的文学规范的，所以对民主革命时期青年知识分子道路问题的探讨，就成为中华人民共和国成立后女性作家比较关注的题材。本章主要对茹志鹃、杨沫、宗璞三位女性作家的文学创作进行了全面的论述。

第一节　茹志鹃

一、茹志鹃简介

茹志鹃从小跟祖母在上海、杭州生活，通过做手工来维持生计。直到11岁时，她才得到上小学的机会；祖母去世以后，她被孤儿院收养，后来进入上海妇女文化班学习；1942年，她从初中毕业；1943年，她跟随兄长参加新四军，在军区的话剧团当演员，后来又被调到军区文工团创作组；1947年，她加入了中国共产党；1955年，茹志鹃从南京军区转业到上海，在《文艺月报》做编辑；1960年起，她开始进行专业文学创作，成为中国作家协会的会员，后来又被选为中国作家协会上海分会理事。

茹志鹃是当代著名的女作家，主要擅长创作短篇小说。她的笔调清新俊逸，小说细节丰富传神，得到了很多读者的喜爱。她的小说往往能够从一个比较小的角度来反映某一个时代的本质问题。她的很多作品受到了矛盾、冰心等作家的好评，如《百合花》《静静的产院》《如愿》等，还有很多作品被翻译成多国文字在国外出版。

茹志鹃的第一篇作品是《生活》，于 1943 年 11 月 22 日发表在上海《申报》副刊《白茅》第 36 期。1958 年 3 月，她在《延河》月刊发表短篇《百合花》，歌颂解放军和人民之间的血肉关系，茅盾称赞这是一篇具有清新、俊逸风格的好作品。此后，具有影响力的小说还有《静静的产院》等。

《剪辑错了的故事》是茹志鹃在“四人帮”被粉碎后写的短篇小说。在这部小说中，她借助正反对比的手法，将现实和历史对照起来，说明了虚假、浮夸给党和人民带来巨大的灾难。

此外，茹志鹃还创作过很多短篇小说和散文。她的文笔十分细腻，所创作的人物性格鲜明，得到了广大读者的一致好评。

在茹志鹃的创作中，经常有战争题材的作品，以精致的笔触展现军民之间深厚的情谊；也有反映社会主义建设生活的作品，以柔美的笔触来体现劳动女性的内心世界，体现劳动女性身上所具备的美德。在进入新时期以后，茹志鹃的创作视角更加广阔，作品“从微笑到沉思”，温存中透出辛辣，热情里蕴含冷峻，创作风格有所发展。

二、茹志鹃的作品分析——《百合花》

《百合花》是女作家茹志鹃最具代表性的小说创作，茅盾先生曾在《谈最近的短篇小说》中高度赞扬过这部小说：“我认为这是我最近读过的几十个短篇中间最使我满意，也最使我感动的，我想，这恐怕是在于作品本身所表现出的女性作家创作作品的特色。比如，规避宏大革命事件，关注身边生活琐事，彰显女性生命体验，笔调委婉和谐，感情真挚和谐，书写和赞美人性善良纯洁之美。”

（一）专注于男女之间的感情抒写

《百合花》是一部以解放战争为背景的短篇小说。与当时的主流创作趋向有所不同的是，茹志鹃在作品中既没有描写炮火和硝烟的正面战场，也没有塑造出高大无畏的英雄形象，更没有感天动地的伟大壮举，甚至在作品的叙述中，我们似乎感到作者并不在意战场上敌我双方的进退胜败，而只是专注于战争中人与人之间的感情碰撞与交流。这与一般的战争题材作品有着极大的不同。传统意义的战争小说，是以实践性为核心主题的。由于战争的需要，人们对事物的判断标准及价值取向更多倾向于就近原则和实用原则，而相对忽视终极性目标和与之内在相关的对生命个体价值、个人生存境遇的关注，所以强调集体主义、服从精神等。因此，描写解放战争的作品也就往往强调的是战争的神圣性和伟大性，与此相对应的是作家往往采用宏大的结构表现战争的悲壮和胜利的辉煌。以英雄主义、乐观主义为主导意向的情感态度是战争题材作品的另一特点。它彰显的往往是源自古老传统氏族的英雄情结和革命的大无畏的勇气。由于战争的残酷性，女性往往是战争的受害者，受当时政治话语环境的影响，许多女性作家竭力摆脱天性的纠缠，以政治话语的叙述努力向英雄主义靠拢，以取得时代的认同。茹志鹃却一反常态，以女性的视角体察并展示人物身上的美好情感。

《百合花》中的英雄是一个小通讯员，他是一个连名字都没有的腼腆小伙子，身上并没有什么所谓的英雄气概，面对女同志，他总是脸涨得通红，借被子时，“他踌躇了一下，便和我一起去了”；没借到被子，他说：“女同志，你去借吧！……老百姓死封建……”还得“我”把群众的话对他说了，他才“松松爽爽地带我走了”。甚至他的死也是因为不知从哪里来的手榴弹乱转，他扑到那个东西上了。在当时提倡写英雄人物的战争文化背景下，茹志鹃有意识地不把作品中的人物写成英雄，或者说不把他当作英雄人物来写，这与她对英雄这一艺术形象的认识有关。在茹志鹃的眼里，英雄应该与平常人是一样的，战斗英雄只是在战斗时才是英雄，而在平常的生活中，他们就是平常人，也会脸红和忸怩。在日常生活细节中描写英雄的人性美，这正是女作家茹志鹃的独到之处。

通过男女之间的感情抒写，来完成对英雄美好人性的赞美是茹志鹃女性视角的充分展现。在作品中，小通讯员的可爱和美好，并不是因为他的英雄事迹，而是由于“我”与小媳妇与其交往中凸显出来的，或者说是由于“我”与小媳妇的女性身份凸显出来的。因为“我”是个女同志，“团长对我抓了半天后脑勺，最后才叫一个通讯员送我到前沿包扎所去”。这个只有十九岁的小战士，性格十分腼腆，为人又很朴实，跟异性交往时表现得十分羞怯。在护送“我”去包扎的路上，不跟“我”靠得太近，但也不会把“我”落得太远，从不回头看“我”，但是始终都跟“我”保持一定的距离。这种对女性若即若离的状态，体现着一种细腻的心思，这使得原本懊恼的“我”，开始对这个小通讯员产生了一些兴趣，并开始观察这个小伙子。“从背后看去，只看到他是高挑挑的个子，块头不大，但从他那副厚实实的肩膀看来，是个挺棒的小伙儿，他穿了一身洗淡了的黄军装，绑腿直打到膝盖上。肩上的步枪筒里，稀疏地插了几根树枝。”这样一个健壮、淳朴的小伙子，让“我”感受到自己作为一个女性所得到的尊重，并且自己内心的性别差异意识也被唤醒。于是在这个小伙子面前，“我”微微显示出女性独有的柔弱，如走路太累需要休息，还故意坐在他面前。“他见我挨他坐下，立即张皇起来，好像他身边埋下了一颗定时炸弹，局促不安，掉过脸去不好，不掉过去又不行，想站起来又不好意思。”“我”不仅没有因为他的局促不安停止对他的试探，而是进一步与小通讯员认老乡，甚至还问他：“你还没娶媳妇吧？”“他飞红了脸，更加忸怩起来，两只手不停地数摸着腰皮带上的扣眼。半晌他才低下了头，憨憨地笑了一下，摇了摇头”，看到小伙子局促不安满头大汗的样子，作为女性的“我”暗暗地“拼命忍住笑”，并在这种善意的逼迫中体会着小伙子的质朴与宽容。①

（二）彰显女性对温情的渴望

《百合花》可看作是一部经典的女性文本，是一种准自传体女性写作，“女性自传”源自女性的一种叙述自我经验的冲动，更接近女性生理本质。虽然它是战争题材的小说，又是创作于以革命话语为主流话语的政治语境之中，但这些都不能遮蔽它作为女性文本所呈现出的文本特色。清淡、精致、细腻、美丽，在作品中，作者并不再刻意描写战争的残酷，而是有意在淡化战争情结，从一个女性的个体生命体验出发，专注于战争中人与人之间的情感碰撞与交流。因此，女作家冰心曾经评价茹志鹃的作品：“特别是关于妇女的，从一个女读者看来，仿佛只

① 宫东红：《她们的言说：二十世纪女性作家创作述评》，华龄出版社 2006 年版，第 83 页。

有女作家才能写得如此深入，如此动人！”[①]这也就使《百合花》多少年来感动了一批又一批的读者，成为战争小说中的精品。这部小说真正的深刻之处在于作者从女性角度出发，站在自我生命的价值立场上，对艰苦生活背景下细微的美好进行观察和感悟，并借此来抒发女性对于温情的渴望。正如一位文学评论家所说：“历史和文化塑造了女人，使她们不仅看重自我生命寄托的方式——一个必须有所皈依的情感世界，同时也造成她们疏离主流叙事的写作倾向，使作品比较侧重她们自我生活体验。”[②]

《百合花》中以女主人公的口吻来叙述“我”、小通讯员、新媳妇之间的圣洁情谊，其中多处从女性体验出发进行大胆的内心阐释。在作品中，细节的描写突出女性情感。步枪筒，是一个具有象征性的物件，它与战争、正义、残酷、死亡成为一类，但插上几根“野菊花”的步枪筒已成为“和平”与“美好”的象征物。这与女主人公的心理感受形成了一致，“要不是敌人的冷炮在间歇地盲目地轰响着，我真以为我们是去赶集的呢”。“冷炮”与“赶集”，一边是你死我活，一边是轻松快乐。“干硬的馒头”是“我”与小通讯员之间情感联系的媒介。小通讯员给予“我”馒头，给予是对“我”的细致关心，当小通讯员牺牲后，“我想推开这沉重的氛围，我想看见他坐起来，看见他羞涩地笑”，“我”无意中碰到了“两个干硬的馒头”，引起“我”对小通讯员的回忆。此时，不需要过多的表述，落寞、无奈、悲怆之感油然而生。

“借棉被”是文章的中心环节，借棉被、没借到棉被、借到棉被、(新媳妇)铺棉被、盖棉被，小通讯员与新媳妇的误会也因棉被而起。最后“被面是假洋缎的，枣红底，上面撒满了白色的百合花”，百合花的内涵就附加在棉被上，它代表着美好、纯洁、生命、感情，传递棉被就是传递感情、关爱，一传一接的过程因接受者的死亡中断、受挫，情感却因此而神圣、崇高起来。

(三)张扬人性的美好

《百合花》中的新媳妇虽不是小说的主人公，却是一位重要角色，她的出现

---

① 张清华主编：《中国新时期女性文学研究资料》，山东文艺出版社 2006 年版，第 248 页。

② 董之林：《女性写作与历史场景——从 90 年代文学思潮中“躯体写作”谈起》，《文学评论》2000 年第 6 期，第 41–53 页。

及与小通讯员的交往，展现了人与人之间最美好、最纯真的感情。新媳妇的美在外貌，但更在内心。茹志鹃以一种女性特有的细腻，抒写了人间美好的情感。新媳妇“长得很好看，高高的鼻梁，弯弯的眉，额前一溜蓬松松的刘海”“头上已硬翘翘地挽了髻”。她刚结婚三天，浑身上下洋溢着青春的喜气，穿的却是粗布衣，唯一的嫁妆就是一条“枣红底，上面撒满白色百合花”的被子。当“我”带着小通讯员向她道歉时，“她听着，脸扭向里面，尽咬着嘴唇笑。我说完了，她也不作声，还是低头咬着嘴唇，好像忍了一肚子的笑料没笑完”，这是作者第一处写新媳妇的笑，她的笑都“咬着嘴唇”，这与新媳妇的身份很相吻，腼腆、善良、害羞。这里的笑留下了空白，令人回味无穷，可以让读者想象到小通讯员向新媳妇借被子时的窘态。作品中第三次写笑，是小通讯员接过被子，转身就走而被门钩刮破上衣时，“那媳妇一面笑，一面赶忙找针拿线，要给他缝上。通讯员却高低不肯”。这次的笑是善意的，是她看到小通讯员绷脸垂眼的神情和慌慌张张的样子而刮破了衣服，这笑中多少蕴含着她的一份内疚、一份热情。到包扎所后，新媳妇的出现仍是以笑为特点的。一是“笑眯眯地抿着嘴”，东张西望要找那位“同志弟”；一是在知道“同志弟”已经去了前沿之后，不好意思地笑了一下，并表达对“同志弟”的歉意：“他可受我的气了！”。这些笑，体现了她对小通讯员的关心，也流露出她对“同志弟”的歉疚，这种温馨、纯粹的人际关系，表现了新媳妇美好的人性。小说的最后，当新媳妇知道牺牲的同志就是小通讯员时，就好像变了一个人，不再像之前那样羞涩，先是庄重地给小通讯员擦拭身子，然后坐在他身边，认真缝补小通讯员衣服上的破洞。这个衣服上的破洞，正是小通讯员在借被子时给她留下的遗憾，她缝补衣服上的破洞，实际上也是在缝补自己内心的遗憾和歉疚。在她看来，只有这样，才能表达对小通讯员的那份纯真的感情。当卫生院把棺材抬过来，要将小通讯员的遗体放进去时，新媳妇心中的悲痛一下子爆发出来：她“劈手夺过被子”，亲手为烈士铺平盖严，“扭过脸去”“在月光下”“晶莹发亮的眼神”等，饱含着她对小通讯员的崇敬、痛惜之情，也包含着她对“同志弟”的歉疚、追悔之意。

在这部小说中，新媳妇就好像是一尊美神，她的羞怯、细腻及性格上的倔强，好比是出水芙蓉那般纯净清澈。在她的身上，充分展示了纯洁高尚的人性美、人情美，给人以美感和启迪。

第二节 杨 沫

一、杨沫简介

杨沫（1914—1995 年），原名杨成业，笔名杨君默、杨默、小慧等，湖南省岳阳市湘阴县人，中国当代女作家。1936 年之后，她曾担任河北省安国县（今安国市）妇女抗日救国会主任；冀中十分区抗日救国联合会宣传部部长、妇女部长；晋察冀日报社编辑。1949 年之后，她曾担任北京市妇联宣传部副部长；北京电影制片厂编剧；北京市文联副主席、主席；专业作家；中国文联第四届委员；中国作家协会历届理事；第五届全国人民代表大会常务委员会委员。

1950 年 7 月，出版中篇小说《苇塘纪事》。1958 年，出版长篇小说《青春之歌》。1980 年 6 月，出版长篇小说《东方欲晓》第一部。1986 年 5 月，出版长篇小说《芳菲之歌》。1990 年 10 月，出版长篇小说《英华之歌》。1995 年 12 月 11 日，杨沫去世，享年 81 岁。

二、杨沫的作品分析——《青春之歌》

《青春之歌》是对中国青年影响较大的一部作品。在这部作品中，杨沫以一种准自序传的叙述方式，向我们讲述了林道静的成长故事。这部作品创作于 20 世纪 50 年代，是中国文坛上以政治革命话语为主流话语的时代，杨沫在主观上也在追求一种与时代同步的革命话语。例如，她为了让林道静从一个资产阶级知识分子变成无产阶级战士的发展过程更令人信服，不惜打乱作品的整个结构而添加了十个章节的篇幅来描写革命运动。作为一个女性知识分子，杨沫不可避免地有着较强的女性意识，这种意识会经常在她的作品中体现出来，特别是随着政治话语氛围的逐渐消退，这些真实的关于女性生命体验的描述及女性话语的呈现，都成为其作品的最大魅力所在。再次读《青春之歌》，我们所看到的是对个性自我有着强烈追求的林道静，读到的是一段缠绵悱恻的爱情故事。

（一）单纯、浪漫、有个性的女性形象——林道静

林道静是一个让读者难以忘怀的女性形象，之所以如此，并不是因为她向往

革命、追随革命、走向革命，成为一个领导学生运动的革命者，而是因为她单纯、浪漫的天性及个性独立、勇于追求的品质。

林道静是师范大学的学生，她朝气蓬勃、积极向上，有着同龄女孩同样美好的人生梦想，不料家庭变故，冷酷的继母竟把她作为摇钱树，让她嫁给一个富人当姨太太。林道静大胆地冲破了家庭的束缚，第一次出走，这种大胆而叛逆的性格及坚决而执着的精神是五四运动时期的青年最光彩的形象描述。对这次出走的行动，小说写得并不像逃离，倒像是一次浪漫的旅行：一个十七八岁的女学生穿着白色的短旗袍，还带着各种乐器，浪漫而有诗意。在第一站北戴河，林道静遭遇了又一次不幸，道貌岸然的小学校长想把她送给鲍县长做姨太太。面对灾难的降临，林道静不禁发出这样的感叹："一切有为的青年，不甘心堕落的青年将怎样生活下去呢？天地如此之大，难道竟连一个十七岁的女孩子的立锥之地都没有？"[①]当她极度失望，在大雨滂沱的夜晚纵身扑向大海时，她的自杀却成全了一段缠绵的爱情故事：林道静被北大学生余永泽救助，两人相爱并开启同居生活。林道静的第二次出走是受到了革命者卢嘉川和江华的革命启蒙，发现自己的爱人余永泽身上的自私、庸俗、目光短浅，毅然决定逃离那个世俗的、丑陋的小家庭，融入轰轰烈烈的大革命斗争中。

对于这两次出走，作者都描写得浪漫而充满诗意，这也许与女作家自身的生命体验相关。因为林道静这个人物的塑造是以作家本人的经历为基础的，这也就使作品本身带有明显的自传体色彩。作家杨沫出身于书香门第，确实也经历了失学、失业之苦，也有与北大学生相爱后又分手的感情遭遇。出于女作家本身写作的天性，在创作作品时，自然糅进了自己作为女性的许多真切的人生体验，虽不是有意而为之，但这种带有性别特色的女性意识，是不可能被当时作为主流话语的革命叙事所遮蔽的。例如，作品中对林道静的性格描写，更注重她的女性特征和浪漫天性。在第一次出走时，我们看到的林道静是一个单纯、浪漫的林道静，明明是抗婚出逃，却像旅行一样。当大海第一次映入眼帘时，她竟惊奇地喊出了声，完全陶醉于大海的美景之中。

海，神秘的伟大的海洋啊！"林道静站在潮湿的沙滩上，心头充满了喜悦的激情，目不转睛地凝望着大海。早晨，天气晴朗，天边淡淡地飘着几朵白云，海

① 杨沫：《青春之歌》，人民文学出版社 1958 年版，第 36 页。

水就像天空一样蔚蓝，明净，锦缎般闪着银色的光辉……林道静几天来紧紧压缩着的痛苦的心，渐渐舒展开来了，她掠了掠轻轻拂动的短发，掏出了她心爱的口琴……”①

林道静对革命的向往也充满了浪漫的情怀。引领她认识革命并向往革命的启蒙者都是英俊、洒脱的高大男性。一个是有着“高高的挺秀身材，那聪明英俊的大眼睛，那浓密的黑发，和那和善的端正的面容”的卢嘉川，另一个是“一个高高的，身躯魁伟，面色黧黑的青年”江华。与卢嘉川一起参加游行时，她与他走在大街上，卢嘉川英俊的面孔就清楚地呈现在她的面前，“他挽着她的手臂，好像一对爱人似的”。

作品中的这些细腻的心理叙述都表明林道静是一个单纯、美好而富有浪漫天性的女性。

（二）爱情与革命的矛盾与纠缠

爱情是青年男女最美好的情感，对于林道静来说，爱情是她人生成长中最重要的情感经历，直接影响到她的人生追求和革命道路。虽然作者杨沫在作品创作时也在刻意迎合20世纪50年代的革命话语主流，尽量抑制林道静的那种“小资产阶级追怀往事的情感”，但女性作家潜意识中对情感的一贯看重，又使她总是不自觉地细心叙述林道静的情感冲突，使整部作品都充满了爱情与革命的矛盾与纠缠。

从结构上看，林道静与余永泽的爱情只是小说的一个楔子，或者说是林道静走上革命道路成长为一个革命者的一段人生经历。但读完作品，对于这段爱情我们可能比林道静更加感到遗憾和无奈。这当然与杨沫对这段情感的温馨描述有着直接的关系。余永泽是以“骑士”般的形象出现的，在林道静面对生活的磨难走投无路、心灰意冷，企图投身于大海时，余永泽救了她。余永泽是北大中文系胡适的学生，有着较强的专业素质和专业精神，有着远大的志向。他信守实用主义原则，甘心在清贫的环境下专注于学术研究。从政治态度的角度来说，他是一位自由主义知识分子，他没有投身于革命，但与此同时，也不反对革命，只是始终坚守着内心的理性和良知。在余永泽身上有一种理性、自由的学者气质。他的人生追求是要寻得一份幸福的爱情和一个安静的家。但他的美好理想与那个革命年代

① 杨沫:《杨沫文集（卷1）：青春之歌》，北京十月文艺出版社1992年版，第23页。

是格格不入的，所以也注定是要彻底失败的。开始，他与林道静还处在一个幸福的爱情梦幻之中，充满诗情画意，他们在一起谈列夫·尼古拉耶维奇·托尔斯泰、雨果、易卜生，谈曹雪芹、鲁迅、冯沅君。“上弦的月亮已经弯在天边，除了海浪拍打着岩石的声音，海边早已悄无人声，可是这两个年轻人还一同在海边的沙滩谈笑着。林道静的心里渐渐充满了一种青春的喜悦……”[①] 女作家的这些温馨的描述不禁使我们为这对恋人而感叹：如果他们生活在和平年代，他们的爱情也许就会天荒地老、永恒持久。或许，林道静不接受卢嘉川的革命启蒙，林道静与余永泽也许就会白头偕老。可惜的是，余永泽生活在中国革命进行得如火如荼的时期，中国热血青年应积极投身革命，勇于献身。因此，作品对余永泽的描写就加上了一些贬抑之词。当林道静向余永泽提出参加革命的要求时，余永泽向她解释：“静，我想，这不是我们能够为力的事。有政府，有军队，我们这些白面书生，赤手空拳顶什么事呢？喊喊口号谁不会！你知道我也参加过学生爱国运动，可……现在我想还是读点书好。我们成家了，还是走稳当点的路好。”余永泽想说明的，是一个乱世中自由主义知识分子的处世原则。这与热情奔放、热衷于社会运动的林道静有着很大的隔阂，也是导致他们的爱情最终走向毁灭的根本所在。

林道静是一个浪漫的女性，她积极参加革命运动，几经磨砺，最终成长为一个优秀的革命者，这跟她欣赏和爱慕英俊、洒脱的男性革命者有着十分密切的联系。或者也可以说，她的革命动机和她的个人情感是联系在一起的。在作品中，把林道静引到革命道路上的人，都是那些英俊、洒脱的男性革命者，她首先是被这样有魅力的男性吸引，其次被这些男性革命者的革命思想吸引，进而走上革命道路。例如，文中曾经提到，林道静听过革命者白丽萍的富有生动性的革命演说，但她并未为之所动，倒是男性革命者卢嘉川的出现使她开始接触到马克思主义的书，被抽象的革命道理吸引，并因与他共同参加革命行动而感到快乐。大年三十的夜晚见到他时，“林道静心里微微一动，那高高的挺秀身材，那聪明英俊的大眼睛，那浓密……”，尤其是在参加游行时，卢嘉川那种镇定自若、从容不迫的英雄主义气概彻底地征服了林道静。她觉得“和这样的人在一起，她就觉得心安，觉得有勇气，有力量”。卢嘉川牺牲后，江华延续了卢嘉川的完美、高大的形象，并成为引领林道静走上革命道路的引路人。在林道静的成长经历中，爱情与革命

① 杨沫：《杨沫文集（卷1）：青春之歌》，北京十月文艺出版社1992年版，第43页。

相互矛盾、相互纠缠，男性革命者自身所具有的人格魅力成为她不断追求革命、认识革命的动力。

林道静的爱情故事模式，是20世纪50年代革命小说中普遍存在的一种故事模式，这一时期，男性往往充当了拯救女性、引领女性走向革命并逐渐走向成熟的启蒙者及引路人。女性则充满了对男性革命者的崇拜与追随。这种创作模式的形成是具有一定的理性思考的，它包含着女性日益成熟的理性意识，也就是女性对自我价值实现的渴望。她们追求个性解放，希望能在社会现实中有一席之地，这种理想的实现在革命年代就要通过积极参与社会革命活动来实现。林道静是一个追求个性解放、追求精神独立的女性，在少女时期就因反叛家庭束缚、摆脱做姨太太的命运而逃离家庭。她爱上余永泽是有理由的，因为余永泽在她的生活和信念受挫时，拯救了她。他是个“多情的骑士，有才学的青年”。那个时段，余永泽就是她心目中的英雄。最后与他分手也是有理由的，因为他不革命。与卢嘉川、江华等这些革命者相比，他是庸俗的、自私的，不再能给予她自我价值实现的希望。因此，卢嘉川那种无论是在革命工作中还是日常生活中所表现出来的洒脱、自信、镇定自若的男性魅力，对林道静来说更具有吸引力。

在男权统治的社会中，女性的解放必须依靠社会的解放才能真正实现。走向社会、投入社会，争取与男性平等的社会地位是每一个女性实现自我解放的梦想。林道静实现自我解放之路依靠卢嘉川这样的革命者，认识革命、了解革命、积极参与革命，将自己投身于社会斗争中去，在社会解放的同时解放自己，她才能获得最终个人价值的实现，从而获得最终的解放。一方面是渴望爱情的心灵召唤，另一方面是希望实现自我价值的理性思考。林道静曾在爱情与革命的痛苦矛盾之中努力挣扎。作品中有这样的描写：林道静从农村回到北京后，本来是要去北大的宿舍，却不知不觉中走到了沙滩那座她跟余永泽同居时住过的房子前，这时候，她的脚步不由自主地停下了。看着那两扇紧密的黑色的街门，她心中五味杂陈，有憎恶，有懊恼，也有悔恨。一想到余永泽，她就能马上联想到被困在铁窗里的卢嘉川。与余永泽的分手，使她的内心充满悲伤，那曾经是让她倾心的爱人，如今变为分道扬镳的陌路人。在这段描写中，作者深刻地揭示了作为女性的林道静在追求自我价值实现的过程中情感与矛盾的冲突与挣扎，再现了女性作家特有的对女性命运的真切关注。

第三节 宗 璞

一、宗璞简介

宗璞，本名冯钟璞，祖籍河南省南阳市唐河县，中国共产党党员，中国当代女作家，代表作品有《东藏记》《红豆》《丁香结》《紫藤萝瀑布》等。

1928 年 7 月 26 日，宗璞出生于北京。抗日战争爆发后，随父赴昆明，就读于西南联合大学附属中学。1945 年，返回北京。1946 年，就读于南开大学外文系。1948 年，从南开大学转到清华大学外文系读书。1951 年，毕业于清华大学外文系。1957 年，发表短篇小说《红豆》。1962 年，加入中国作家协会。1978 年，发表短篇小说《弦上的梦》。1979 年，发表中篇小说《三生石》。1982 年，发表散文《紫藤萝瀑布》，该文后收录于人教版义务教育教科书七年级语文下册。1985 年，当选为中国作家协会理事。2001 年，出版长篇小说《东藏记》（即《野葫芦引》第二卷）。2005 年，发表中篇小说《四季流光》；4 月 10 日，长篇小说《东藏记》获得第六届茅盾文学奖。2009 年 4 月，长篇小说《西征记》（即《野葫芦引》第三卷）出版。2017 年，长篇小说《北归记》（即《野葫芦引》第四卷）出版。2018 年，历时 33 年，四卷本近百万字的《野葫芦引》圆满收官；10 月 19 日，《北归记》获得第三届施耐庵文学奖。

二、宗璞文学艺术创作的特点

（一）主题思想

宗璞进行文学艺术创作，是以中国传统文化为根基的，她的成长过程受到了中国传统文化的滋养与熏陶，其作品从多个方面出发对中国传统道德进行阐述，主要从家族伦理亲情、儒家的“仁爱”思想及知识分子的爱国情怀等角度出发，对中国传统道德表达出高度的赞扬。

1. 亲情

宗璞的作品中总是体现着浓郁的亲情，如父母对孩子的养育和教导，孩子对父母的照顾，兄弟姐妹之间的相互帮衬，还有祖孙、叔侄之间的相互挂念和关心等。对于世间这种极其常见又十分伟大的亲情，宗璞在她的作品中表达出高度的赞扬和歌颂。

通过宗璞的小说作品，我们能够感受到她对家人和亲情的重视。短篇小说《红豆》的一个重要突破就是，它不再采取之前的文学作品对家庭进行批判的创作模式，而是反其道而行之，注重对于美好亲情的歌颂。自五四运动以来，很多现实主义作家把矛头指向了封建大家庭，因为封建大家庭可以说是封建伦理道德的重要载体。在很多文学作品中，意识觉醒的年轻一代往往选择脱离家庭来反抗旧道德。很多青年人开始离家出走，追求自己的理想、实现自我价值和社会价值的统一。这在很长一段时间内都是一种比较流行的写作范式。在宗璞看来，家庭却是爱的港湾，是温馨和谐的能够给人们提供遮风挡雨的地方，同时，一个和谐的、充满爱的家庭，也是需要每个人用心去经营和维护的。

2. 仁爱

宗璞的作品中充满着一种“仁爱”的精神，正是在这种精神的引导之下，她作品中的人物不断付出爱，不断奉献自己，积极建立起一个和谐美好的家园。在《红豆》中，肖素卖血筹钱，给江玫的母亲治病；在《弦上的梦》中，慕容乐珺收留了父母双亡的梁遐，并教她弹琴，教给她为人处世的道理。宗璞曾说：“爱自己的祖国、民族和爱自己的家乡、居所，爱自己的亲人、邻舍一样，都是十分美好和平凡的。便是到了世界大同，那时不还是有别的星球么？”① 这种在每个中华儿女心中深藏的跨越国家和民族的爱，为人与人之间构建起一道坚固的桥梁，使人们能够互相沟通和交流，跨越一切苦难，向着梦想中的大同世界不断前进。

（二）创作手法

随着时代的发展，各国之间的交流日益密切，东西方文化发生不可避免的碰撞，传统与现代也进行了一定的交融，这种种因素促成了宗璞与众不同的创作风格。在文学创作中，宗璞一直秉持着现实主义写作这一重要原则，并立足于中华优秀传统文化，对中国传统文学的创作手法加以继承。与此同时，也适当借鉴西方现代主义文学的写作技巧，争取以一种更新颖、更丰富的方式来表现作品的主题，从而形成

① 金梅编著：《创作通信：文学奥秘的探寻》，南京大学出版社 1995 年版，第 296 页。

了兼具传统特征和现代特征、民族特征和开放特征的与众不同的艺术风格。

1. 情感表达

宗璞的作品中看不到浓烈喷涌的情绪，也看不到激烈冲突的场面，她只用一种淡淡的文字来书写。她用平和的心态观察社会，用冷静的语气和笔调叙述人间的无情、世事的暴虐、死亡的残酷，她懂得引而不发、含而不露，让读者自己在意旨深远的文字中去体悟。例如，在她的小说中，直接描写批斗场面的文字也没有占很大分量，仿佛只是作为推动情节发展的陪衬。又如，在她怀念亲人的散文中，饱含着深深的悲伤和思念之情，记录的却是父母亲人在生活中的点滴琐事，对自己内心情绪的描写也只使用最朴实、最自然的语言，不加任何修饰，那一片真情全部融入了细节描写中。

在塑造小说人物、展现人物内心的情感时，宗璞也遵循了这一原则。《弦上的梦》中写梁遐看到书而想起父亲的冤死，虽然心里痛苦万分，却只是冲进她的“船”里，在书橱上留下两个指甲印。此时的慕容乐珺希望梁遐能够大声哭出来发泄自己的心情，可是作者没有这样安排，只将那沉重的压在心头的情感浓缩在两个指甲印里；《不沉的湖》中视舞蹈为生命的苏倩，因左腿意外受伤而不能继续跳舞，这对于一个舞者来说是多么沉重的打击，可她的信中并没有绝望的哭喊，没有对命运的激烈抗议，只能从那短短的几句陈述中看出她的痛苦和伤心。《心祭》是新时期以来较早触及婚外恋这一敏感话题的作品，程抗和黎倩兮的爱情能够逾越道德，必然是浓烈而难忘的，但在小说中我们却看不到强烈的感情抒发。无论是描写黎倩兮得知程抗的死讯时的心理活动，还是描写两人热恋时的种种场景，宗璞总是以一种带着淡淡的语气，以冲淡平和的文字表现热烈浓郁的情感，这是宗璞作品的特色。

2. 白描手法

宗璞写人多用白描，她总是尽量避免加入过多的主观评判和渲染铺垫，而是以自己敏锐的观察力和超强的耐心，抓住人物性格的最突出特征，用凝练的语句来呈现。例如，她笔下多次出现“碧初微笑”“菩提微笑”“莲予对他一笑”等语句，这里简化了人物表情描写，没有任何的形容词，只是一个白描式的“微笑”就能表现出人物宽容温和的性格和淡泊从容的心态。宗璞对白描手法的纯熟运用，不仅为小说带来一种简约朴素之美，还赋予其魅力丰富的情感旨趣。

三、宗璞的作品分析——《红豆》

20 世纪中国现当代文学的创作与评价总是过多地与政治相纠缠，这种纠缠使文学创作的时代感很强，但又使作家的创作带有明显的政治意识。1957 年，宗璞的短篇小说《红豆》发表以来，一直被用政治的标准来评价，或评价过高，或评价过低。甚至在文艺界“反右倾”斗争开始后，在一片批判声中，《红豆》也从此在文坛上销声匿迹了，直到 1979 年上海文艺出版社出版了短篇小说选集《重放的鲜花》。作品《红豆》通过江玫和齐虹的恋爱事件表现青年知识分子是怎样经历着曲折、痛苦的道路走向革命的，而其中的曲折和痛苦就是齐虹在面对爱情与革命时的抉择，但读者大多把它当作一篇爱情小说来阅读。

（一）政治意识与爱情故事

唐代诗人王维的一首“红豆生南国，春发来几枝，劝君多采撷，此物最相思”①，感动了历代追求爱情的少男少女们，红豆早已是爱情的象征物。作品《红豆》叙述的也是女主人公江玫与恋人齐虹的感情纠葛。小说以细腻的笔触描写江玫与齐虹从相识、相恋到最后分手的故事。

在人物塑造上，《红豆》与当时政治主流话语是不相符的。从作品的立意上看，齐虹是被否定的角色，但在具体描写时，却产生了这样一些矛盾：对齐虹外貌的描写是“他有一张清秀的象牙色的脸，轮廓分明，长长的眼睛、有一种迷惘的做梦的神气”②。对齐虹爱情品质的描写是“他多情、重情，对江玫用情专一，情深义重，与江玫的分手，使齐虹备受感情的煎熬”③。当然，有这样英俊外表及丰富内心世界的人，并不一定是品德高尚的人。《红豆》中一方面将齐虹的外表描写得那么英俊、气质描写得那么高雅，另一方面对他自私、凶残、憎恨人类等恰恰描写得那么苍白、无力。小说中齐虹的“残暴、野蛮、憎恨人类、仇视革命”等性格特点是作者为了服从主题的需要，将齐虹作为江玫的对立面而强加于齐虹身上的。当然这并不是说齐虹没有缺点，恰恰相反，齐虹身上有着本阶级具有的致命弱点，即对革命本能的反感。小说中齐虹与江玫的冲突有三次，但从中表现出

① 宫东红：《她们的言说：二十世纪女性作家创作述评》，华龄出版社 2006 年版，第 77 页。
② 宫东红：《她们的言说：二十世纪女性作家创作述评》，华龄出版社 2006 年版，第 78 页。
③ 宫东红：《她们的言说：二十世纪女性作家创作述评》，华龄出版社 2006 年版，第 78 页。

的不是他的凶残本质，而是对爱情的深情、痴迷。

从 20 世纪 50 年代革命立场及革命话语来看，江玫经过革命者肖素的影响，在祖国和爱情之间，毅然选择了祖国。与自私、凶暴的反革命者齐虹决裂，求得了新生，最终成为革命者。然而，作品当叙述到 8 年后党的工作者江玫时，并没有写到她的快乐与坚决，而是对这一段感情的结局充满了遗憾。当看到与齐虹相爱的信物红豆还完好无损时，竟是那么激动，“好像是有一个看不见的拳头，重重地打了江玫一下”。“发颤的手”“泪水遮住了眼睛”“江玫站起来，伸手想去摸那十字架，却又像怕触到使人疼痛的伤口似的，伸出手又缩回手……”，这些细节描述给读者传达的仍是存在于江玫内心深处的遗憾。

（二）女性知识分子的身份意识与叙述姿态

宗璞的创作中一直带有强烈的身份意识，这与她深厚的家学渊源有关。她成长于知识分子的生活圈，长大后又成为知识分子阶层的一员。宗璞从 20 世纪 50 年代开始创作，其在作品中一直以表现知识分子，特别是女性知识分子为主，这奠定了她写作的文化立场，形成了她小说的叙述姿态。

《红豆》这部作品带有一定的自传性。作品中主人公的社会身份、年龄、性别、经历都与作者有相似之处，女学生江玫走向革命的过程是宗璞亲历的人生过程，江玫的故事被放在 1948 年动荡的历史路口，两种生活蕴含了两种生活道路，同时也被赋予了两种政治倾向，以及两种阶级立场抉择的深层内涵。这种选择，是那个时代的知识分子都经历过的。中国的知识分子对国家和历史充满忧患意识和爱国情怀，以及“穷则独善其身，达则兼济天下”的儒家传统观念积淀而成的知识分子的传统品格，使得中国知识分子在面临国家和历史命运的抉择关头显得异常沉重。最终，江玫告别了爱情，投身到关于国家、民族命运的时代生活中。作者讲述的是关于江玫的选择与成长，实际上却是一位知识分子所面临选择与成长。江玫的价值观也是宗璞的价值观的体现。因此，在作品中，她细腻地描写了江玫爱情失败后的伤痕，真实地表现并尊重个人情感，对江玫的选择充满赞赏，也充满遗憾。作品所体现出的女性知识分子的身份意识十分强烈，其特点就是精神的自由和思想的独立，展现了人类理性的力量。

第六章　20世纪80年代女性文学创作

20世纪70年代末到21世纪初是中国女性文学的历史新时期，也是中国女性文学的复苏、繁荣和成熟期。新时期女性作家群的崛起和逐渐成熟不是偶然的，它有其历史的必然性和存在的合理性。本章主要对张洁、舒婷、王安忆、铁凝、池莉五位女性作家的文学创作进行了全面的论述。

第一节　张　洁

一、张洁简介

在中国当代文坛，张洁是一位女性意识相当强烈的作家。在其女性主义小说创作中，张洁一以贯之地关注女性的性格心理、生活遭际和情感命运，为20世纪中国女性文学的发展作出了突出贡献。

张洁1937年出生于北京，祖籍辽宁省抚顺市。1960年，毕业于中国人民大学计划统计系，而后被分配到国家第一机械工业部工作。1978年，发表处女作《从森林里来的孩子》，获当年“全国优秀短篇小说奖”。翌年，加入中国作家协会，并发表短篇小说《爱，是不能忘记的》，引起文坛广泛争论而备受关注。1981年，调入北京市文联，并发表长篇小说《沉重的翅膀》，获得第二届茅盾文学奖。从审美风格的角度出发，张洁的创作大致可以分为如下四个阶段。第一阶段为审美阶段：自1978年发表《从森林里来的孩子》到1979年发表《爱，是不能忘记的》，主要作品包括小说《谁生活得更美好》《非党群众》和散文《拣麦穗》等，多表达对理想的憧憬和赞美，以及对人的尊严和价值的张扬。第二阶段为变奏阶段：自1979年《爱，是不能忘记的》到1986年《他有什么病》。这一阶段，张洁的创作心态发生了变化，单纯美好的理想追求变为遭遇碰壁后的沮丧和些许怀疑。

这一阶段的作品，如《方舟》《沉重的翅膀》《祖母绿》等，塑造了一系列痛苦的理想主义者形象。第三阶段为审“丑”阶段：自 1986 年的《他有什么病》到 1991 年的《世界上最疼我的那个人去了》，主要作品包括《日子》《只有一个太阳》《上火》《红蘑菇》等，直指现实生活中种种丑陋之处，对之加以尖酸的讽刺和冷峻的批判。第四阶段为寻找精神归宿阶段：1991 年至现今，主要作品包括《无字》《知在》《灵魂是用来流浪的》等。经历了丧母剧痛的张洁在这一阶段宣告理想、爱情的幻灭，以大彻大悟的心态在历史的大背景下寻找精神的归宿。

从张洁整体创作背景出发考察其小说创作，我们可以发现：张洁的小说作品主要集中于社会层面的思索和女性经验的表达这两大类型，前者以《沉重的翅膀》影响最大，后者以《爱，是不能忘记的》《方舟》《祖母绿》《无字》为代表。就其女性主义的小说创作而言，张洁对女性命运及女性在爱情婚姻社会中所遭遇的种种难题和困境给予了深切的关注，走过了一个痛苦的理想主义者从对爱情的仰望、失望、宽宥、绝望到后期对女性自身的弱点和不足进行深刻的反省和批判的心路历程。

二、张洁的作品分析

（一）对爱情的仰望——《爱，是不能忘记的》

应该说，张洁于 1979 年发表的短篇小说《爱，是不能忘记的》是新时期文学中一篇非常重要的作品。新时期文学开始呼唤人的尊严、人的价值和人的权利，而张洁通过《爱，是不能忘记的》来呼唤女性的独立人格和价值自主，其所倡导的关心婚姻实质的婚恋观即便在今天也是有指导意义的。小说描写的是一个 30 岁的“老”姑娘在嫁与不嫁的两难选择中想到了已逝母亲教诲的故事。母亲曾说：“要是你吃不准自己究竟要的是什么，我看你就是独身生活下去，也比糊里糊涂地嫁出去要好得多。”这确实是母亲痛苦人生经验的总结，因为母亲年轻时就曾迷恋过男性的外表，并为此付出了离婚的代价。在独居的日子里，母亲爱上了一个老干部，然而对方已有家庭。由于作品触及爱情和伦理道德关系这一敏感话题，作者将母亲与老干部的爱情写得发乎情而止于礼，两人相爱 20 多年，却连手都没有牵过一次，彼此的接触仅有不多的几次交往：一次偶遇时的几句聊天，一次急行军似的“散步”，以及老干部相赠过一套契诃夫小说选集，相处的时间加在一起尚不足 24 小时。母亲唯有在笔记本中与爱人倾心交谈。最终，这场柏拉图式的精神之恋在母亲痛苦的坚守中走向了浪漫的理想主义结局。

（二）对爱情的失望——《方舟》

如果说《爱，是不能忘记的》表达了主人公对爱情的仰望，那么在《方舟》中，我们则看到了三位知识女性对爱情的失望，以及随之而来的为获得女性作为人的社会价值而不断奋斗的生存体验。《方舟》写了三位女性：曹荆华是一个理论工作者，柳泉从事翻译工作，梁倩是一位导演。她们不愿再像传统女性那样仅仅被视为性的对象，而要力争做为人的价值，不管她们为此所做的挣扎有多惨烈，所付出的代价有多沉重，也不管她们的日常生活有多糟糕。小说宣告了女性最为重要的价值，那就是位于爱情之上，是爱情所不能替代的女性社会价值的实现，也是她们对事业的追求。由此，作家张洁的女性意识由原来对爱的无望坚守和缥缈的理想主义，转向了面对现实。尽管现实难免残酷，但更加真实，这就将作家对女性价值观的思考向前推进了一步。毋庸讳言，小说中的女性当然渴望美好的爱情，然而，当她们的爱人都是如此不堪以致这希望渺茫不可期时，她们选择将希望寄托于自身，谁又能说这不是一种进步呢？

《方舟》对离异及婚姻名存实亡的女性的生存处境与心理特征把握得极为细致。她们的挣扎、奋斗、迷惘和期待，让读者感同身受、忧乐与共。首先，《方舟》写出了这群女性在社会中的尴尬处境：窥探的目光、肮脏的谣言和性骚扰，如她们常做的噩梦一般令人猝不及防。以柳泉为例，她在一家进出口公司做翻译，由于该公司的魏经理总想吃她的豆腐，她急于换单位。于是，在没有正式调令的情况下，她愿意先借调到外事局帮忙接待一个美国代表团。不承想，接待任务一完成，她就被诬陷和外宾之间有越轨行为。如此一来，既看不到调动的希望，又不能回原单位，等待她的是更加艰难的处境。所幸的是，在朋友的帮助下，她最终费尽周折地拿到了调令，尽管如此，仍忍不住在借住的屋子里大哭一场，任泪水宣泄数不尽的屈辱和艰辛。其次，《方舟》写出了这群爱情失意的女性的异化，包括性别特征的弱化、日常生活的不堪等。小说多次写到她们的外在形象，所用的比喻是“像风干的牛肉”“像一个储存过久，水分失去过多、表皮已经起皱的黄香蕉苹果”“又干又硬，像块放久了的点心，还带着一种变了质的油味儿”。都说女人是水做的，而这些比喻给人的感觉无一例外都是缺水的。难怪她们要么像梁倩那样“不大像个女人”，要么像柳泉那样“常常忘记自己是一个女人”。除了性别特征的弱化，这群女性的异化还表现在她们日常生活的一塌糊涂：洗碗池里经常摞着脏碗和脏盘子，不到没碗吃饭的地步是不会洗的；暖瓶已然相当糟糕，再加上这三个孤身女人又常常将委屈和愤怒带回到这个暂借的住所来诉说，可以想见她们的心情也一定好不到哪儿去。再次，作品不光描绘了女性的异化，还揭示了异化背后的更深层次的东西，即女性在天性和事业追求之间的矛盾、痛苦，以及她们所作出的抉择。“也许这是一个永远不可调和的矛盾：你要事业，你就得失去做女人的许多乐趣；你要享受做女人的乐趣，你就别要事业。”[①] 在这样的两难中，《方舟》中的失爱女性既不同于旧式妇女，她们“所思虑，所悲伤，耗尽心血去关注的，早已有了不同的内容”；也不同于鲁迅笔下的新女性子君，由于没有工作而陷入无言的悲哀。《方舟》中的她们理所当然地选择了事业，这是因为妇女要争得真正的解放，不仅是政治地位和经济地位的解放，还需要以充分的自信和自强不息的奋斗来实现自身存在的价值。这是《方舟》中的女性无论处境多么艰难也不放弃的信念，也是作者张洁关于女性价值观的新思考。难怪这篇以“你将格外地不幸，因为你是女人”作为题记奠定了较为压抑基调的作品，偶尔也会出现这样的抒情文字：“荆华想起在东北林区看到过的一种丹顶鹤，在它的头顶，有一块裸露的部分，传说它成熟的时候，那一块裸露的部分，便会变成朱红色。她们的头上，早晚也会有一块朱红色。那时，她们将会飞得更高，更远。”读到此处，我们被这些不幸的女人深深地打动，因为她们不屈的心灵、高贵的人格、高远的志向，以及她们满满的自信。

（三）对爱情的宽宥——《祖母绿》

《祖母绿》是张洁继《方舟》之后又一篇重要的代表作。诸多研究文章有意颠倒《祖母绿》和《方舟》的发表时序，将《祖母绿》置于《方舟》之前。不过，这种有意为之的错位排序也有原因可循，因为在艺术上《祖母绿》没有沿着《方舟》的粗粝风格继续前行，而是向《爱，是不能忘记的》那种古典唯美风格回归。

① 宫东红：《她们的言说：二十世纪女性作家创作述评》，华龄出版社 2006 年版，第 94 页。

《祖母绿》写了曾令儿和卢北河这两位女性对左葳的爱情，以及各自所作出的牺牲。在卢北河的夫妻关系中，她扮演的主要是母亲的角色，因为丈夫左葳更像是她的儿子，左葳的事业发展时时需要她的暗中支持和斡旋，也因此，她为他操尽了心。与之相比，曾令儿则是一个地母式的人物。地母是宽厚、博大的，一如曾令儿的诞生石祖母绿所象征的“无穷思爱”。在这里，“无穷思爱”首先指向爱的深度，即若要爱，就拼尽全力、燃尽自己、献出所有。对曾令儿来说，爱是一种倾心的、不计回报的奉献。为了保护左葳，曾令儿一次次经受住了置身于风口浪尖的考验：在大学第一次夏令营期间，曾令儿在大海的涡流中拼命救出左葳；大学三年级时，曾令儿由于给患肺结核的左葳补课，累得从自行车上翻倒下来，摔破了额头和膝盖，却因为又要赶着给左葳补课，没有时间去医院包扎伤口，结果膝盖感染了，此外，曾令儿还被左葳传染上了肺结核；在临毕业时的反右运动中，曾令儿代左葳受过，顽强地为他遮风挡雨，自己却被错划为右派；明知左葳已不爱她，却主动献身，之后撕毁结婚介绍信，无言地离开，在一个偏僻小城一待就是 20 年；有了孩子陶陶之后，作为未婚母亲的她默默承受所有的舆论压力，坚决不说出陶陶的父亲是谁，并原谅了左葳当年的薄情，后又独自承受失去陶陶的打击。上述种种可见“无穷思爱”所显示的爱的深度，即“她愿为他献出自己的一切：政治前途，功名事业，平等自由，人的尊严”。难怪多年后重返旧地，曾令儿竟为自己所感动。令她心潮激荡不已和无穷眷恋的已不是左葳，而是她度过如许美好年华的大地，以及她慷慨献出自己所有的那颗无愧的心。其次，“无穷思爱”也指向爱的广度。除了恋人，世界上还有很多值得去爱的东西。在小说结尾，曾令儿同意与左葳合作，已经不是为了爱情，而是为了给这个社会做些有意义的事情。

客观地说，受到两位女性青睐的左葳，若与《方舟》中曹荆华和柳泉的前夫及与梁倩分居的丈夫相比，还没有那么面目可憎，不过，也并不是什么“高大上”的人物，而仅仅是个徒有英俊外表和迷人微笑，工作能力有限，爱的能力缺乏，只会自我推脱，缺乏担当意识和男子气概的人。如果说《方舟》表现了女性对男性极度失望之后转向自我发展的艰难超越，以及女性尚需克服现实障碍和自身弱点，那么，在《祖母绿》中，作者则借助“无穷思爱”的深度和广度，表现了主人公最终实现了对爱情宽宥的故事。

（四）对爱情的绝望——《无字》

经历了对爱情的仰望、失望和宽宥，也从爱情的理想主义走向了现实。虽然《祖母绿》某种程度上向早期艺术风格回归，但张洁整体的创作轨迹和女性意识的发展还是相对明朗的。历时十二载，张洁潜心撰著的长篇小说《无字》于 2002 年出版。小说讲述了一个家族四代女性的故事，以作家吴为为中心，辐射到其外祖母墨荷、母亲叶莲子和女儿禅月身上。其中的三位母亲墨荷、叶莲子和吴为的人生悲剧宣告了作者真爱理想的幻灭。在这个家族第四代女性禅月身上，总算打了一个翻身仗，获得了爱情的美满，这给作品以些许亮色，不过也是以禅月远离故土到异国他乡为代价的。因此，从总体上来说，《无字》表达了作者对爱情的绝望。这部长篇小说于 2005 年荣获第六届茅盾文学奖，影响很大。但就艺术成就而论，正如学者徐岱所说："完全是失败之作，一个凭借着小说的虚构权来泄私愤的文本。"[①] 究其原因，作品中作家吴为与比她大近 20 岁的胡秉宸的婚变故事，与现实生活中作者张洁的自身经历太过贴近，尽管张洁自己承认每部作品都可以被看作是他们灵魂的自传，但假如作者不能将自己从现实生活中抽拔出来，用悲悯的姿态看待笔下人物，而是身陷现实生活中的幻灭和愤慨的情绪不能自拔，一味地贬低男性，"视普天下男人为敌"，完全不去寻找女性自身的原因，那么女性仍将没有出路，仍将找不到情感和精神的归所。从某种意义上来讲，无论是墨荷、叶莲子还是吴为，她们的情感悲剧很大程度上应该由自己负责，因为她们将自身幸福的希望寄托在男性身上，表现出对男性的依附或依赖，而缺乏自我意识和独立人格。换句话说，女性自我意识的觉醒到了张洁的《无字》这里不是进步了，而是大踏步地倒退了。

三、张洁小说创作中的人物形象

纵观张洁女性主义的小说创作，作家的女性意识往往是通过笔下形形色色的人物形象的心理活动、性格命运，以及作家的议论表露出来的。在她的小说中，知识女性和男性形象构成了两大形象系列。

---

① 徐岱:《边缘叙事：20 世纪中国女性小说个案批评》，学林出版社 2002 年版，第 173 页。

（一）知识女性形象

1. 理想主义色彩的知识女性

第一类是以钟雨、曾令儿为代表的带有理想主义色彩的知识女性。钟雨与老干部之间完全是精神之恋，很难在现实生活中有实际接触。曾令儿则是一厢情愿地作出各种牺牲，作品很少写到左葳对她爱情的回应，左葳去开结婚介绍信也完全是出于报恩，并且介绍信一拿到手爱情就暴死，只剩下男性道德的自我完善。作为理想主义的化身，钟雨和曾令儿给人以不食人间烟火的感觉，并且缺乏真实感。

2. 被“雄化”了的知识女性

第二类是以梁倩、曹荆华、柳泉为代表的被“雄化”了的知识女性。作品有意去写她们不懂得皮肤保养，她们生活的粗糙，以及女性种种纤细感觉和品位的丧失，甚至她们都有抽烟的习惯，乃至梁倩趋于男性化的性格，凡此种种让读者感觉到在没有丈夫只能靠自己的状态下，她们的确也付出了性别异化的代价。

3. 变态的知识女性

第三类是以梦白等为代表的变态的知识女性。女演员梦白与大学教授吉尔冬是“半路夫妻”。梦白挣钱养家，丈夫吉尔冬想要家庭财权而心存不满，于是经常拈花惹草、找碴儿吵架。钱的问题使彼此都产生了恨。梦白因无法忍受而起意报复。她让姐姐梦红以性为工具，引诱吉尔冬，然后自己登场，和梦红偎依在一起，一动不动、一言不发、面无表情、居高临下地看着赤身裸体的他，让吉尔冬的男性尊严更加荡然无存。她们以性作为报复的工具，让人觉得变态、疯狂，甚至不寒而栗。

4. 被传统观念所束缚的知识女性

第四类是以金乃文等为代表的被传统观念束缚的知识女性。作为“脑外科一把金刀”的金乃文是传统贞操观念的牺牲品。她身上所表现出来的奴性，正是千百年来的传统观念对女性的精神戕害所造成的，她自身的悲剧也就转化为了社会的悲剧。

上述四类知识女性形象中，或多或少都存在一些自身的问题，因而她们不能被奉为完美的理想女性。那么，到底具备哪些特征才能成为性别意识健全的理想女性？女性自救的出路究竟在哪里？在张洁的《方舟》中，有一位女性，作者给予的笔墨非常少，而她带给人的感动却很多，那就是朱祯祥的妻子仲兰。小说关于仲兰只写了一件事，即她作为女主人对丈夫的女客人柳泉的接待。她端进两杯加了冰块的酸梅汤，放在柳泉和朱祯祥沙发之间的茶几上。轻轻地，没有发出一点声响。临走时，顺手轻轻地掩上了房门，甚至没有回头看他们一眼，没有投过来一瞥好奇的、审度的、鄙夷的目光。当柳泉身体不适，朱祯祥喊仲兰过来帮忙时，仲兰既能即时应对，又不惊慌失措。之后，仲兰又给柳泉端来一碗热汤面和一盘凉拌鸡丝，小说这样写朱祯祥的心理活动：仲兰总能巧妙地、不露痕迹地帮助别人从尴尬里解脱出来，这里蕴含着多少她对人体贴入微的爱心。这当然是对仲兰的赞美，并且是发自她亲爱的丈夫的真诚的内心。在整个待客的过程中，仲兰能够表现得如此得体、自信和从容不迫，这一方面源自她健全的内心，另一方面也与家庭关系中男女两性之间的和谐与理解密切相关。正因如此，这一形象才如此动人。结合作家张洁的创作整体来看，这样美好的女性与和谐的家庭关系并不多见，张洁更多强调的是两性之间的矛盾、隔膜与对抗。仲兰这一形象恰恰提示我们，女性的解放不仅仅是女性单方面的事情，而要与男性携起手来，共同发展。

（二）男性形象

张洁小说中的男性形象主要有理想的男性和丑陋的男性两种。理想主义的优秀男性大多出现在张洁早期的作品中，他们一般有一定的文化和地位。例如，《从森林里来的孩子》中的艺术家梁启明，《爱，是不能忘记的》中的老干部“他”等。从 20 世纪 80 年代后期开始，张洁对男性形象的塑造转变为描写现实生活中带有缺陷的男性，他们大多自私、卑鄙、猥琐、无能，更别奢望有责任感和平等意识，如《方舟》中的白复山、魏经理，《七巧板》中的谭光斗，《祖母绿》中的左葳，《上火》中的唐炳业，《红蘑菇》中的吉尔冬，《无字》中的顾秋水、胡秉宸等。由赞颂优秀的男人转向批判丑陋的男人，张洁迅速完成了由爱到恨的嬗变。

张洁对男人态度的改变，以及由此而引发的创作转型，与她自身的创伤性记忆有关。在散文《已经零散了的记忆》和《潇洒稀粥》中，张洁说她生下百天时，父亲就抛弃了她和母亲。尽管母亲设法给她一个温馨的童年，并让她接受了高等教育，然而父爱的缺失是她内心永远无法弥补的伤痛，以致成年以后的张洁不愿意承认自己的父亲。在《祖母绿》和《无字》中，张洁让作品中的孩子写下了老师布置的作文《我的爸爸》，在他们的心目中，“我的爸爸就是我的妈妈”。读者在为之动容和伤情的同时发现，张洁从无父走向寻父，寻找一个兼具慈父与情人双重特征的人来依靠、包容和分享，这就不难理解为什么张洁对“大丈夫和小妻子”的婚恋模式情有独钟了。她笔下的袁家骝和尹眉、陈咏明和郁丽文、简和梧桐等，无不是生活美满的老夫少妻。然而这毕竟只是一种理想的状态，老夫少妻的婚姻模式一旦进入现实的生活中，仍会暴露其潜在而巨大的危机。例如，性的不和谐，以及照顾一个老人所需付出的辛劳等。

第二节 舒 婷

舒婷，原名龚佩瑜，后改名为龚舒婷，1952 年出生于福建省漳州市龙海区，中国当代女诗人，朦胧诗派的代表人物。1969 年，舒婷在“上山下乡”洪流中插队到闽西山区，1972 年返城当工人。1979 年 4 月，《诗刊》发表了舒婷的《致橡树》，两个月后，又发表了她的《祖国啊，我亲爱的祖国》和《这也是一切》。作为朦胧诗派的主将和当代诗坛的代表人物，舒婷记录了处于文化转型时期中国女性最内在的精神，从她特有的文化视角出发，以细腻的笔触精心地抒写她所理解的人和世界，在她的诗歌中渗透着一种鲜明的女性意识。女性意识是个庞杂而变动不居的概念，主要体现为女性通过思维、感觉等心理过程对自身和外在世界的全部认知的总和。对爱情的追求是女性意识觉醒的一个重要方面，爱情不仅是女人出于天性的本能追求，更是作为女人肯定自我、完善自我的一种生命实现方式。舒婷则以女性特有的视角，抒写她们在追求爱情这一过程中的独特生命体验，并且善于捕捉自我内心的真实感受，将独特心绪融入诗歌中，让人沉醉。

《无题（一）》写出了初恋的甜蜜和心跳。在舒婷的笔下，“我”既兴奋又羞怯，渴望爱情却又羞于表达。恋爱中的女性是难以捉摸的，尤其是初恋时期的少女。她觉得身边所有的一切都是美好的。“我仰起脸，星星向我蜂拥。”[①] 从“蜂拥”我们就可以看出“我”在恋爱中是非常快乐的，同时也把少女那种含情脉脉的形象写活了。这首诗形象地写出了初恋时期的少女的娇羞和矜持，就像一丝丝阳光照耀下来，使人顿觉温暖。

① 舒婷:《舒婷诗》，长江文艺出版社 2012 年版，第 75 页。

《致橡树》是舒婷爱情诗的代表作，也是新时期女性的爱情宣言。诗中饱含对独立人格的召唤，以及对妻子依附丈夫的传统观念的背弃。诗歌以剖析内心的独白形式，在一开始就彰显出顽强而独立的人格力量。诗中塑造的以木棉为代表的女性形象实现了对传统男尊女卑观念的颠覆和消解，并使诗中的女性形象以独立、自主的姿态和男性世界展开了平等的对话，彻底抛弃了旧的封建男女地位关系的价值评判体系。

1981 年 4 月发表的诗歌《惠安女子》是对中国当代女性现实处境的深切关注。1985 年 4 月 9 日，舒婷写下了散文《惠安男子》，再次呼唤："但愿千百人将猎奇的目光从杂志封面、摄影展览收回，沉思在他的群雕之下，从惠安妇女腕上银镯的叮当声里，倾听被咸涩的海风和潮音所掩盖的年代悠久的战栗和微语。"惠安女子有美丽的外表，有奇特的装饰，有优美的姿态，更有深邃的内心、热情的向往和期待，以及不愿倾诉的苦难和忧伤。惠安女子需要的是理解而不是人们的好奇心。舒婷因此对女性的现实处境予以关切，其现实意义也是显而易见的。

舒婷诗歌有一个非常显著的特点：以自身来感知世界，以第一人称"我"的视角来表现女性内在的精神。在传统文化和历史传说中，所谓的"烈女""节妇"，其实都是以扭曲人性和蔑视女性尊严来彰显男性本位文化的优越感；而身处弱势的女性或自愿或被动地以放弃自身存在价值、埋葬自我真实感情为代价，捍卫着封建道德对女性身心禁锢而产生的所谓的荣耀。其中，人们对神女坚贞精神的礼赞就是封建道德对女性的畸形约束的典型。舒婷，这一新时期女性，大胆地在《神女峰》中喊出千百年被忽略、被湮没、被埋葬的女性的心声。正如诗人所说，这是"金光菊和女贞子的洪流"所煽动的"新的背叛"[①]，是新一代的女性因独立意识的觉醒而对传统道德束缚的反叛。千百年来被作为贞操观念典范的神女峰传说，被舒婷改写，她从反思者的视角表达了女性内心真实的感受。这是当代女性对生命本质最真切的呼唤，是她们对爱情的强烈渴望，也是女性全新价值观的确立。

① 舒婷：《舒婷诗》，长江文艺出版社 2012 年版，第 113-114 页。

第三节　王安忆

一、王安忆简介

在当代文坛上，王安忆是一位作品丰富且风格不断创新的大家。她 1954 年 3 月出生于南京，1955 年随母亲茹志鹃移居上海。1970 年赴安徽省蚌埠市五河县插队，1977 年开始发表文学作品，现为复旦大学中文系教授、中国作家协会副主席、上海市作家协会主席。王安忆的作品包括《雨，沙沙沙》《本次列车终点》《流逝》《小鲍庄》《发廊情话》《叔叔的故事》《我爱比尔》《69 届初中生》《纪实与虚构》《长恨歌》《启蒙时代》《天香》《匿名》等。王安忆创作视野开阔，能驾驭多种题材，运用多种生活经验进行文学创作。她风格多变，在新时期以来文学发展的诸多阶段都有代表性作品。20 世纪 80 年代初，她以“雯雯系列”走上文坛，以一位纯真少女的眼光观察世界，抒发女性自我。1981 年，她发表《本次列车终点》，成为知青文学的代表性作品之一。在这之后，她摆脱自我眼光的局限，走向广阔的社会，在东西方的文化和人生体验上表现社会。1985 年发表《小鲍庄》，成为寻根文学的代表性作品之一。1996 年发表个人代表作《长恨歌》，获得第五届茅盾文学奖。2011 年发表长篇小说《天香》，成为又一力作。作为女作家，王安忆与 20 世纪 90 年代其他女作家不同，不是从个人的性别体验出发，而是从人性、女性这个角度表达自己对女性生命本质和生存状态的思考。20 世纪 80 年代中后期，王安忆写出了《小城之恋》《荒山之恋》《锦绣谷之恋》《岗上的世纪》等一系列以女性为表现主体，思考女性生命本质，张扬女性意识的作品。1989 年发表中篇小说《弟兄们》，通过三位女性的姐妹情谊探讨纯粹的女性主体性在男性中心文化中能走多远。《流逝》《妹头》《富萍》《桃之夭夭》《长恨歌》等一列作品以上海的世俗生活为背景，表现不同时期上海女性的日常生活。在这些作品中，上海女性形象性格多样、鲜活突出，具有鲜明的上海市民的性格特征，集中体现了王安忆的女性意识和性别观点。

二、王安忆的作品分析

（一）女性观点、女性意识——《男人和女人，女人和城市》《我是女性主义者吗？》

如果把王安忆与张洁的作品放在一起读，就能鲜明地看出二人面对传统男性中心文化迥然不同的态度。张洁高举女性主义旗帜激烈地反抗，甚至偏执地抨击男性中心文化给女性带来的压迫和束缚。王安忆则态度温和，根植于传统，不动声色地以审美的眼光彰显女性生命本色，认为女性不仅不是弱者，甚至在多方面优于男性。她从不激烈对抗男性中心社会，也不猛烈批判男性中心文化；她否认自己是女性主义者，甚至认为女性主义的一些观点较为狭隘。有两篇文章比较集中地反映了王安忆的女性观点和女性意识，一篇是写于 1986 年的散文《男人和女人，女人和城市》，另一篇是发表于 2001 年的对话录《我是女性主义者吗？》。在《男人和女人，女人和城市》中，王安忆说："传统的人类刚刚迈出，或正在迈出的大自然的环境，为男人和女人创造了两种不同的理想：男人的理想是对外部世界的创造与负责，而女人的理想是对内部天地的塑造与完善。……女人在这条狭小的道路上，走向了深远的境界。可惜的是，女人的范围毕竟太过于狭隘了，且没有外部世界的生活做后盾，一旦战败便一无所有，一整个人性都没了落实与寄托。"在传统的农耕社会，"土地向人索取的劳动太过于单一，太过狭小，又太过苛求体力。女人无法取得优势，无法改变必须依附男人生存的命运。而到了城市这一崭新的再造自然里，那才真正是'海阔凭鱼跃，天高任鸟飞'。女人与男人竟也站在了同一起跑线上了，这时候的男人便也必须有足够的思想准备接受男女平等的现实"①。在这篇文章中，王安忆将传统农耕社会与现代城市社会中的男人与女人进行对比，认为现代都市社会更能体现女性得天独厚的优势。在《我是女性主义者吗？》中，王安忆说："我们容易把女性小说归结为一种女性自觉地对男性的反抗，清醒地对男性的批判。"② 王安忆不直接批判男性中心文化给女性造成的种种压抑和束缚，而是以审美化的态度面对女性，张扬女性独立的主体意识。她笔下的女性人物从不"寻找男子汉"，或者对爱情充满浪漫、美妙的幻想，而是摆脱文化规范的束缚，遵从内心需要、主动追求目标、实现美好生活。如果单

① 王安忆：《男人和女人，女人和城市》，新星出版社 2012 年版，第 99–102 页。

② 王安忆：《弟兄们》，中国文联出版社 2001 年版，第 344 页。

纯从女性主义的角度去阅读王安忆以女性为主人公的作品，根本不能说王安忆是一位女性主义者，因为她的作品中少有对男性中心论的反抗和颠覆。但王安忆的作品表现了鲜明的女性主体意识，因为从女性主体的角度来说，女性意识包含两个层面：一是以女性的眼光洞悉自我，确定自身本质、生命意义及其在社会中的地位；二是从女性的角度出发审视外部世界，并对其加以对女性生命特色的理解和把握。王安忆既能深刻地洞悉女性自我的内在与外在，也能从社会和人性层面去表现女性的生命本色。

（二）对女性生命本质的思考——“三恋一岗”

创作于20世纪80年代中后期的《小城之恋》《荒山之恋》《锦绣谷之恋》《岗上的世纪》（简称“三恋一岗”）四篇中篇小说，集中体现了王安忆从性爱角度出发对女性生命本质进行的思考，也是比较早地体现王安忆女性意识的作品。

1.《小城之恋》

发表于1986年的《小城之恋》，是王安忆“三恋”系列作品的第一篇，也是其早期比较有代表性的作品。这篇小说以心理分析的方法叙述了一对剧团演员分分合合长达十二年的情爱故事。在一个小剧团的一间练功房里，两个还不怎么懂事的少年每天都在勤奋地练功。男孩16岁，女孩12岁。在练功房相对封闭的环境里，“他”和“她”朝夕相处，共同成长。正处在青春发育期的男孩和女孩，极其自然地有了一种对彼此身体的好奇与渴望，慢慢发展为性的接触和交往。在这个过程中，他们极其苦闷焦虑，既有对对方身体单纯的热切渴望，又有由于缺乏精神支撑而带来的心理上的苦闷和强烈的罪恶感、不洁感。最后，女孩怀孕。在与生俱来的母性光辉的烛照下，多年来折磨她的那团烈焰终于被熄灭；在那欲念的熊熊燃烧里，她生还了。在一迭声的“妈妈”的叫唤声里，她感到一种神圣的庄严，躁动的生命终于复归平静。男主人公却开始了赌博、酗酒，最后被单位开除，在乡下和老婆过着无性无爱的日子。从故事的结尾可以看出，女性似乎是最后的胜利者，女性身上天生的母性战胜了性欲。正如王安忆自己所说：“男人与女人同时出发，并肩前进，而到了孕育生命的时刻，女人便将男人甩在了身后，飞快地却孤独地超越了。”[①] 王安忆大大彰显了女性与生俱来的母性意识，经过热

① 王安忆：《男人和女人，女人和城市》，新星出版社2012年版，第98页。

烈情欲的骚动和洗涤，女性在母性的皈依中获得内心的安宁与纯净，达到从未有过的生命和谐。如果单纯从性心理来说，王安忆在这篇小说里无疑张扬了女性主体意识。因为按照传统男权社会的性观念，在性活动中，男性永远是征服者，男性对女性的性占有是男性对女性的自然的征服。在此文中，王安忆不仅让女性占主导地位，还让女性超越男性，获得生理和心理的平静；男性却因为无法体会孕育生命带来的安宁而陷入更深的苦闷之中。当然，母性的本能是“她”获得胜利的主要原因，张扬为孩子而牺牲自身的母性本能，并且独自承担抚养双胞胎子女而带来的生活重担，也在一定程度上使女性失去了自我。此外，在“她”与“他”性的接触与交往中，双方所体会到的更多的是焦虑和罪恶，而不是性带来的快乐。“她”在贪欲和罪恶感的忏悔中来回挣扎，甚至想以死来摆脱性爱的巨大诱惑。这种描写一方面体现了人类嗜欲的原始生命力与社会文化观念之间的冲突给人带来的心灵痛苦，另一方面也说明此时的王安忆并未摆脱传统男性中心主义观念，而是不自觉地采用男性文化规范来叙事。

2.《荒山之恋》

《荒山之恋》描写了以征服男人为内心骄傲的金谷巷女孩爱上了从外貌到内心都极其软弱的大提琴手，最后双双殉情的故事。这不是一般的言情小说，而是揭示女性性爱内心奥秘的故事。金谷巷女孩容貌姣好，个性独立，常以善于征服各种各样不同的男性为内心骄傲。她喜欢在与异性的调情中实现自我感受，达到对自我的肯定。她鄙视文化习俗，善于驾驭男人，在爱情的游戏里扮演自主又自得的角色，表现出极强的对男性的征服欲。她的丈夫就是她征服的结果。但是，当她认识大提琴手之后，她认识到，爱的真正价值在于它能高度地体认到自我，同时又能高度地、专心地爱他人，在一种自由的境界里达到两性合一。她的那种调情式的爱不能扬弃与对象之间的疏离，更难以获得自我投入的忘形欢乐。于是，她想找一个人让自己使劲儿地爱，看看自己究竟能爱到什么程度。由于这种强烈的自我投入的欲望，也由于她的任性，使她陷入了两性试探的险境，最后毁灭了自己，也毁灭了懦弱的大提琴手。大提琴手的妻子是一位富有母性情怀的女人，她深深地爱着弱怯的丈夫，愿意被他依赖，他的依赖给她一种愉快的骄傲的“重负”，有了这“重负”，她的爱情和人生才充实。他的依赖也使她深厚的柔情和爱心有了出路。她像个小母亲，熨帖着他少时留下的心灵创痛，小心翼翼地维护着她的丈夫，爱护着他的事业和前程。当他背叛了她，堕入新的情网，她的一切痛楚、怨愤却被博大、宽厚的母性软化了，“她忍住心里的苦楚，将他抱进怀里，心里一声声叫着他，求他魂兮归来，徒然地希望用自己的温暖召回他来”①。即使最后他因为婚外恋弃绝了她，她也不恨他，反而因为太心疼他而怀着对宿命的怨悔。

这样的性爱题材完全不同于20世纪80年代张洁、张辛欣等一些作家的创作。“寻找男子汉”曾是20世纪80年代两性主题中的一个重要话题。张洁率先在短篇小说《爱，是不能忘记的》中塑造了伟岸、坚强、高大的老干部形象，树立了理想化的男性形象，并且将女主人公命名为“钟雨”，以表达女主人公忠于老干部、崇拜男子汉的心理。张辛欣也在《在同一地平线上》中塑造了传统文化规范中的男子汉形象，并且表现了坚强能干、富有事业心的丈夫与同样积极进步、富有上进心的妻子之间的冲突。剧作家沙叶新在实验话剧《寻找男子汉》中直接表现了女雕塑家舒欢在恋爱时寻找心中的男子汉而不得的一次又一次失望的心理。王安忆不塑造也不批判男子汉的形象，而是直接彰显女人并非都倾心于高大坚强的男子汉。像“她”那样独立性很强，并以母性融化爱情，用爱包容一切的女性，情爱像是一双展开能够给人以庇护、能够被人所依偎的柔软温暖的巨大羽翼，永远将给予、怜悯、保护连在一起。这样的女性往往不羡慕、不崇拜高大、坚强且自负的男子汉，而倾向于在比较弱怯的男性那里搭建爱情的温床。爱情对她们而言，不是对男人的崇拜、羡慕，而是深深的同情。大提琴手是软弱的、怯懦的，金谷巷女孩和“她”却都很爱他，其实，他配不上她们那样的挚爱，而她们却都爱得欲罢不能。王安忆写道：“女人爱男人，并不是为了那男人本身的价值，而往往只是为了实现自己的爱情理想。为了这个理想，她们奋不顾身，不惜牺牲。”②西蒙娜·德·波伏娃（Simone de Beauvoir）曾经感叹：“男性的欲望急切多变，朝生暮死有如蜉蝣；一旦满足后马上就消失了。女人常常在这之后变成爱情的俘虏。这就是所有伟大的文学、诗词、音乐的主题所在。”③应当说，这是一个属于女性感觉和经验的主题。王安忆不仅塑造了金谷巷女孩这样不同于20世纪80年代其他

① 黄静等：《二十世纪中国女性文学研究》，安徽师范大学出版社2017年版，第199页。

② 郭冰茹：《中国当代小说与叙事传统》，广东高等教育出版社2018年版，第256页。

③ 黄静等：《二十世纪中国女性文学研究》，安徽师范大学出版社2017年版，第200页。

女作家笔下女性的另类形象，表现了女性性爱的伟大与包容，同时也深刻揭示了女性将爱情看作理想，为了实现它而不惜牺牲的潜在心理。

3.《锦绣谷之恋》

《锦绣谷之恋》表达的是女性性爱中纯精神性的一面。某杂志社年近中年的女编辑依旧清新美丽，富有智慧，拥有独立的审美意识。但在日复一日的平凡生活中逐渐感觉到婚姻的乏味，夫妻双方并不留意彼此，再难互相爱慕了。婚姻生活的乏味与单调使她变得易怒与烦躁，对丈夫近乎麻木的忍让也很生厌，但更厌恶自己的易怒、烦躁。她渴望婚外恋情给自己新的感觉，重新找回对生活的审美感受。不期而遇的庐山笔会，让她与一位有过文字交往但未曾谋面的男作家有了十天浪漫的精神之旅。两颗尘世的心灵在庐山云遮雾绕的美妙景色中达到一种无言的默契，带给双方一种无言的幸福。这种柏拉图式的精神之恋让她获得了内心的宁静与明澈。她只觉出自己在这太阳和月亮的交换中幻化了，有一个自己在退出，另一个自己在靠近了，她像是换了一个人。她是她自己，又不是她自己。她褪去了那个在婚姻中絮聒、乏味的自己，重新燃起了美好的审美意识，回归自然与沉静。她觉得这样明澈、宁静的自己才是真实的自己。

小说的重点并不是讲一对男女之间精神之恋的故事，而是将自我置于乏味的婚姻与纯粹的爱情之中进行思考，从而去发现女人内心的奥秘。在小说开头不久，作者说道:“我想说一个故事，一个女人的故事。”[①] 这就意味着王安忆想叙述的其实是关于一个女人的故事。在小说中，王安忆有意模糊丈夫和男作家的形象，用极大的篇幅去描写女编辑的心理变化、内心独白及情感游动，用抽象性的叙述突出女编辑身上所具有的诗意与审美特征，将她的内心、她的思考表现得淋漓尽致、深刻彻底。小说中有几处代表性的关于女主人公的心理刻画:“她婚后是沉睡了太久，异性的所有秘密，就那么和盘托出，不须她花费一点想象与好奇去探寻，去深究。……她重新发现了男人，也重新意识到了，自己是个女人，她重新获得了性别。”“她再清楚不过地意识到，自己是个女人，一个女人，她多么幸运地身为女人，可以爱一个男人，又为一个男人所爱。”[②] 这是一个美丽且智慧的女性，乏味的婚姻生活凝固了她的性别意识与审美能力，而这场美丽短暂的“锦绣谷之恋”

① 任一鸣:《女性文学与美学》，新疆人民出版社 1995 年版，第 190 页。

② 王安忆:《王安忆作品精选》，长江文艺出版社 2001 年版，第 284-285 页。

让她在纯粹的精神爱恋中找回了自己。她发现并不是自己多么爱庐山云雾中的男作家，而是这位男作家让她重新意识到自己是一个女人，意识到作为女人可以爱和可以被爱的欢愉与幸运，这使一个女人重新具有了女人的能力和特质，这才是作品的深刻之处。作为一个女人，应该具有独立的人格特质、独立的审美能力，能清楚地认识到作为女人的美好与独特，否则你只能是一个人，而不能称为女人。这种内涵已经离开了女性自我觉醒的层面，而延伸到性别诗学层面上来了。在小说结尾，女编辑又回到了平凡、琐屑的婚姻生活中，这也不免使王安忆关于女性问题的思考有了诗意和悲剧特征的意味。

4.《岗上的世纪》

《岗上的世纪》从生命本体价值的高度以审美的眼光来写女性的性体验和性活力，揭示生命本体的奥秘。王安忆将故事发生的背景置于性受到极大压抑和束缚的年代，以现代人的眼光来写性对人的重新塑造及性对人心灵的净化。这是对传统男权中心意识中的征服、占有、传宗接代、污秽等观念的自觉反叛。王安忆对性爱的描写，既不像传统小说中的宣泄或带有挑逗意味的粗俗描写，也不像《小城之恋》那样描写性给男女主人公带来的内心苦闷、罪恶感、不洁感，而是以诗意和审美的眼光来写性。在她笔下，女性的性爱不但在爱欲的宣泄中超越了世俗利害，而且在欢悦中净化了心灵的污秽和社会的卑鄙。这种净化已不再是《锦绣谷之恋》中的纯净了，而是混沌之后的升华——从出卖肉体和私通到发现生命的意义和力量，人物形象已不再是世俗意义上的美与丑了。在《岗上的世纪》中，性成为一个神圣的宗教祭台，诱导人们怀着美的心理去理解和感受人类的生命之根，从而上升到生命本体的高度。在这篇小说中，王安忆以第三人称的叙事视角，以女知青李小琴为主要描写对象，使小说的创作主体完全倾向于女性，是女性的主动让男性产生了新的生命活力，是女性的魅力让男性重新认识了生命的本质意义，从而真正发现并展示了人的生命存在的本质意义。这是一篇高度张扬女性意识的作品。

王安忆的“三恋一岗”以性爱为中心，表现了女性性爱的多种特点，集中体现了作家的女性意识和性别观念。《小城之恋》中纯净的母性战胜了单纯的生理欲望，《荒山之恋》中女性性爱的包容与伟大，《锦绣谷之恋》中知识女性纯粹的精神之恋给人带来的美好审美感受，《岗上的世纪》中女性性爱的超功利性及对生命活力的激发。王安忆一反传统男性中心文化观念中男性在性爱方面的主动性、征服性、占有性、功利性，以及传宗接代的作用，而以女性为中心，表现女性在性爱方面孕育生命的纯净性、主动性、包容性、非功利性，以及对生命活力的激发等特征。从表面上看，王安忆不批判男性中心文化，但她在张扬女性性爱的多样特征时已经反叛了男性中心观念，鲜明地彰显了女性在性爱上优于男性的女性意识及性别观念。

（三）对女性主体性的构建与探索——《弟兄们》

中国女性文学中女作家对女性主体性的建构和探寻一直是女性文学中的一个重要主题。张洁的《方舟》就是这方面的代表作。1989 年，王安忆发表的《弟兄们》同样是一篇思考以建构女性主体性自我来对抗男性中心文化的作品。三位年轻的女性，同住一间宿舍，相互之间以老大、老二、老三自称，将各自的丈夫称作为老大家的、老二家的、老三家的。她们是这班上仅有的三位女生，可是样样事情都做得比男生出色。她们互相以兄弟称谓，实际是通过模仿男性来建构女性同盟，通过互相激励、互相督促来保持女性的自我主体性不被男性中心文化规范所侵蚀。因为在传统男性中心文化中，女性是依附男性的，缺乏自我主体性，尤其是在为人妻、为人母之后。三位女性像男人一样生活，不爱美、不爱整洁、不爱干净。她们敞开心扉，将自己最隐秘的心思说了出来，彻夜不眠地进行纯粹的精神交流，互相激发，灵感闪现。但她们也有无限的懊恼。她们付出了很大的代价，几乎将自己的情感与思想都掏空了，结果竟越来越不明白自己究竟是什么面貌。她们出现了对自我的无法确认。老三的丈夫经常来学校，每当丈夫来了，她就觉得原先的美好被破坏了。无论怎么叫自己“兄弟”，说到底，女还是女，男还是男，这是根本无法改变的。男女之间天然的性别差异无法改变。随着老三的丈夫越来越频繁地来找老三，随着交流的越来越深入，她们认识到：其实，完全、彻底的自我是不可能实现的，只是说说开心而已。实际上，吞没自我的也不是男人，不应该把矛头指向男人。说起来，男人和女人都是受害者，是同一战壕里的战友，应当互相支持。三位女性中，老三最先退出了姐妹同盟，放弃了留校任教的机会，回到小县城，接受了丈夫为她安排的工作，过起了平凡女人的平凡生活。

老大在一所中学教美术，在一次集体游玩中，面对同事孩子的表现，她暗下决心：这一辈子坚决不生孩子。自由是多么宝贵啊！可随着时间的推移，随着同事的孩子日渐长大，她越来越感觉到真正的自我难以充分被实现，青春无法永驻，所以也想生一个孩子。她听人说，母爱是可将一切牺牲掉的，并且没有一点怨言。她想：自我既然得不到充分的实现，还不如让它伟大地牺牲掉算了。当老大怀孕后，老二无意之间遇见了老大，二人再续前缘。但这时，她们不再用老大、老二来称呼，而称老大为老李，老二为老王。这种称呼的转变说明随着老大母性的回归，她们的女性社会身份也不自觉地回归了。在这个过程中，老李也多次反思自我，要了孩子会增加负担，会失去很多，但她仍然想要小孩子，没有小孩子，她心里头空落落的。孩子生下后，老王经常来老李家，并以“教母”的身份自居，连过年都住在老李家，甚至在丈夫回去时她仍然住在老李家。一次，老李和老王带孩子去公园玩，由于二人谈得太投入，没照看好孩子，孩子从婴儿车里翻下来，摔得满脸是血，老王想去帮老李抱孩子，老李却厉声喝道：“别碰我的孩子！”这一声自发产生的饱含母爱的厉喝使她们二人维持了多年的姐妹情谊瞬间崩塌。老李与老王的姐妹情谊苟延残喘了三天之后，老王离开了老李，她们再也没有见过面。

鲁迅曾经说过，女人具有女儿性、妻性和母性。女儿性、母性是天生的，而妻性是被男性中心社会文化规范出来的。妻性、母性都必须依赖他物而存在，纯粹的女性却不需要，是自我独立的。在这篇小说里，王安忆通过三“兄弟”的故事试图探讨纯粹的女性能够存在多久？能够走多远？在这个过程中，老三因为妻性最先离开姐妹同盟，其后，老大因为母性再一次宣告纯粹的、精神性的姐妹同盟不复存在。在男权中心社会里，老二可以说是最坚定的，她坚持建构纯粹的不丧失女性主体性的自我。但在小说的最后，王安忆写道“她一直在调动工作，调动来，调动去，始终不能满意，调到后来，自己都不知道自己是要什么了。船走在峡谷里，两边是笔直的峭壁，很高的崖壁上，露出了一条蓝天”[①]。作为纯粹的女性，只能在非现实的自由中徘徊，一旦回到现实只能是一个孤独的、失语的存在，所以用这种纯粹的女性主体性来对抗男性中心社会秩序是不可能的。同样，纯粹的兄弟同盟也不可能永远存在。因为，这样的同盟只能在没有家庭生活和子女干涉的情况下存在，一旦进入家庭生活，这种同盟就会违背人性的自然欲求。王安忆通过这个理性的故事解构了以建构纯粹的女性主体性自我来对抗男性中心文化规范的企图。

---

① 黄静等：《二十世纪中国女性文学研究》，安徽师范大学出版社2017年版，第195页。

（四）上海弄堂里的女性悲歌——《长恨歌》

《长恨歌》是王安忆于1995年创作的一部长篇小说。作品以上海和生活在上海的女人王琦瑶，以及上海的历史演变为背景，以女性作家特有的敏感与思维，以及对现实人生的深刻体验，表现了都市女性真实的生存境遇，体现了她自觉的女性意识。

1. 女人的城市

《长恨歌》写了王琦瑶与大上海的故事，其实也就是女人和城市的故事。“我写了一个女人的命运，但事实上这个女人不过是城市的代言人，我要写的事实是一个城市的故事。”“我是在直接写城市的故事，但这个女人是城市的影子。”① 在这篇作品中，王安忆把王琦瑶与上海紧密地结合在一起，第一次明确提出女人与城市是一体的，女人是城市的代言人。

与封建农业社会相比，女人更适合生活在城市，因为城市忽略了女性天生的弱于男性的体力，而且认可了女性的各种才能，并为她们发挥灵巧和智慧提供了广阔的天地。在这个人造的自然里，女性将聪明才智发挥到调整她们的生存状态，尝试改变依赖男性的命运中去，从而有了一定的社会地位，争取到作为个体的人的部分自由与权力，个体意识日益觉醒。在城市中，女性从社会的弱势群体转变为社会中的“精髓”与“灵魂”，成为城市的主角，唤起了女性沉睡已久的性别意识。城市使女性再生，女性又对城市进行新的诠释，城市与女性水乳交融、合二为一。在王安忆眼中，最适合女性生存的城市无疑是上海。因为上海是感性的，有声有色的，上海的繁华是具有女性风采的。风里传来的是女用香水味，橱窗里陈列的女装比男装多，院子里夹竹桃、丁香花也是女性的象征……这城市本身就像个大女人似的，羽衣霓裳，天空撒金撒银，五彩云是飞上天的女人的衣袂。王安忆清晰地解释为什么选择女性作为城市代言人：“上海的女性心里都是有股子硬劲的；否则，就对付不了这城市的人和事。”② 在王安忆看来，要写上海，最好的代表是女性，不管有多么大的委屈，上海也给了她们好舞台，让她们伸展身手。如果说上海的故事里有英雄，那么她们才是英雄。因此可以说，王安忆所描写的女性是上海文化精神的“女儿”。

① 齐虹、林舟：《王安忆访谈录》，《作家》1995年第10期，第66-71页。

② 宫东红：《她们的言说：二十世纪女性作家创作述评》，华龄出版社2006年版，第208页。

王琦瑶就像是吸尽黄浦精华的结晶。在《长恨歌》中，王安忆写城市女人对城市的感知，写女人在城市中的成长，这是她写城市小说的创新之处。城市富有生存源泉，因而也更适合女性的生存与发展。城市不再像封建农业社会里那样，苛求女性像男性一样拥有强健的体魄，而且更看重女性的灵巧和智慧。当社会灾难袭来时，轻易改变现有秩序甚至颠倒秩序时，男性会受到重创，而女人却凭其生命承重力的韧性浮出地表。这种生命的韧性在《长恨歌》中的王琦瑶身上得到了充分的展示。王琦瑶是上海弄堂里一个平民的女儿，却侥幸当上了名噪一时的上海小姐。……岂料世事变迁，名利如过眼云烟，情爱终成虚幻。但王琦瑶依旧坚强地活着，她并没有什么惊天动地之举，但却是真正懂得生活、生存的强者。她的生命中有一种韧性，能使她在最琐碎的生活中历经磨难而不折。在《长恨歌》中，我们可以看到在这些琐碎的日常生活细节中周旋自如的主角大多是平民女性，王安忆觉得她们才是城市尤其是上海这座城市的精神代言人，她试图通过她们呈现一颗耐得住世事、经得起沉浮的平常心。王琦瑶就是上海这座城市造就的女性人物。王安忆用她多年的沧桑生活，谱写了一曲“此恨绵绵无绝期”的女性悲歌①。

2. 都市女人的爱情悲歌

在几千年的历史发展中，女性一直遭受着来自社会文化及男权的压迫，因为这几千年的社会是一个男权社会。在日益文明的社会发展中，女性的个体意识、性别意识在逐渐地觉醒，开始对女性自身的生存状况、内心需要进行关注与审视。王安忆是位具有鲜明的女性意识的作家。她认为：“上帝待女人似乎十分不公，给了女人比男人漫长的生命，却只给予更短促的青春；给了比男人长久的忍饥耐渴力，却只给更软弱的臂力；生命的发生本是由男女合成的，却必由女人担负艰苦的孕育和分娩；生命明明是吸吮女人的乳汁和鲜血长成，承继的却是男人的血缘和家族。在分派所有这一切之前，却只给女人一个卑微的出身——男人身上的一根肋骨。”②但她更是一个清醒的现实主义者，在男女两性关系上，她竭力改变以男子为中心的文化和社会制度，从而达到改变不平等的社会性别关系的目的。

《长恨歌》中的王琦瑶一生与四个男人同居。李主任地位显赫、有权有势，是王琦瑶生命中遇到的第一个男人，同时也注定了王琦瑶一生的感情悲剧。程先

① 杜志建主编:《一诗一世界·3》，延边教育出版社2017年版，第17页。

② 宫东红:《她们的言说：二十世纪女性作家创作述评》，华龄出版社2006年版，第210页。

生痴情一片，对王琦瑶只知给予，不图回报，却始终进入不了她的心，一生都有缘无分。康明逊与王琦瑶一样，两个人都藏着有哀有乐的利益心，并且务实，但缺乏承担责任的勇气。老志蜡是王琦瑶精神和肉体上的爱人，他欣赏王琦瑶的风韵与优雅，是一个怀念过去却永远也无法回到过去的近乎变态的男人。他们都曾或多或少地影响过王琦瑶的生活，给她的生活、情感带来些许的安稳和快乐，但他们谁都不是能彻底拯救她并改变她命运的救世英雄。王琦瑶利用这些男人，帮助这些男人，表现出了比男人更坚毅的生活信心。中华人民共和国成立前，李主任潜逃，王琦瑶平静地从艾丽斯公寓搬到了平安里，靠给人打针过日子。康明逊得知王琦瑶怀孕，竟然连承认的勇气也没有，王琦瑶则一个人勇敢坚强地独自承担下来，生下并抚养自己的女儿微微长大。程先生自杀之后，王琦瑶则一个人凭着女性的坚韧，保护了自己和女儿。在平凡的日常生活中，王琦瑶是一个英雄，因为在日常生活的磨砺与洗涤中，她有着男性英雄无法比拟的坚韧、智慧、宽容和大度。

作为女性作家，王安忆对女性自身的挖掘可以说是深入的，《长恨歌》便是这样的，透过女性的眼光和感受，深刻地表现了深层次的女性悲剧。通过这种情感悲剧，揭示着生命的残缺，爱情的虚无和缥缈，以及两性关系的错位。特别是在两性关系的对比中，在爱情、婚姻的平淡之中，使女性的悲剧性更加突出。《长恨歌》中王琦瑶的一生都处在与男人的纠缠当中，她一生渴望着男性的真爱，但在不断地得到与失去中，无法摆脱情感上的一次次挫败，最后消失在自己编织的梦中。

第四节　铁　凝

一、铁凝简介

铁凝是新时期以来当代文坛重要的女作家，她成名较早，很多作品获得了较高的声誉。铁凝 1957 年生于北京，后在保定度过其童年和少年阶段。1975 年高中毕业后，铁凝选择到农村体验生活，这为她日后的创作提供了不少素材。1979 年回城后，铁凝担任《花山》的小说编辑。铁凝的文学创作从 20 世纪 70 年代中期开始，目前已发表百余部中短篇小说，长篇小说有《玫瑰门》《大浴女》《无雨之城》《笨花》，此外还有大量的散文、随笔。铁凝的不少作品被翻译成英、法、德、日、俄、丹麦、西班牙等国语言，有着较强的国际影响力。其作品多次获得国家级文学奖项，其中《哦，香雪》《六月的话题》分别获得当年全国优秀短篇小说奖；《没有纽扣的红衬衫》获得1985年全国优秀中篇小说奖；散文集《女人的白夜》获中国首届鲁迅文学奖；《永远有多远》获中国第二届鲁迅文学奖中篇小说奖和首届老舍文学奖；艺术随笔集《遥远的完美》获中国第二届冰心散文奖；小说《没有纽扣的红衬衫》改编成电影《红衣少女》，获得第五届中国电影金鸡奖最佳故事片奖和第八届大众电影百花奖最佳故事片奖；小说《哦，香雪》被改编为同名电影，获得第四十一届柏林国际电影节青春片最高奖。此外，铁凝的多部作品还获得《小说月报》“百花奖”，以及《人民文学》《小说选刊》《十月》《中国作家》优秀作品奖等诸多奖项。2006年至今，铁凝担任中国作家协会主席。2015年，铁凝被授予法国艺术与文学骑士勋章，成为中国文坛首位获此殊荣的女作家。

二、铁凝文学创作的三个时期及代表作

在铁凝多年的创作生涯中，她始终关注女性的情感与命运。不过铁凝作品中的女性意识并不是一成不变的，而是经历了由无性别意识写作到强烈的女性意识写作再到超性别意识写作这样三个阶段，体现了创作中不断探索的精神。

（一）第一个时期：1975—1985年

第一阶段为铁凝的“香雪时代”，大致从20世纪70年代中期到20世纪80年代中期。这一时期铁凝的创作主要是中短篇小说，包括《罗薇来了》《两个秋天》《一片洁白》《那不是眉豆花》《短歌》《哦，香雪》《东山下的风景》《明日芒种》《意外》《没有纽扣的红衬衫》《六月的话题》《月亮伴星星》《穿过大街和小巷》《杯水风波》《村路带我回家》等。早期铁凝的创作受孙犁的影响较大，作品风格清新秀润，具有含蓄诗意的美。小说主人公多为青年女性，她们单纯、善良、朴实、自然，在她们身上充满着人性、人情之美。《哦，香雪》中的香雪即早期这类女性形象的代表。小说中，一个偏僻的小山村台儿沟，每当火车经过时就会打破小山村原有的宁静。火车挟带着山外的物质文明带给台儿沟一群十七八岁的姑

娘新奇与希望，每逢火车经过时，她们就会聚集在村口，贪婪、专注地望着火车。尽管火车停在台儿沟只有短短的一分钟，但这一分钟成为姑娘们的节日，饱含了姑娘们的喜怒哀乐。时间久了，姑娘们便利用这一分钟与旅客们做买卖，用鸡蛋、核桃、枣子去换取台儿沟少见的发卡、香皂、火柴等。一次，香雪为了用 40 个鸡蛋换火车上女学生的一只铅笔盒，她义无反顾地登上了即将开动的火车。最终香雪实现了自己的愿望，带着闪闪发光的铅笔盒走了 30 里（1 里 =500 米）的夜路回到了台儿沟。这里，火车、铅笔盒成为现代文明和文化的象征，香雪换取铅笔盒的行为表现了被封闭在大山里的乡村女孩渴望接受山外文明的熏陶与洗礼。小说以诗意的笔调写出了山村女孩的梦想与追求。

这一时期的铁凝尤其关注乡村女孩对文明的向往与追求，小说《意外》讲述了一个类似的故事。住在大山里的山杏一家为了照一张全家福，“他们搭了五十里汽车，走了二百里山路，喝凉水、住小店，吃了多半篮子干饼，第三天才来到县城”[①]。不过半个多月后他们收到的照片却并不是山杏家的全家福，而是一个陌生姑娘的照片。尽管如此，山杏家还是挂上了这张照片，当别人问照片是谁时，山杏便说是她未来的嫂子。山杏虽然知道撒谎不好，但不管怎样，她家也终于有照片了。小说笔调清新活泼，山杏善意的谎言不仅体现了乡村女孩对文明的向往，也让这一意外充满了诗意。不过尽管早期这些作品写的都是女性，并且女性形象都是单纯美好的，但这些作品并不具有鲜明的女性意识，人物更多是一个象征性的符号，体现的是现代化进程中乡村青年的精神风貌。

为铁凝带来广泛声誉的《没有纽扣的红衬衫》，其创作视角由乡村女孩转向了城市女学生，不过不变的依然是作家对人性美的颂扬。小说中安然“像一头精力充沛的小鹿，灵巧敏捷不受约束，无遮无拦地四处乱撞”，透过她那双“清纯似水”的眼睛，勾勒出社会的百态图，揭示了社会对纯真、正义、理想价值观的无情践踏。安然率真善良，敢于向庸俗伪善发起挑战，她敢于批评年年稳拿“三好学生”的班长；敢于当堂指出班主任老师的错别字；敢于和一个叫刘冬虎的男生待在一起，这些行为显然与当时人们认可的规范是不相符的，也让成绩不错的她一直与“三好学生”无缘。那一次的“三好学生”评比，本来安然很有希望，可是由于在评比那天她穿了一件没有纽扣的带一条银色拉链的红衬衫，结果还是

① 铁凝:《铁凝小说集》，花山文艺出版社 1985 年版，第 39–40 页。

落选了。因为在那个年代，这件没有纽扣的红衬衫代表了“标新立异”，这是保守派们无法接受的。尽管落选了，安然却内心坦然。在日记中，安然为自己点赞，同意选自己为本年度的“三好学生”，并告诉姐姐明年选“三好学生”时，她还会穿红衬衫。在安然身上体现了一种纯洁、率真、明净的诗意美，是一种未受社会不良风气影响的无拘无束、自由自在的生命状态。小说中那件红衬衫也成了一种打破传统、对抗庸俗社会的象征力量。这一时期铁凝创作的女性特色更多是体现在委婉、细腻的语言风格上，从真正的女性意识而言，作品的性别意识并不强，故而这一阶段可称为“中性写作”或“无性别写作”。

（二）第二个时期：1986—1990 年

20 世纪 80 年代中期以来，铁凝陆续创作了“三垛”（即《麦秸垛》《棉花垛》《青草垛》）和《玫瑰门》《无雨之城》《对面》《永远有多远》《大浴女》等中长篇小说。这一时期铁凝的作品具有鲜明的女性意识，作家以冷峻、深邃的笔触来审视女性的历史命运和现实处境，刻画了一系列复杂甚至扭曲的女性形象，站在性别立场展示女性的欲望与心理，揭示女性主体意识崛起的艰难历程。“三垛”及《玫瑰门》《大浴女》是这一时期女性主义的代表作。

《麦秸垛》是“三垛”系列中最早创作的，发表于《收获》1986 年第 5 期。小说叙述了两代女性受传统观念影响坎坷而悲怆的爱情悲剧。大芝娘无疑是传统女性的代表，在她身上体现了传统妇女的所有美德。大芝娘善良、勤劳、宽容、忠厚，她坚守着传统文化对女性的道德规范，对丈夫无条件地服从、顺从，哪怕这场婚姻早已没有实质内容。但大芝娘的顺从、隐忍并没有换来在城里已提干的丈夫的理解与同情，丈夫甚至提出了离婚的要求。对此，大芝娘没有哭闹、没有怨恨，她答应了丈夫，只是在离婚后大芝娘提出了一个常人无法理解的要求，就是要和离了婚的丈夫有个孩子，因为不能白做了一回媳妇。此后，大芝娘独自抚养大芝，在大芝意外死亡后，她又将这份母爱播撒到那些缺失母爱的孩子身上。孩子虽然充实了大芝娘的生活，但仍无法完全排遣大芝娘内心的孤独，漫漫长夜中那低沉的纺线声和那只被抱得发亮的枕头，无言地诉说了大芝娘的寂寞与孤苦。小说通过大芝娘的形象，反思了所谓的传统美德带给女性的精神伤害，体现母爱有时也会成为女性建立自我意识道路上的一种障碍。

知青沈小凤的爱情与人生态度可以说是大芝娘的现代翻版，不过两者又有很大的不同，大芝娘的婚姻是包办婚姻，她只能是被动地接受，沈小凤对爱情则是主动地追求，尤其是当她与陆野明发生关系被发现后接受调查时，沈小凤将所有责任都揽到自己身上，大胆、无畏地正视人们蔑视的眼光。可惜陆野明并不爱她，与大芝娘一样，沈小凤也面临被男人抛弃的命运，于是她也要求为陆野明生个孩子，只是这一要求被陆野明拒绝了。从沈小凤身上，我们一方面看到了时代的进步，她可以主动追求爱情；但另一方面，女性依然没有摆脱对男性的依附。所以当沈小凤失去爱情时，她依然选择重复大芝娘的道路。此外，通过这两个人物形象，我们还看到了不被正视和认可的女性欲望，大芝娘以传宗接代为目的的性行为是可以被接受的，沈小凤发自女性本能欲望的性行为则是被排斥的。作者不仅揭示了封建意识、传统观念对女性的禁锢、压抑，同时这种禁锢、压抑还来自女性自身，大芝娘便是这类女性的代表。在中国，并非大多数女性有着解放自己的明确概念，真正奴役和压抑女性心灵的往往也不是男性，而恰恰是女性自身。

《棉花垛》发表于《人民文学》1989 年第 2 期，小说摒弃了从传统认识论角度对女性世界所进行的政治、社会、道德的评判，而将性置于政治与暴力中考察女性身体所承受的践踏与蹂躏，无论是来自正义方还是非正义方，女性都无可避免地成为被伤害的对象，成为悲剧的承担者。小说主要讲述了三个女人的故事，通过对米子、小臭子、乔的生存状态和生命欲望的真实呈现，揭示了三个女人本质上对男性的依附心理和各自殊途同归的悲剧命运。小说中三个女人构成了纵向与横向两组比较关系，纵向的一组是米子与小臭子之间，两人是母女关系。在这个世代靠种棉花为生的村庄里，米子可以不种棉花、不摘棉花，但家里却有棉花。因为米子长得好看，每当棉花收获的季节，米子就钻看花人的窝棚，靠出卖色相理直气壮地换取棉花。在米子身上，性成为她获取生活资料的一种手段，一种为了生存而委身男人的变相卖淫。米子并不觉得这种生活方式有何不妥，而她的这一观念直接影响了女儿小臭子的人生。和母亲一样，小臭子也通过性来换取物质，她和娶了媳妇的秋贵淫乱，就因为秋贵可以满足她的物质欲望，为她买葱绿毛布大褂。这里，性成为母女两代人的生存手段，她们以此在经济上依附男性，成为男性享乐的工具，而她们的人生价值也仅体现于此。不过与母亲不一样的是，在新的时代背景下，小臭子的生存方式不仅仅是获得物质层面的满足，还有着以此换取抗日情报的精神层面的荣誉感，而这恰恰将其推入危险、残酷的境地，并最终因出卖抗日干部乔而被枪杀。

小说横向的一组比较发生在乔与小臭子之间，两人虽是从小的玩伴，但之后所选择的道路却是不一样的。乔追求进步，成为共产党领导下的一名抗日干部，小臭子则没有追求，整日与汉奸秋贵厮混。之后，乔与国决定利用小臭子与秋贵的关系，换取抗日情报。小臭子虽不是理性、自觉地选择抗日，但她也以此为荣。不过很快小臭子的身份就暴露了，在敌人的威胁下，小臭子为了保全秋贵的性命而出卖了乔，于是乔被日本兵轮奸后残忍地杀害。国为了给乔复仇，在带小臭子去县抗日敌工部受审的路上，先是占有了小臭子，当小臭子还沉浸在温柔的情意中时，国又冷静、理性地枪杀了小臭子。从民族国家大义而言，乔与小臭子的死的意义是完全不一样的，乔为了民族的解放事业而牺牲，是抗日烈士，小臭子则是民族败类，是为人所不齿的汉奸，死是对她应有的惩罚。但是，如果我们从性别立场来审视两人之死时，却发现作为女性，她们同样都是男权社会的牺牲品，是男性肆意践踏、蹂躏的对象，体现了战争之于女性的残酷。无论是正义方还是非正义方，“争相糟蹋和强奸对方的女人，成为征服、凌辱对方（男人）社群的主要象征和关于社群的具体想象”[①]。一个正义的乔被非正义的日本兵先奸后杀，一个非正义的小臭子被正义的国也是先奸后杀。由此，铁凝揭开了男性世界对女性强暴式的占有欲和征服欲，呈现了男性对女性残酷蹂躏的性文化态势。小说中，女性的身体或是交换对象，成为女性生存的方式，或是践踏对象，成为女性征服的手段，而无论哪一种，女性都无法摆脱被塑造、被物化、被蹂躏、被牺牲的悲剧宿命。残害乔的日军最终惨遭失败，而同样奸杀了小臭子的国因为有着正义的掩护，却没有受到惩罚。通过小说结局的这一安排，铁凝深刻地揭示了男权意识的根深蒂固与无处不在，它超越时代、政治、民族，成为女性悲剧命运的根源。

“三垛”系列中的《青草垛》写于1995年12月，距离《麦秸垛》的发表已有九年。在《青草垛》中，铁凝继续站在女性主义立场，以一个在车祸中丧生的农村青年的鬼魂为视角，用超现实主义的荒诞手法讲述了这个成为鬼魂的“空人”在茯苓庄的所见所闻。在商业社会的残酷现实面前，女主人公十三苓的梦想被无情击碎，她的情感世界被抽空，她学会了跳脱衣舞，逐步变成了靠与男人

① 刘健芝：《恐惧、暴力、家国、女人》，《读书》1999年第3期，第3–10页。

“办事”挣钱的“小黄米”。作者直面当代并不完美的现实生活，女性再次重复了米子、小臭子的生存方式，心甘情愿地通过身体交换来获取物质，沦为商业社会的物化对象，以此质询现代社会中女性依然摆脱不了被物化、商品化、工具化的悲剧命运。可见，“三垛”系列中，铁凝不断书写女性生存的艰辛和生命的惨痛，尽管时代在变，从抗战年代到 20 世纪 70 年代再到 20 世纪 90 年代，但是女性的命运在本质上并没有改变，她们始终依附男性、缺乏自主意识，是男权社会的附属品、牺牲品。对此，铁凝不仅指出男权社会的压迫，更是拷问女性自身，犀利地、无情地解剖女性自身的负面因素，从而在对男权意识的批判中显示出一种超越性。

1988 年问世的《玫瑰门》，既是铁凝的第一部长篇小说，也是她较为重要的一部小说。这部作品具有极强的个人化色彩和女性意识，也是由这部作品开始，铁凝走上了女性自省之路，为中国当代女性文学开启了通往女性自身的“玫瑰之门”。小说以老少三代女性为主要人物，以多重叙事结构和繁复的语言为我们呈现了充满丑陋、阴暗却又真实的女性生活空间。在这样的空间中，我们看到了女性所受到的多重压迫，既有来自封建传统、男权制度本身的压迫，又有来自男性的性别压迫，还有来自女性自身的压迫。在这多重压迫下，不同的女性有不同应对策略及不同的生存方式与生存状态，由此，铁凝质询、探索女性的生命价值与情感命运。铁凝之于女性体验的书写，更多的是一种内省，是对女性的历史与现实境遇的深刻的、近于冷峻的质询，一种对文明社会中女性位置的设问。铁凝冷静而困惑地书写着那份属于女性的尴尬，细腻而幽默地自嘲地记述现实情境中的女人。

《玫瑰门》具有浓厚的女性意识，它揭示了女性在面对男权社会压迫时的反抗与挣扎，尽管这种反抗有时以极端的、变态的方式呈现，但她们仍摆脱不了女性悲剧的宿命。小说真正的主人公司猗纹是一个性格极其复杂的人物，在她身上，集中体现了女性的性别宿命，以及她们对命运安排的不甘进行的抗争。曾经的司猗纹也是一位浪漫纯情、对革命充满激情的少女，她爱上了从事学生运动的男学生华致远，并为爱情奉上了少女的初夜。然而家庭的反对、爱人的离去，让司猗纹的爱情之梦很快幻灭了。由于不忍心违背母亲的意愿，司猗纹在家人的安排下嫁给了庄家大少爷庄绍俭。婚礼上的司猗纹被眼前这个高大挺拔的男人感动，她开始懊悔自己的不洁，并决心在这个家庭中做一个贤妻、良母、孝妇。然而在男权社会中，在不平等的两性关系中，司猗纹的这个愿望却无法实现。由于不满包办婚姻，不能原谅妻子的不洁，庄绍俭对妻子充满了冷漠、厌恶与仇恨。无论妻子如何在家庭的经济困境中施展才能、辛劳付出，如何恪尽妇职、母职，孝顺老人、抚育孩子，都换不来丈夫的温情与理解。为了报复妻子，庄绍俭经常出去寻花问柳。当妻子带着儿女千里迢迢赶去扬州看他时，庄绍俭却留宿妓院，并最终把性病传染给了妻子。至此，司猗纹想要做一个贤妻良母的愿望被彻底击碎，她开始接受她失败的人生，也开始展开她疯狂的报复。司猗纹以性为武器，引诱了道貌岸然又羸弱无能的庄家老太爷，使其一命呜呼。这种乱伦式的反抗是一种极端地颠覆男权文化的反抗形式，也是一种“以毒攻毒”的绝望的抗争。此后，司猗纹如一株沾着毒汁的罂粟花，开始了她自虐与虐人的一生。由于长期的性压抑导致性心理变态，司猗纹不仅偷听儿子与儿媳妇的床事，在儿子死后还带着年幼的外孙女去抓奸儿媳妇，甚至当少女苏眉受到流氓的性骚扰时，她不仅不去安慰受惊吓的孩子，反而对苏眉细加盘问、审查、责怪，并偷看她的日记，最后还跟踪苏眉与男人的约会。可以说，晚年的司猗纹已经异化为男权文化的帮凶，成为一个心理阴暗、世故、变态、伪善的自虐者与虐人者。当然，晚年的司猗纹也有温情的瞬间，当已经瘫痪的她打听到初恋情人华致远的地址后，她坐在车里远远地等着，就为看华致远一眼，在看到的那一刹那，司猗纹的脸上先是惊讶，然后是瞬间的羞涩，这可能是司猗纹一生中不多的幸福时刻。在司猗纹身上，面对非理性时代，面对男权压迫，她以自己独有的生存智慧甚至是“恶”来抗争着，在自虐与虐人中耗尽一生而无所得。

如果说司猗纹的反抗是极端的、扭曲的，那么姑爸的反抗则是另一种形式的扭曲；如果说司猗纹是不幸的，那么姑爸则更为不幸；姑爸的悲剧更加揭示了男权体制对女性人格的扭曲与异化。姑爸本是一个大家闺秀，仅仅因为她长了一个异于常人的长下巴，在新婚之夜吓跑了新郎，于是姑爸就被送回了娘家。从此，姑爸开始否认自己的性别，努力掩盖自己的性别特征，她剪掉辫子，抽着烟袋，穿上男式服装，并给自己起了一个非男非女的名字——姑爸，以此来反抗男权社会对女性的规范与要求。然而这种反抗只是表面的形式，其骨子里却是对男权文化的认同与服从，尽管这种服从是无奈的、潜意识的。因此，姑爸对自身性别的反抗是徒劳的，她最终还是死于作为女性所受到的性别戕害，还是没能摆脱作为女人的性别宿命。可以说，在司猗纹及姑爸身上，体现了男权意识形态下女性被扭曲、被异化的悲剧命运。

《玫瑰门》中另一位具有抗争性的人物是儿媳妇宋竹西，与司猗纹一样，宋竹西也是一个生命力旺盛的女性，当性无能的丈夫庄坦无法满足宋竹西的欲望时，她把过剩的精力放在捕捉老鼠、解剖老鼠上，最终丈夫被这些老鼠吓死。不过，与婆婆司猗纹不一样的是，宋竹西在多重的压迫下始终能按照自己的想法我行我素地生活，始终反抗着男权社会文化和社会秩序。在丈夫死后，她大胆正视女性的欲望，敢于冲破世俗樊篱跟比她小很多的大旗结合，但当她发现和大旗之间无法沟通后，她又坚决地选择离婚，因为自然欲望的满足并不能解决精神层面的追求。离婚后的宋竹西又去找了她一直深爱着的叶龙北，直到这时，宋竹西才意识到她要的究竟是什么。相比较司猗纹、姑爸对男权社会的抗争，宋竹西的反抗具有更多积极色彩，尽管也曾走入误区，但她始终不曾放弃，主动地、坚定地去追求自己想要的生活。

《玫瑰门》是“女性之门”，也是“生命之门”，小说中的女性在多重压迫下采取了各自的应对策略，有极端的抗争，有表面的反抗，也有积极的追求，这些女性多是生活中的强者，而反观小说中的男性却往往自私自利、懦弱无能。这与铁凝这一时期的女性主义创作思想有关，出于对男权主义的批判，铁凝在创作中对男性进行“去势化”书写，通过瓦解男性形象来实践女性主义的创作思想，所以《玫瑰门》中没有理想的男性形象，如庄家三代男性。庄家第一代庄老太爷道貌岸然又羸弱无能，最终被儿媳妇诱惑后一命呜呼；第二代庄绍俭，由于不满意包办婚姻，并对司猗纹的过去耿耿于怀，于是他采取各种手段羞辱、践踏一个为家庭尽心付出的妻子，而自己却不尽一个父亲及丈夫应尽的责任；第三代庄坦，性格懦弱，毫无男子之气，“从精神到肉体他好像都缺乏必要的根底，哪怕是人最起码的那点根底。从外表看，他那颗大而沉重的头就难以被那根纤细的缺钙的颈骨所支撑，这使得他的头看上去有一种倾斜感。颈下是一副窄而薄的肩，两条乏力的胳膊就悬挂在那里。腰倒是一杆正常人的腰，不粗也不细，但当需要它扭转时却又缺少必要的灵便”[①]。最让庄坦沮丧的便是他与生俱来的随时随地打嗝儿

① 铁凝:《玫瑰门》，人民文学出版社2006年版，第241页。

的毛病，这个毛病常常让庄坦丧失信心。有意思的是，当庄坦这一毛病被治愈后，随之而来的却是其丧失了性能力。通过这一情节安排，铁凝以戏谑的笔调讽刺了男性的懦弱与无能。

在这部讲述女人的小说中，铁凝不仅揭示了男权社会种种的外在压迫，同时也将笔触探向女性自身，挖掘女性的人性弱点和阴暗面，以及女性如何由受害者一步步蜕变为虐人者，体现了铁凝的女性自省意识与自我批判精神。铁凝所关注的，不是或不仅是社会的性别歧视与不公正，因为她不曾仰视并期待着男性的崇高与拯救，所以她也不必表达对男人的失望与苛求。她所关注的，是女性的自省，是对女性自我的质询。同样，在长篇小说《大浴女》中，铁凝通过尹小跳这一形象，说明女性只有不断自省、不断反思，才有可能实现自我救赎，获得理想的生活与健康的人性。在尹小跳的一生中，她的灵魂深处有两大罪恶是永远也抹不掉的。一个是妹妹尹小荃的意外死亡，另一个是好朋友唐菲为她的调动而主动受辱，尤其是尹小荃之死对尹小跳的一生都产生了影响。因为尹小荃是母亲偷情的产物，所以尹小跳对尹小荃的到来感到耻辱并充满仇恨，这种仇恨让她无法释怀。故而，当年尹小荃摇摇晃晃地走向污井边时，尹小跳拉住了尹小帆的手，眼睁睁地看着尹小荃走向了死亡。然而尹小荃的死并没有让尹小跳感到释然，反而让其一生充满了罪恶感。尹小跳一直将杀人凶手这个枷锁套在自己身上，这个沉重的枷锁不断折磨她的内心、拷问她的灵魂，也让她的人生变得灰暗。在经历了成年后的种种人生波折后，尹小跳终于带着赎罪心理获得了自救，走向了新生。铁凝借尹小跳最终获得完善人格试图说明，女性理想生存的获得必须依靠女性自身的力量进行自我救赎，而这就需要正视自身弱点、直面人性丑恶，敢于同女性的生存宿命进行抗争，从而寻找到女性自救的出路。可以说，《大浴女》中的尹小跳、《玫瑰门》中的苏眉都是这一类审视自我、反思自我并超越自我的女性，体现了铁凝对女性内心世界探寻的深度与质询的勇气。

（三）第三个时期：1991 年至今

这一时期，受 20 世纪 90 年代女性主义创作普遍存在的男性“去势化”书写的影响，铁凝笔下的男性形象也基本是卑弱、无能的，他们或是现场的缺席者，或是压抑女性的他者，总之，男性形象是不具有理想化色彩的。不过，一味地强调性别对立、矮化男性，并不能从根本上解决女性主义所面临的困境。作为一个不断反思，有着自己判断力的作家，铁凝意识到解构并不是女性主义的出路，因为男女两性并不能独立或对立地存在。性别诗学追求的是阴阳互补、男女两性和而不同。真正成熟的女性意识应该是性别意识和人的意识的结合，应致力于构建和谐的两性关系。不过，写作《玫瑰门》时期的铁凝并未能做到摆脱纯粹女性视角来进行创作，直到 2006 年长篇小说《笨花》的出版，标志着铁凝的创作进入了超性别意识的写作阶段。

铁凝曾表示，《棉花垛》是《笨花》中抽出来的一个枝杈，即《笨花》是在《棉花垛》的基础上发展而来，有学者指出，《笨花》=《棉花垛》+ “向喜传奇” ①，这种判断是对《笨花》的一种简单化理解。诚然，在《笨花》中，我们能发现与《棉花垛》相近的情节，也能找到一些人物的对应关系，如《笨花》中的向取灯对应《棉花垛》中的乔、大花瓣儿对应米子、小袄子对应小臭子、西贝时令对应国、金贵对应秋贵、向有备对应老有等。无疑，《笨花》蕴含的社会性、历史性、民族性、地域性等内容要比《棉花垛》丰富得多，也深刻得多，尤其对人性的挖掘，作家没有完全站在女性主义立场去一味贬低、矮化男性，而是以一种更为客观、冷静、包容的眼光去重新审视男性。因此，《笨花》中的男性形象更为复杂、多元、真实。《笨花》截取了清末民初至 20 世纪 40 年代的这段历史，以冀中平原的一个村子为背景，讲述了向氏家族的发家史，并将家族生活与当时的中国历史相结合，使作品有了厚重的历史感，向喜则是这段历史重要的见证者、参与者。

铁凝在接受采访时曾谈到向喜这个人物，“他（向喜）一个普通人，能够拒绝诱惑，远离违背内心的道德秩序，是人伦的力量赋予他的道德秩序，而不是一些玄而又玄、高不可及的政治主张” ②。可见，对于向喜这一人物，铁凝将其置于民族国家、传统人伦话语中加以刻画，既不刻意拔高，也不有意矮化，而是将其还原为一个既有着民族正义感、有勇有智的军人，同时又有着根深蒂固的男权思想的男人。向喜一生娶了三房太太，即同艾、顺容与施玉蝉，铁凝虽写出向喜身上与生俱来的男权意识带给妻子的精神伤害与内心隐痛，但并不将其引向性别对立面进行一味地批判，又不因此就将人物丑化、矮化，而是呈现一种人性的、温

① 吴义勤主编：《铁凝研究资料》，山东文艺出版社 2009 年版，第 356 页。

② 夏榆：《她们的立场，她们的倾向：女性知识分子现场》，中国妇女出版社 2007 年版，第 5 页。

情的理解与包容。小说更多展现了向喜身上的正面价值与闪光点。向喜出身卑微，凭着自己的英勇善战在部队担任较高官职，有了一定地位的向喜没有忘本，他把军饷积攒下来寄给老家妻儿，让家人盖房子、买土地，过上舒服的日子。向喜有着自己做人的准则与对社会时局的判断，他守信、坚韧，在战斗中顽强、英勇，他审时度势，有自己的道德坚守，面对官场的黑暗与军阀之间的阴谋倾轧、利益相争，他困惑、痛苦，因为这些都违背了他做人的理念。最终向喜放弃高升的机会，选择遵从内心的良知，返回笨花老家。抗战爆发后，向喜头脑清醒、态度坚决，拒做日本人在冀中伪政权的代理。与此同时，他支持儿子去西部抗日。为了躲避日军的骚扰，向喜到粪厂去工作，当得知女儿向取灯惨死于日本人之手后，他完成了壮烈一死，“差不多是在又一个日本人倒下的同时，向喜冲自己的太阳穴开了第三枪，他倒在了粪池里”[①]。可以说，向喜之死赋予这一人物完美的收场。《笨花》中的男性形象大多不再卑弱、无能，除向喜外，他的儿子向文成同样具有较多的正面意义。向文成是向家第二代核心人物，作为一名乡村知识分子，向文成天资聪颖、本性善良，虽双目有疾，但却向往光明。作为一名医生，他医术高超、医德高尚，有文化、有见识，难能可贵的是其不排斥现代文明与外来文化。在向文成身上，体现了乡土文化与现代文明的融合。可见，《笨花》阶段的铁凝，不再一味地对男性进行“去势化”描写，而是对男性形象进行了修复、还原，这种转变并不意味着铁凝对男性世界的妥协，而是说明了她对两性关系的重新思考，即两性关系重在和谐而非对立。

《笨花》中的女性形象相比《玫瑰门》时期也较为平和，铁凝没有放弃女性立场，只是这一时期铁凝不再强调对男权压迫的疯狂报复，而是注重强调女性自身要追求独立自我，摆脱精神禁锢。小说中施玉蝉、向取灯母女便是这种独立型女性的代表。施玉蝉是向喜的三太太，原是一名走江湖的名伶，嫁给向喜并生下女儿向取灯后，施玉蝉却感受到一种不自由、不快乐。为了追寻自己的事业及江湖儿女的自由，施玉蝉宁愿放弃舒适、安逸的生活也要走出夫家。对于施玉蝉的选择，向喜先是恼怒，但随后被施玉蝉的执着打动，最终同意施玉蝉出走，条件是女儿不能被带走。在施玉蝉身上，体现了女性的独立，不再顺从、依附男性，

① 铁凝：《笨花》，人民文学出版社 2006 年版，第 500 页。

不再囿于家庭这样一个小天地，而是有着自己的精神追求，愿意走向社会的大舞台。当然，铁凝也指出了这些走出家庭走上社会的女性，往往都放弃了女性的家庭角色与母亲责任，显示了女性的生存困境与两难抉择。与母亲一样，向取灯也主动选择自己的人生道路。她对自己的生活充满着美好的憧憬，她在时代精神的感召下，对革命抱有真诚的信仰，积极投身抗日工作。她在抗日夜校讲课，鼓励大家共同抗日，但最后惨死在日军手中。向取灯的人生价值与母亲一样，都体现在走出传统的父家或夫家后参加的社会工作中，这也是她们超越传统女性的地方。这里，铁凝将女性置于社会与政治中，让女性的生命价值不再囿于家庭小天地，而是融入民族、国家的宏大话语之中并焕发出勃勃生机。

当然，在《笨花》中也有传统型女性，向喜的大太太同艾便是代表。在同艾身上体现了传统女性的美德，勤劳、贤惠、隐忍、宽容。由于丈夫常年在外打仗，同艾在家独自带孩子照顾老人，苦心经营以减少丈夫的后顾之忧。不过，同艾的辛劳付出并没有留住丈夫的心，丈夫还是娶了第二房、第三房姨太太。当见到二太太顺容和她的两个孩子时，同艾惊骇得晕死过去。醒来后的同艾没有大吵大闹，而是选择了沉默。直到和儿子上了火车，她才开始放声大哭，这是她压抑已久的发泄。不过，哭过之后的同艾像是什么事也没发生过似的，回到老家后又照常守家、带孩子，表面上生活似乎依旧，只是同艾的爱情幻灭了。此后的日子里，同艾独自承受着情感上的孤独与空落，她只能靠回忆、期盼、幻想来填补情感上的空白，将爱情转化为亲情，无奈地守望着、等待着。可以说，同艾以她的宽容与隐忍来面对男人情感上的背叛。一方面，铁凝揭示了男性的背叛给女性带来的情感伤害与内心隐痛，使她们常年忍受着孤独与寂寞；另一方面，铁凝不再以激烈的反抗作为女性解决情感背叛问题的方式，而是寻找新的情感转换方式，以亲情来化解矛盾，以母性来寄托情感。

《笨花》中的女性意识不再如“三垛”和《玫瑰门》时期那般强烈了，铁凝笔下的两性关系也由对立、对抗转为了相互包容，这体现了铁凝女性意识向传统的回归，但这种回归不是简单的回归，而是站在了更高、更成熟的历史起点上的理性回归。铁凝既从传统中找寻女性生存的情感依托力量，又将女性置于社会、历史、民族、国家的话语中去确立女性的生命价值，强调女性的独立自主。由此，铁凝的女性书写没有继续滑入对男性绝望的深渊，也没有落入欲望化写作的窠臼，而是努力找寻女性书写的另一种可能性，即在宏大话语与女性话语中寻求平衡点。从无性别意识写作到强烈女性意识写作再到超性别意识写作的过程，铁凝不断探求女性的自由、平等、幸福之路，努力构建和谐的两性关系，从而给处于困境的女性文学带来了一丝亮色。

铁凝是因为写女性而引人注目的。对女性命运的挖掘，始终是铁凝的小说创作所关注和探索的一大艺术命题。铁凝怀着一颗真诚的心，带着理性的自审态度对各类不同女性的生命状况与复杂灵魂进行审视与挖掘。在《大浴女》中，铁凝再一次站在理性哲学的高度，对女性的内心苦难进行拷问，披露人性中潜在的丑恶本质。铁凝撕破了人们外在的、虚伪的遮挡，让人物赤裸地互相观望与窥破，进而使女性的身心、灵魂与肉体、欲望与理智的撕扯和矛盾裸现出来。

主人公尹小跳事业上一帆风顺，但她却一直处于被观望和窥破的处境中。从她 12 岁到成年这段时间，一直被尹小荃窥视着，她的行为和思想受到尹小荃的影响，使她永远不敢舒展自己。尹小帆则是一个窥破她隐蔽内心的人。如果说尹小荃代表的是一种隐形的影响，是尹小跳成为完美女性的内在力量，那么尹小帆就代表着有形的、世俗的外在力量。尹小跳就在这两种力量间左右遮挡着、躲闪着，灵魂和身体也就在这种感知和搏斗中逐渐成长。这种观望的过程造就了尹小跳这个具有女性复合美的性格。理想的女性性格不但复杂斑斓，而且完整合一，它闪烁着的是一种和谐的复合之美。铁凝形象地阐释了人性中的自然属性部分是如何受到压抑和扭曲的，社会属性部分是如何发生变异和分裂的，从新的心理角度还原了当代女性的心理曲线。

《大浴女》恰如其分地揭示了特定历史阶段的社会内容对女性非常残酷的压制性力量。尹小跳们既不能摆脱男权世界对她们的控制，也不能适应和改变性别世界对她们的要求，她们就在这种夹缝中不断地突围，并且不断地受到伤害。女性到底如何才能在获得性别上的真正认可的同时又赢得自我解放呢？作家本人似乎也是矛盾和困惑的。虽然结尾尹小跳找到了一条自我解放的道路，成了有独立人格的女性，但其中不难看出有些许勉强，并且结尾猛然间由现实此岸升华到理想彼岸的现实可能性也有待商榷。

第五节　池　莉

一、池莉简介

20 世纪 90 年代以来，女性写作成为一个热门的话题，文坛上活跃着一批女作家。她们以日渐丰满的个性化写作，使女性写作在整体格局上越来越丰富多彩，池莉作为 20 世纪 80 年代末以来一直备受欢迎的女作家，也有她鲜明的个性化特征。

池莉，1957 年出生于湖北省仙桃市，1974 年高中毕业后成为下放知青，1976 年作为最后一届推荐入学的工农兵大学生，后进入湖北冶金医学院学习。虽然是一名医学院大学生，池莉却始终坚持着她的文学梦，1979 年由于成绩优异，毕业后被分配至武钢职工医院卫生处，成为一名流行病医生，并在这一年发表处女作《妙龄时光》。出于对文学创作的热爱，池莉参加成人高考，后进入武汉大学中文系作家班学习。1987 年，池莉进入武汉市文联《芳草》编辑部任文学编辑，也就在这一年她发表了著名的《烦恼人生》，一炮而红，成为新写实小说的代表作家之一。

池莉小说的女性主义特征，首先表现在小说中的女主人公们无论在怎样艰难的处境下，都能支撑下去，坚强、独立地过着自己的生活，如《你是一条河》《青奴》《小姐你早》《云破处》《生活秀》《看麦娘》《所以》《她的城》等小说中的女性。

二、池莉文学作品中的女性

池莉是新写实小说的重要代表人物。作为一位随当下社会应运而生的作家，池莉直接把自己置身于市井生活之中，体验凡俗人生，并因作品贴近民众生活而得到了人们的喜爱。同时，作为一位女性作家，她更多地关注女性生活，以其自身体验和敏锐感受为基础，以仿真、想象的笔法为我们展示了女性生命的各个阶段，展现了她们的成长、爱情、婚姻和内在的母性情怀。

（一）市民生活形象

池莉 1987 年以前的作品，如《有土地就会有足迹》《鸽子》《月儿好》等中虽然蕴藏着人生选择的艰难、人生的烦恼，但总体上是温和的，也蕴含着作者对善良人们的同情和对他们优秀品格的礼赞。1987年,《烦恼人生》的问世引起文坛的关注，之后《不谈爱情》《太阳出世》《你是一条河》《你以为你是谁》《来来往往》《小姐你早》等作品中温和的态度渐渐被遮蔽了，取而代之的是生活的凝重、历史的深沉和都市的浮躁。她的这一转折令人佩服，不得不说，她是较贴近生活、较能感受生活的作家之一。这位作家以极其敏锐的目光注视着社会发展的最新动态，以平和、朴素的心灵感受着这一时代的人际关系和人生痛苦。她感受着这个时代真切跳动的脉搏，展示了这个时代下最真实的生活画卷。

与其说现实社会的变化强烈地吸引着池莉，不如说是目光敏锐的池莉率先关注到了现实的生活，她在《写作的意义》中说:“只有生活是冷面无情的，它并没有因为我把它编成什么样子，它就真是什么样子……生活把什么没有展示出来？爱情、忠诚、气质、陷害、天灾人祸、大喜大悲、柴米油盐、家长里短。我终于渐悟，我们今天的这生活不是文学名著中的那生活。”① 是的，时代在变，生活在变，文学中的生活怎能不变。面对社会“市民化”的进程，池莉一方面开始调整自己的心态，另一方面在创作中努力展示这个过程。在散文《怎么爱你也不够》中池莉坦言，虽然20世纪80年代末她已经在文学青年中名声大噪，但拮据的工资、烦琐的家庭生活，以及保姆、住房条件等相关琐事使她的自信心一点点地崩塌，曾经拥有的作为知识分子、作家的优越感在现实面前微不足道。因此，她有一句自我解嘲的话语:“你以为你是谁？一粒尘土而已。”② 可见，池莉不是高高在上地对现实视而不见并且排斥着，而是实实在在地感受着社会的变化，认同着它的存在。

自从封建社会消亡之后，中国便不再有贵族。贵族必须具备两方面条件，即物质条件和精神条件。两者只有其一，都不是真正的贵族。在如今的社会主义初级阶段，大家都是普通的劳动者，池莉自称“小市民”，丝毫没有自嘲的意思，更没有自贬的意思。“今天这个小市民，不是从前概念的市井小民之流，而是普通一市民。”③ 就像她许多小说中的人物一样。由此，我们就可以理解池莉为何一直采取一种平民姿态来进行写作了，社会本来就如此，文学也本该如此。中国文

① 王晓岚:《流动的思想》，中国文史出版社2005年版，第46页。
② 池莉:《池莉文集》，江苏文艺出版社1995年版，第220页。
③ 池莉:《池莉文集》，江苏文艺出版社1995年版，第223页。

学发展到 20 世纪 80 年代后期，文学脱离现实已经太久了。此刻回归现实的潮流开始涌动，而池莉的写作正好暗合了这股潮流。

先锋文学以令人眼花缭乱之势震惊了传统的写作观、审美观，叙述圈套及七巧板拼贴式的结构虽喧嚣一时，却有意忽略了文学作为人类精神活动的特殊产物的纯粹的话语活动、文本游戏，最终滑入后现代的陷阱。池莉从来就没有失去过对现实的把握，渴望在真实生活的基础上重建仿真的想象空间，带人们回到真实的生活中去。现实已经成为她创作的依据和灵魂的家园。

（二）浪漫的精神之旅

《怀念声名狼藉的日子》能够引起人们的注意，首先是因为它能让人们产生一种经历、体验上的共鸣。池莉只是借助一个特定的时代背景展示了 20 世纪 70 年代中国孩子的成长史。池莉尊重、喜欢和敬畏在人们身上正发生、存在的一切，这一切都是生命的挣扎与奋斗。这些东西看似平常，但其本质都引人共鸣并令人感动。

小说中的主人公豆芽菜充满反叛心理和反抗精神，她坚定地认为只有踏上那广袤、热闹的农村，自己的人生才是辉煌的，才有可能获得真正的幸福。可惜天真幼稚的她被骗，替冬瓜和丝瓜受了过。丝瓜和冬瓜的恋情由于畸形时代的怪异逻辑导致的人们思维的混乱而演绎成了一场灾难，可怕的是，这场灾难不是降临在当事人身上的，而是降临到了豆芽菜的身上。周围的人包括那些知青朋友都无法原谅她，这对于一个 17 岁的女孩来说，简直就是一场灭顶之灾。

17 岁下乡的豆芽菜，25 岁时已经从医学院毕业了，并参加了工作，她成了一名温婉恬静、循规蹈矩的大姑娘。以往的绯闻与灾难离她远去，然而孤单、忧郁却接踵而至。小说在这里展现了巨大的张力，过去声名狼藉的日子成了今日她无比美好的人生回忆，这种生活外在与情感内在的错位其实也是在预料之中的。在此，我们不得不驻足思考人生的本质意义。

（三）缺乏爱情的婚姻生活

读者常常有这样一种印象：女性文学总是脱离不了爱情这一主题，女性作者喜欢描写细腻的情感与崇高的爱，读者中的女性更容易对此类题材产生共鸣。文学作品中的女性形象似乎也无法脱离情爱的主题，爱情是一个永远与女人脱离不了关系的永恒话题。很多经典而动人的爱情文学都是来自女作家深情、细腻、精巧的笔触。

但是，池莉的作品和这些传统定义中的文学有很大不同，她似乎是一个不谈爱情的女性作者。池莉倾向于描写、刻画最普通的底层民众，而这些人物的生活和心灵世界都充满了世俗，与人们设想的高洁、纯粹的爱情相差甚远。对于这些日出而作、忙于奔波、焦灼干涸的尘世心灵来说，浪漫的爱情几乎是不可能存在的，甚至会被视为矫饰和空想。也就是说，池莉描写的是真正的婚姻生活完全被现实支配的故事，所谓的爱情最终也一定会向物质低头。

池莉本想让人们实实在在地经营自己的婚姻，然而，市民社会的形成使许多事情带上了实用性与功利性，一切都回落到世俗的土地上。那么，偏重于精神领域的爱情在这样一个时代就变得虚无起来，池莉在真实地为我们展示当下社会状态的同时，也展示了这是一个爱情缺席的时代。在爱情缺席之后，另一个问题呈现在我们面前，即在一个充满性别较量的不和谐的世界里，性别之间的紧张关系成了人们日常生活中最主要的不安定因素。在这一性别较量中，失败者往往都是女性。

到了《小姐你早》这里，我们看到的是男性完全地掉进了堕落的深渊。在男主人公王自力身上，剩下的只有罪恶和无耻，也因此有了戚润物与王自力之间的公开火并了。不过需要注意的是，这场火并不是由女性率先挑起的，而是源于女性意识觉醒后的自卫还击。在这里，池莉还将矛头指向了传统的理想婚姻结构——门当户对，郎才女貌。王自力与戚润物结婚初期确实有才子配佳人、十全十美的感受。当社会转型时期的经济大潮来临之时，王自力拥有了大把的钞票，于是就打破了以往的平衡关系。这种由平衡到不平衡的转变成了这段婚姻关系中最大的威胁。戚润物发现他们的婚姻完全就是一场拳击赛，它的实质是实力平衡，相配或是不相配是根据实力来掂量的。池莉借《小姐你早》声明：当爱情不在时，性别之间所剩下的就只能是残酷的斗争了。于是，被男性欺凌、伤害的三位女性组成了同盟，并颠覆了王自力拥有金钱和权力的地位。但她们的胜利是以男性的毁灭为代价的，因此充其量只能算是单纯的性别上的胜利，而绝不是人类共同的胜利。《一夜盛开如玫瑰》在性别之间罩上了一层温情脉脉的浪漫面纱，但是其背后却潜伏着凶狠的杀机。池莉先是为一个浪漫神话的诞生预设好了各种可能，然后反戈一击，置其于死地，以证明性别间浪漫神话的虚假本质。小说实际上是池莉对于浪漫神话的一次无情解构，它表明其对爱情缺席的信念丝毫没有被动摇。在此，池莉仍然想要强调的是，真诚与多情是女性最大的致命伤，正是男性的无情和堕落，使女性的优秀品格沦为自身的弱点。主人公苏素怀是一个成熟且有实力的女人，无论是白天还是夜晚，她永远是智慧的、冷峻的，但这并不足以防范女性弱点所招致的危险。

在这里，池莉一再地提醒人们：经济大潮冲击下的社会转型期，是一个爱情缺席的时期，是一个男性在堕落的时期。在认清这个现实后，当她们为了女性的利益而放逐男性时，没料到会将自己也一并放逐了，轻而易举地跌入自我迷失的漩涡。到底出路何在？事实上，爱情是有的，浪漫也是有的，只因难得，我们才去追求。浪漫和爱情是需要男女双方无私创造的，才构成生活本真的意义。

（四）生命中的诗性哲学

当女性执着地踏过那艰难的浪漫岁月，回望自己的一生，追问生命真相，会发现生命哲学的真谛。

在《致无尽岁月》中，小说主人公“我”——冷志超，在一个无事的日子，因整理储藏间的旧物而产生了对岁月的感慨。“我”的人生应该说还是比较顺利的，出生于武汉，后来下乡做了知青，接下来又考入了武汉医学院，毕业后留在武汉的一所医院，然后就开始了细水长流的平凡生活。生命以飞一般的速度流逝，不知不觉人已老了。武汉并不是“我”生活的理想城市，冬天冷，夏天热，中间还有潮湿的梅雨天气，给生活带来无尽的麻烦。但“我”依然坦然地度过了 20 多个春秋，并且其间放弃了几次可以离开武汉的机会。细想起来，理由其实非常简单，“我”收获了点滴的生命快乐：从一个 20 岁的“透明的女孩，成为新娘，后来又成为肥胖的孕妇，再后来又恢复了体型”；成为一名出色的医生，赢得了病人的尊重，并且有了两三个好朋友；在郊外购置了一所被称为“农舍”的乡间别墅，周末就去那里小住，过过简单朴素、亲近土地的生活；长江里每日嘹亮的汽笛声已成为生命的一部分……就是因为这些细微、琐碎的事情，“我”选择了武汉作为自己的家园，并坚持了一种平淡、朴素的生活方式。这是“我”的选择，也是作者的选择。由此，池莉传达了对于生命意义的理解：在忍受中努力捕捉细小而微弱的幸福，在最实在的与生存直接相连的劳作中获取美好的感觉，生命的哲学就蕴藏在平淡、朴素的外表之下。

在“我”的故事之外，池莉又设置了大毛的故事，两个人物的命运轨迹既迥然不同又时时交叉。大毛率性，永远不断地追求更高、更好的生命质量。他不断地结婚、离婚，从事各种热门职业，将生意拓展到国外，并在澳大利亚安了家。

但意味深长的是，“我”和大毛是多年的朋友，他曾劝“我”放弃自己的生活，跟随他到澳大利亚。尽管“我”坚持“我”的生活是自己所需要的，但“我”却时时会对大毛的所作所为产生一种羡慕和嫉妒。池莉所要表达的是人对变动的想象和渴望，即使选择并安于一种平凡、自足的生活，也不排除对另一种激情、率性的生活的渴望。

无疑，这是生命历程所具有的不可预设性、不可逆推性。当我们选择了一种生活，看似偶然或不经意，其实都有它的理由，只不过有时那理由琐碎且微不足道。甚至那琐碎的理由更具有一种混沌的蛮力，往往将我们推上了一条与生命想象相距甚远甚至背道而驰的人生之路。因此，我们依然保有对另一种生活方式的向往，也正是这些矛盾成就了生命的神秘魅力。

在无尽的岁月长河中，时间慢慢地将人的生命活力带走，但同时也带走了生命中的浮躁，让人变得柔和而宁静很多问题也不求而解了。在《致无尽岁月》中，池莉完成了一次对生命哲学极为个性化的、诗意的表达。

（五）低俗中脱离出来的浪漫与执着

池莉以其平民化的写作姿态，书写着小人物的琐屑生活，这些琐屑的生活正体现了绝大多数普通人的生存境况。从这个意义上说，池莉的确是将生活这个被过滤千百次的字眼，还原成它本来的形式，让它本身显示生存的意义和价值。池莉所思考的不是寻求对于现实的挑战与反抗，或者对现实的超越与超脱，而是怎样才能在现实生活中过得更好。因此，池莉笔下的人物都能受挫而不馁，虽有痛苦、曲折，但最终都能到达自我完善的境界，在他们世俗的灰色生活中闪烁着光亮。

池莉是一个非常珍爱生命的作家，在她的心灵深处，有着对于生命的最深切的关注。生命的平凡、沉重、悲壮、神圣，都在池莉的笔下尽情地被铺展。她歌颂认真生活的普通人，尽量地使生活中的矛盾趋向一种和谐。但是，所有的宽容都是有底线的，《云破处》以石破天惊的结局为我们展示了现实与理想的对立。池莉选择了理想，选择了生命的激情，她以生存的意义否定了生存的状态。小说借助一个女性的婚姻故事的外壳来透视人生，去追问生命的意义和价值。

在《云破处》中，我们看到了一对恩爱的知识分子夫妇幸福的平静生活。男女主人公都在冶金部下属的某钢铁设计院工作，男主人公金祥深受大家爱戴，在参加工作的第二年就被破格提拔为第五研究室的副主任，如今又兼任院属几个公司的经理。女主人公曾善美是恢复高考后的第一届大学生，虽外貌普通但气质优秀，她的随和与矜持使“曾善美非常地讨人喜欢”。这对像“夏夜里的星星”和“阳光下的绿叶”的夫妇颇被人们羡慕。然而，生活的列车恰恰在这里飞出了轨道。曾善美因为一个极其偶然的机会获知了眼前这个与自己共同生活了十五年的人可能与三十年前那场令自己痛失父母、兄弟的惨祸，有着某种难言的联系。那个毒死包括父母在内的九名军工厂技术人员的魔鬼可能就在眼前？这样的推断无论对谁都是惊心动魄的。接下来是夫妇间的心理决战。曾善美在这场战斗中有勇有谋、步步紧逼，最后不惜撕裂自己最痛楚的伤痕诱使丈夫说出真相，她期待金祥的人性觉醒与心灵忏悔。然而，面对痛失亲人、受尽磨难的妻子，金祥并没有做出像曾善美所期待的那样的举动。曾善美无论如何都没有想到，作为一个人竟然可以像金祥这样灭绝人性，血债累累却泰然自若，简直无耻之极。曾善美为生命的尊严和人性的觉醒做了一次杀戮的勇士。此时的曾善美与其被说是写实的人物，不如说是象征的人物。她代表了正义对丑陋的宣判，代表了人性对非人性的宣判，代表了生的尊严对生的蔑视的宣判。她的形象远远超越了一个女性的时空规范，表达了对一切非人性、践踏人性行为的呐喊。我们无法忘记小说中那个穿着一身“图案和颜色都很不协调，就像干枯的瘀血”的“松垮”睡衣，“面无表情，嘴唇苍白”“蜷缩”“在橡皮树的阴影里面”一动不动的身影。一个女性，需要经历多大的心灵痛苦，才会将自己变成这样？ 7 岁痛失家人，18 岁失去女儿身，受尽磨难的曾善美依然憧憬着家与爱。可以想象，对于这段爱情，对于这个家，她寄予了多大的期望！她努力忘却过去并融入现在的生活之中，她是多么热爱生命。那么多的磨难都没有摧毁她对生命的热情，但她可以一次面对人性的丑陋，却不能再次面对人性的麻木。人性的丑陋是人性的欠缺，人性的麻木是人性的灭绝。这是一场心灵的搏击，灵魂的痛苦显然超越了一切。小说带给我们的是不同寻常的震撼，使我们真切地感受到蕴藏在池莉心中的浪漫与执着。这种浪漫，是至死不悔的纯真；这种执着，是唯有生命才能与之匹配的崇高。

第七章　20世纪90年代女性文学创作

如果说20世纪80年代女性作家的创作在经历了一次女性性别文化心理的变异后，重新定位女性话语、女性意识的话，20世纪90年代的女性作家的创作则进一步表露女性成长经验及女性创作体验，创作话语也从对话式转向私语性，突出女性记忆、女性体验，将男性从文本的中心地位放逐到边缘的从属地位，使得女性创作成为20世纪90年代的文学热潮，但也使女性自我解放的努力再次陷入新的困境之中。20世纪90年代是女性作家创作颇丰的时期。本章主要对陈染、林白、迟子建三位女性作家的文学创作进行了全面的论述。

第一节　陈　染

一、陈染简介

陈染，1962年出生于北京。学生时代的她不喜欢刻板的教育，自作主张学习音乐，后又弃乐从文；大学毕业后，陈染曾在北京一所大学的中文系做过四年半的教师，后调入作家出版社做编辑。

1982年7月，陈染考入北京师范大学中文系，开始在《诗刊》《人民文学》等刊物上发表诗歌。可以说，陈染是以写作诗歌进入文坛的。1985年，陈染转向小说创作，开始在《收获》《花城》《人民文学》《钟山》《当代》等刊物上发表小说。1986年7月，大学毕业的陈染在北京师范大学中文系任教四年。1989年2月，陈染出版了第一本小说集《纸片儿》。这本小说集收录了陈染在文坛脱颖而出的《世纪病》等一系列小说。在很多读者眼中，《纸片儿》区别于以往文学作品的特征在于诡秘而压抑的气氛，这本小说集收录的很多故事刻画了现代社会中人性的扭曲，弥漫着阴暗而忧伤的气息。例如，《世纪病》刻画了“不甘世俗”的青年人形象，作品的主角生活孤独、心灵苦闷，对周围的一切都抱有不满，时时挑战所处环境中（也是读者心目中）的秩序，传达一种颠覆的价值观，寻求荒芜生活中心灵的另一种归宿（另外，这个标题显然来自法国浪漫主义文学中的一种文学现象，最早出现于 18 世纪末。描写原有宏大志向，却因社会动荡而失去信仰，或无所适从，或生性孤僻的年轻人。这些人并非不学无术，然而迷惘悲观，不知如何应对世界）。作品发表之后，陈染被一些读者视为神秘主义者，孤独与叛逆成为她的代名词。

但实际上，陈染作品所体现的是一种特殊社会背景下的变异生存状态，描绘了女性独有的复杂心境。陈染之前的文学创作，要么依然诉求浪漫的情怀和激情洋溢的、理想化的表达；要么旨在真实地反映物质生活，不加任何理想的修饰。陈染的创作则与此不同，在她笔下，个人（尤其是女人）的愿望或周围的环境，本身就是一种现实，应该得到正面的审视和刻画。因此，她常常非常深入地刻画作品中主人公的思想活动、欲望诉求等。也正因为这种既个性化又尊重平凡生命的表达，陈染被认为是中国女性主义的先驱之一。

陈染的重要作品集中在 20 世纪 90 年代。1992 年，她创作了《嘴唇里的阳光》《无处告别》等大量中短篇小说。1995 年，她完成长篇小说《私人生活》，并很快出版，由此引发中国文学界关于私人写作或个人化写作的强烈争议。1996 年，《陈染文集》由江苏文艺出版社出版发行。1999 年，陈染完成《声声断断》《不可言说》两部书稿并出版。20 世纪 90 年代中后期，她的小说和一系列散文随笔呈现浓厚的边缘心理和女性意识，如《另一只耳朵的敲击声》《破开》，多以现代女性的生活为背景，表现人与世界的对抗关系。2001 年 3 月，《陈染文丛系列》——《纸片儿》《与往事干杯》《嘴唇里的阳光》《另一只耳朵的敲击声》《私人生活》《我们能否与生活和解》，由作家出版社出版。《与往事干杯》《无处告别》等作品刊出后，她的小说越发趋于心理与哲学，特别是《空的窗》《时光与牢笼》《巫女与她的梦中之门》等小说。那些独特、离奇的叙述方式、大胆怪异的想象，使她的小说独树一帜。

2000 年至今，陈染写作以散文和杂文为主。2003 年，她发表《梦回》《离异的人》等小说。2007 年，出版散文集《谁掠夺了我们的脸》。2009 年 4 月，《人语・物语・狗语》由江苏文艺出版社出版。作为个人化写作及女性主义代表作家，陈染的小说在英国、美国、德国、日本等国家及中国香港、中国台湾均有出版和评价。根据她的小说《与往事干杯》改编的同名电影，被选为国际妇女大会参展电影。

由于陈染作品中独特的女性视角与强烈的女性意识表达，使得许多评论家把她归为女性主义、私人化写作的作家，但陈染本人并不认同自己是一个女性主义者。她坦言，她的写作更多的是为了表达内心，不是为了什么主义，甚至也不是为了读者而写作。她不去教化，也不迎合，只愿意一个人站在角落里，在一个很小的位置上体会只属于人类个体化的世界。因为只有在个人化写作中，才能够真实而深刻地将表现人性的好作品完成。

二、陈染文学艺术创作综述

陈染的作品有很强烈的女性意识，也有不懈的探索精神。这两点使她在中国文学史上独树一帜。陈染的小说以其鲜明的私人化特点被称为私人化写作、个人化写作，这是她在 20 世纪 90 年代的创作特色，在此之前，她的创作还没有体现私人化的倾向，而是以叙述外部故事为主。即便是她的成名作《与往事干杯》，也是如此。

陈染的作品近乎是中国文学史上的一个转折，它们使人惊奇，继而愉悦。她的小说诡异、调皮、神经、古怪，似乎还有着中式的飘逸和空灵与西式的强烈和荒谬。她不但有着自己的独特语言方式，而且她的造句与句子中的意象也是与众不同的。这就是独一无二的陈染，她有自己的感觉、自己的词汇、自己的世界、自己的符号，还有她稀奇的比喻与暗喻。从她许多冷幽默和俏皮的话语中，可以明确看出她的作品里也有一种清高和优越感，她虽然活在自己的天地之间，却活得很深邃。

（一）先锋文学作家的女性写作

20 世纪 90 年代的文学特别注意对自我感受的书写，如先锋小说、诗歌、散文等，而女性自我书写可以说是这次潮流文学中的领军者，出现了陈染、林白、徐坤、徐小斌、海男等女性作家。她们一反传统，不再关注外部世界，而是写女性的内部意识。

女性文学在传统的文学史观中处于边缘地位，作家们为了重建女性文学的意义不断做着挖掘过去和唤醒意识的工作。女性文学发展经历了三个时期：首先一个较长的时期是模仿传统的时期，使艺术标准及关于社会作用的观点内在化；其次是反对这些标准和价值的时期，倡导少数派的权力和价值，要求自主权的时期；最后是从对反对派的依赖中挣脱，走向自身、取得身份的时期。在陈染这一批作家之前，许多女性作家是以认同流行价值的身份出现的，有的创作甚至不体现女性话语的特点，而是表达社会的共同关怀。这在张洁、张辛欣、张抗抗、王安忆、铁凝、残雪等女性作家的作品都可以见到。她们倡导女性作家作为少数派应有的价值，如张洁的《爱，能不能忘记的》，呼唤女性真爱的权利；张辛欣的《在同一地平线上》，要求平等地分配社会角色，女性不是男性的牺牲品；张抗抗的《北极光》，寻找不为世俗所同化的真正的男子汉，寻找女性真正的追求，展现了寻找不为世俗所同化的勇气。这些描写可以概括为一种追求，即男女都一样。因此，这些作品中必然有一种愤怒与反抗的情绪在里面。同时，也喊出了“寻找男子汉”的口号，并对男性采取审视的态度，呼唤理想男性。

到了陈染这一批作家，她们的话语从传统、宏大的叙事中脱离出来，走向自身，走向对女性个性、内心的审视。陈染的重要意义在于纠正男女性别上的偏颇，看到了女性在性别上应有自己的特点，形成女性的独特要求。有学者这样评价陈染的创作：“与其他的写作不同，陈染的小说呈现的是一幕幕带有终极意味的人类悲剧性生存景观，她把自己孤立于欢乐的人群之外，以一种思想者的姿态体验和言说掩盖于生存表象背后的那种生存痛苦。我不知道，当代还有哪一位作家像陈染这样专注对生存痛苦的挖掘和书写，但是我敢肯定，陈染无疑是把文本主题融入人生命体验的最真诚最绝对的一个。她勇敢地暴露和敞开了她所体验和感受的全部生命之痛，把一个女人欲望、心智、孤独、恐惧、病态、阴暗等一切本来面目都呈现出来。正因为如此，我觉得陈染应是我们当下的一个难得的精神标尺，她对于‘生存之痛’的描写为我们提供一种从混沌、黑暗生存之地突围而出并且进入敞开和透明境界的崭新可能。”[1]

陈染回到女性自身，表达的核心内容是女性自我经验——女性的私人生活，私人生活必然在女性私人空间里进行。陈染在一间房子里确立了女性自己的身

① 吴义勤：《生存之痛的体验与书写——陈染小说论》，《小说评论》1996 年第 3 期，第 71–75 页。

份。这间房子往往是暗色的，不拉开窗帘，处于其中的女性往往是孤独者，小说笼罩着一种悲凉感。女性欲望是妇女经验中最基本、最深刻的一种，这在陈染的小说中有了比以往女性作家更大胆的表达。例如，张洁的《爱，能不能忘记的》，男女主人公爱得那么深，却连手也没有拉过。陈染的小说则写出了复杂的女性欲望及躯体感受，包括自恋和同性之恋。外部生活的展开对陈染小说的主人公来说是一种侵害，因为外边的世界在人物眼中是没有生活感的，如《私人生活》中写倪拗拗走在街上，看到“警察如同一棵棵小树，林立在街头巷尾。那僵硬的制服像铅灰的天色一样”。《私人生活》以“时间流逝了，我依然在这里”为开头，一开始就脱离社会坐标中的定位，确立了女性自我感知方式。戴锦华曾说：“似乎是十分自然地，陈染作为一个女人书写现代都市女性的故事，而且她笔下的主人公大都是以青年女性为主，如果说过陈染的作品仍是某种人物的假面舞会，那么她披挂的是一张几近透明的面具，不是男人对女人的凝视，不是潜在欲望的窥视，而是有自恋，有自审，有迷茫，有确认，固执、顽强地托起一个女人的天空，逃离男性话语无所不在的罗网。反思男性文化内在的阴影，努力书写自己的真实体验同时通过对女性体验的书写质疑性别次序、性别规范与道德原则。”①

对男性形象的态度与前面阶段的女作家不同，陈染没有进行愤然的控诉，没有希望通过揭露男性对女性的压抑来获取女性身份的独立，而是重在提示女性心灵的感受与感情变迁。陈染不是在呼唤理想的男性，为理想男性设置标准，而是整体性地否定男性。陈染笔下的男性形象大多猥琐不堪、品行恶劣、道貌岸然，有的男性虽然人品还好，但性格却十分懦弱。

对男性否定的另一面是对女性自身的肯定，回到女性自己的空间之中，走得极端一些，就出现了自恋和同性之恋，这在陈染的作品中表现得较为明显。《与往事干杯》中，少女对着镜子欣赏自己的身体，在自我怜惜中达到心理上的满足。在《嘴唇里的阳光》中，黛二进行自我触摸。男性被否定了，女性回到自己的屋子孤立起来，拒绝男性的侵扰，这时不由自主地会与同性结成“姐妹之邦”。《私人生活》中倪拗拗在外在世界中感到不安、孤独与疼痛，而禾寡妇在她需要的时候就会接纳她，给她安慰与爱抚，她迷恋这“成熟女性的母亲般的肩膀”。同性

① 戴锦华：《陈染：个人和女性的书写》，《当代作家评论》1996年第3期，第47-56页。

之恋这一女性情境，在陈染的《麦穗女与守寡人》《空心人诞生》等作品中都有描述。陈染很注意同性交往的形式、过程与描写，注意展示同性之间的点滴情感。如《破开》中，殒楠总是自己扛很重的东西而把轻的东西留给“我”，这也近乎异性之恋。

（二）对人生的再次审视

除了这种独特的女性意识，陈染还超越了性别，而对人这一整体进行思考，思考人生活在这个世界上的许多本体问题。这种超越在陈染这里也是必然的，她在女性问题上走出与男性对抗的框架，把女性作为独特的个体来看待，那么也必然把男性当作和女性一样的人类一员，思索人类总体所面临的问题。陈染曾说：“应该说，我不算是一个更多地为时代的脉搏和场所的变化所纷扰所侵蚀的作家类型，我努力使自己沉静，保持着内省的姿态，思考一个作为人自身的价值，思索着人类精神的家园。”[①] 这在同性之恋的问题上表现得十分明显。同性之恋不仅是对异性之恋失恋之后的自然转向，还是对人个体本性的一次挖掘，陈染说出了自己的理解，她在《破开》中写道：“我在这里说，人类有权利按自身的心理理解倾向和构造来选择自己的爱情。这才是真正的人道主义！这才是真正符合人类的东西！”《私人生活》这本书从哲学层面讨论个人的存在与位置，讨论现代人的内心的疏离感、迷失感和不安全感等。《私人生活》里反对庸常而愚昧的人生，“我”每天进行的沉思、默想在今天的这种游戏人生的一片享乐主义的现代生活场景中的确显得不够时尚。主人公批判了被城市文明所挤压的人类自然的情感和性情，希望人能归于自然一些，这都体现了陈染是一个以思考为乐趣的人。

陈染对于人生的思索也体现在女儿与母亲之间关系的审视上，在否定了男性之后，主人公是很依赖母亲的。母女相依为命，共同经历生活的磨难。有时母女的情感类似朋友间的情感。陈染也赋予母亲良好的形象，她们大多数是有文化、有修养，能够理解女儿的。但陈染的小说也给出了母女关系的另一面——女儿对母亲的叛逆。女儿也有和母亲产生矛盾的时候，和谐并不是永久的。女儿不满意于母亲对其生活的干预与介入，并且介入的方式常常是令女儿无法忍受的窥视。

---

① 姜燕：《中国现当代女性作家作品研究》，吉林人民出版社 2016 年版，第 468 页。

《无处告别》中的母亲把介入黛二的私人生活视为常事，“黛二，你知道你钱包里现在有多少钱？你抽屉里的存折上有多少钱？”“黛二，今天家里来男朋友了吗？是否一起吃的午饭？”正是母女之间这种不永久的和谐带来了超越女性性别的意义，意味着女性对人生、世界的思考变得越来越成熟。

（三）对故事的消解与孤独生命的体验

陈染小说的独特性不仅体现在女性视角和私人写作方面，还体现在小说的艺术表现方面。陈染的小说闪烁着语言文字的独特魅力，具有极高的文学观赏性。但在诗性的叙事语言外衣下，她的叙事内容却是充满了意识流的写法，多以描写感受、制造气氛、思考哲理与渲染环境等方式来淡化并消解小说的故事性。

这也是现代小说的基本特征之一。从古希腊开始，就规定了戏剧要以故事情节为中心，通过情节的铺垫来塑造人物。情节是第一位的，人物是为了故事的展开而服务的。现代小说出现后，则取消了情节第一的核心地位，转而以人物为主，所有的叙事手法都只为塑造人物形象。

《与往事干杯》是陈染的一篇第一人称小说，叙述方式是主人公肖濛（“我”）写给女性朋友乔琳的信。不过，乔琳这个角色与小说的主旨和实际故事都没有直接联系。作者经常在叙述中插入一些本质上不影响故事走向的情节，如文中提到乔琳曾经来信，希望“我”为她未出世的孩子讲一个故事，作者甚至专门描写乔琳的信读起来是什么风格的：“总是哀怨委婉，似水如绵，正像她本人一样。”小说的叙述风格平淡、委婉，而且不像大多数作品那样情节紧凑，时常夹杂着看似与主题无关的描写。习惯了传统故事文学的读者也许无法理解这种笔法的用意，但实际上，正是这种漫不经心的随性描写营造了整部作品的孤独氛围。陈染的作品之所以会被认为是意识流，正在于其重点刻画了人物主观感受与思维的变化。小说没有明确的情节，人物也不因具体的事迹而呈现标签化、印象化的形态，读者并不是在审视人物，而是“成为”人物，通过如同现实一样散漫的行文描写去体会主人公的内心状态，与自己的经历进行对比并产生共鸣。小说中女性角色的形象是随叙述而变化的，比起固定的文学造型，她们更接近作者希望呈现的心理活动。因此，小说本身也不再囿于稳定的叙述空间，如同能够流动一样呈现丰富的自由性，进而实现了对孤独经验的书写。基于这层解读，我们可以意识到为何陈染能够成为女性主义文学的先驱人物：她不会因为考量读者对角色的评判而刻意设计一个角色。因此，她描绘的形象也就脱离了男性预想的女性的固化特征。从对角色孤独感受的塑造中，读者能理解更接近现实的、更细腻的女性心理活动与生活状态。

消解故事的同时，陈染笔下的人物大多有一种同样的精神特征，那就是永远处于孤独的境地而不能自拔。她们或者将自己隔离在人群之外，或者是因为身体的残疾而无法与人群合拍。但是，这种孤独又是奇异而美丽的。

通过一些记录和访谈，我们可以发现（其实也能想象）陈染本人就具有其笔下角色的许多特征：内向孤僻、不善言辞、敏感多疑、躲避冲突和矛盾，不擅长也不习惯应对市井生活中的人情世故，更喜欢浸润在自己的精神世界中，思考抽象的观念与意义。因此，她塑造的文学形象也远远不同于以往中国文坛的任何创作中的人物形象。但其实，中国乃至世界文学领域内，都缺少这样一种既个性化又富于思辨力的写作理念。

个人化写作一直以来都是文学创作中一个相对敏感又没有统一观点的主题。首先，这种创作反映了“个人与集体的关系”“个人与人类的联系”等主题。在不同国家、不同民族、不同文明的背景下，人们会对个体与社会的关系产生完全不同的看法，其中不乏达到哲学高度的观点。有一种看法是“全人类”绝非集体，而应该是每一个拥有个性的个体，其因不可复刻性而成为人种的“唯一”。与此同时，其人格又存在于所有人的独特性之间，因此这个个体又应被视为人类所有特征的代表。在一些旧有的思想观念的影响下，个性化容易被认为是不成熟、没有代表性的。不适应社会是人格不完整的表现，完整的人应该具有大多数世俗生命的共性，习惯接受并顺从所有的现实。然而，这种观念最终必然导向一个悲哀的结果，即所谓完整的人只在表迹特征上有所不同，灵魂深处却苍白、单一，不具有任何思想性与矛盾性，千人一面、毫无个性。

因此，从最原始的人性来看，所谓符合世俗的人，本质上并没有自己的心灵活动，失去了对他物进行思考和改造的能力，这些人才是真正不完整的。安德烈·纪德（André Gide）也认为理想的作家应该“体现尽可能多的人性”，即最个人的才是最体现人类本质的。人类的全部潜能，其实是每个人生存和努力的结果。陈染曾经提到过，她一直无意迎合文学领域公认的“文学活动”或已被确定的主义和流派，也不过多关注舆论的导向，因为那样做缺乏作为记叙者的诚实，没有创作最基本的态度。因此，陈染其实一直有意识地与主流文学保持距离，从大众看来接近边缘的领域入手，进行写作。在陈染看来，文学中并不存在个人与群体的差异，也没有大或小的区别，无论是千万人还是孤单的一个人，本质上并没有区别，“量”的概念是无法影响“质”的实际的。

陈染塑造的典型孤独女性形象体现了个体生命对这个现实世界的真实认识和深切体会，是一种与整个社会对话时而呈现的失语状态，是她们经历了对亲情、爱情、友情的失望后对女性的生存现状的思考与困惑，以及这种思考与困惑所带来的痛苦，同时也融合了现代城市文明对人类的影响。

《私人生活》中的倪拗拗只擅于与自己的身体交谈。当生命中所有与她身体或灵魂相遇的男人最后都离她而去时，终于在“镜子”一般的女性禾寡妇身上寻求到自我情感的投射。禾寡妇和母亲的离开，最终让她成了孤零零的一个人，她们的死亡让拗拗成了真正的孤独者，只能在内心深处去不断地怀念那逝去的岁月及曾经生活的点滴。从此她喜欢上了可爱的浴缸，只有蜷缩在那里的时候，她才能感受到自己的内心有一种安全感，才能安安静静地睡去。因为对于患有幽闭恐惧症的她来说，浴缸具有秩序感和安全感，浴缸之外则是没有章法、形状与规则的世界。这个浴缸的隐喻鲜明地指出了陈染的思虑：不愿融入社会规则的女性只能被逼退到自身堡垒之中，面对如此强大的章法，除了固守内心，别无出路。在《与往事干杯》中，肖濛在父母离异后，一直和母亲生活在一起，然而母亲也是女人，母亲心中也渴望能有一个人可以让她依靠。因此，在母亲遇到年轻时心仪的那位男人后，便经常很晚才回来。于是，肖濛一方面要承担高考的压力，另一方面又不能得到母亲的爱和关怀。因此，她总是在那阴暗、潮湿的尼姑庵里独自待着，既孤寂又落寞。

对陈染文本中的女性来说，童年时代的政治与社会背景远不及父母间的婚变、破败的尼姑庵中的夏日更为真切地横亘在她们的人生之旅上。这些女主人公心中对自己的父亲没有正常女孩儿所应该有的爱戴、依赖，取而代之的是一种恐惧、一种发自心底的反抗，进而更深层次地变成一种对男人天生的恐惧。破碎的家庭、父爱的缺失除了造成她们恐惧、压抑的性格，更重要的是使她们的家庭信念彻底崩溃、坍塌。

除此之外，陈染还塑造了《私人生活》中的伊秋、《纸片儿》中的纸片儿、《小镇的一段传说》中的罗莉这样一群身体残疾的人，她们没有正常人所应该拥有的一切，处于一种被动的孤独状态。她们由于自身生理的缺陷而不被大众接受，一方面忍受着身体缺陷带来的孤独，另一方面也热烈地渴望着爱情。在爱情中，她们只能找一个和自己一样有身体缺陷的人。

陈染的孤独意识来源自身经验中对周围世界的恐惧及警惕，这种孤独既是女性对男权社会的反抗、挣扎，也是在探索女性自身躯体和女性内在灵魂的归属，更是拒绝物质化的世界而回归心灵的一种选择。陈染借助文学的形式表达了自身的孤独意识，体现了她对孤独这种个人存在境遇的哲学探索与思考，这种孤独是一种深刻的思考，也是一种对人性的真实关照，带有一定的深刻性和普遍性，写出了人类生存的精神困境。这让我们看到，女性不仅有关照自身的能力，还有关照整个世界及人类的能力。

三、陈染文学作品分析——《私人生活》

《私人生活》是陈染女性个性化写作的一部重要文本，文坛关于个人化写作、私人小说的争论也与《私人生活》的出版有着重要的关系。

小说有一种灰色的情调——阴冷、封闭。天空不是多雨就是阴沉，即使太阳出现，也没有灿烂的颜色，“它以铅灰的云间忽然裂开一道缝隙，雪亮的阳光像匕首一般猛然斜刺下来而宣告结束”。在这种自然景观中，讲述了主人公倪拗拗封闭的空间与生活。“我不喜欢被阳光照耀的感觉，因为我知道，被任何一种光芒所覆盖的生活，都将充满伪饰和谎言。”她拒绝与外界过多接触，除了在学校面对老师和同学，就是在家里面对经常吵架的父母。

小说描述了主人公倪拗拗从小学到大学的成长历程，其中进入大学之前的部分占据了大部分篇幅。因此，叙事的视角是一个女孩儿回顾自己的童年和少年时期的成长历程。儿童视角的运用在这里有两个意图：一是儿童与成人世界相隔绝的身份是契合封闭人物形象的；二是通过回顾女性成长史确立当下女性的身份及女性意识特点的形成依据。这一代女性作家没有被历史滋养过，更没有社会历史性的回忆，所以只是回到自身进行研究。女性自身的历史是重要的，它是陈染所描述新一代女性意识的来源。然而，新一代的女性意识可以来源于其他方面，但陈染将其归于童年和少年时期，是因为童年和少年时期的儿童是没有经过社会化改造的人，完全处于成人价值观的笼罩之下，也处于成人世界的压抑之下，正是这种压抑是陈染所想要表现的东西。小说就是要描写幼小的倪拗拗受男性世界压抑的故事，有老师的，有父亲的，还有邻居的。这些压抑将女孩儿的成长压向另一个方向，最后，一个叛逆、封闭但内心丰富的女性世界就这样被体现出来了。

倪拗拗身边充斥着各种糟糕的男性。父亲，“他是一个傲慢且专横的不很得志的官员”。他呵斥母亲，赶走奶奶，驱逐家中与他作对的小狗。班主任老师是一个“颐指气使的男人”，他在全班范围内发起一场孤立“我”的运动，隔离“我”、轻视“我”。邻居葛家男人在妻子死后没有多少悲痛之感，却忙于收礼钱。大学里，倪拗拗谈了一次恋爱，男孩伊楠打动了倪拗拗的芳心。当然，他与父亲那样的男人不同，他“眉气秀美而绵长，有一股柔软的坚硬，弹性的固执”。然而，他离开倪拗拗出国了。在陈染的文字中，在一个接着一个被否定的男性形象中，突然出现的伊楠是让人吃惊的。鉴于倪拗拗的成长历程，她能在年轻时经历一次真正健康的爱情也是令人吃惊的，并且作品的确是这样写的。如果真要有所质疑的话，那么就是质疑这次恋爱的真实性，因为这很可能是倪拗拗幻想的产物，是她回忆过程中产生的错位而已。小说从头到尾可见主人公随时随地所产生的幻觉与梦境。例如，倪拗拗“走着走着，我忽然发现，街上所有的人的身体咋都成了标本了呢？看着是人，可是只要上前伸手一摸他的心脏，他就像玉米叶一样顷刻间飘然倒地”。她去看邻居葛家的死了的女人，“这时，棺材里的女人伸出了她被病魔侵吞得纤细的胳膊，拉住了我的手”。女人对她说：“我还没有死。我在做一次实验。”“我不咋相信人，包括我的男人。你看，他除了忙着记录丧葬礼品，一点也不难过，看上去挺快活，肯定是为了获得一次新的‘机会’而高兴呢！”结局却是梦一场而已。

陈染给主人公倪拗拗以灰色的童年，没有快乐，只有压抑和不理解，她目睹了男性的无能、无耻与懦弱，使她对男性失望。奶奶告诉她：“傻拗拗，长大了嫁个好男人，就不会受苦。”但是，倪拗拗的世界可以依靠的人只有自己、母亲和禾寡妇。倪拗拗对自己的身体说话，给自己的胳膊起了个名字叫作“不小姐”，给腿起的名字是“是小姐”。暑假里每天午睡之后，她都用很多时间和“不小姐”“是小姐”交谈。倪拗拗想起美国电影《影子》中的人独自伫立在室内的镜子前观察自己，“那人充满着自恋地把自己关在浴室内，因为那人曾把内心和躯体裸露的外边太久”。母亲从品行上讲是一个好人，一个有文化的人。作为母亲，她对倪拗拗给予了细致的关怀，又成为其精神上的开导者。压抑的倪拗拗依恋在母亲的怀抱里，生活好像是母亲和她两个人的生活。倪拗拗和禾寡妇之间则产生了一种同性之恋，“她（禾寡妇）的年龄站在我前面，但是，在时间的地平线上，她是我身后的影子”。倪拗拗和禾寡妇的感情归于人类平等性的情感，当倪拗拗受到伤害时，在禾寡妇那里却能找到安慰和理解。小说的最后，母亲患癌症死去，禾寡妇也死于一场火灾，倪拗拗的生命支柱倒塌了，于是她也逐渐变得支离破碎，最终走向崩溃。因此，小说接近尾声的时候出现了一个新的人，那就是“我”——烬女士。

第二节　林　白

一、林白简介

林白是女性写作和个人化写作的代表人物，20 世纪 90 年代女性文学创作的中坚力量。林白因其独特的创作风格和给人强烈冲击感的身体描写而受到文坛的关注。

林白，1958 年生于广西壮族自治区北流市，原名林白薇。林白三岁丧父，母亲从事医务工作，需要经常出差。童年时期，林白便经常独自生活。几乎与外界失去联系的她从小就对外界充满了恐惧和敌视。父亲的缺席、母爱的缺乏、生活环境的窘迫等童年的创伤性体验让林白内心满是煎熬。林白 19 岁开始写诗，她把心中所思所想写于纸上，“何以解忧，唯有写作”。林白在访谈中说：“我的写作是从一个女性个体生命的感官、心灵出发，写个人对于世界的感受，寻找与世界的对话。对于我来说，写作是一个通道，因为我与世界的关系始终是紧张的，在我的成长过程一直感到世界是恐怖的、难以沟通的、隔膜的，写作从根本上说是为了缓解与世界的冲突。”① 林白一直寄情于写作，试着在写作中调和与现实尖锐的、隔离的关系。她19岁只身一人到武汉求学，1982年毕业于武汉大学图书馆学系。毕业后，林白被分配到广西图书馆工作，再调到广西电影制片厂任职，后又到北京某报社供职。这期间，林白总是遭到解职，然后陷入奔波之中。生活中，林白与外界相处很不融洽，她认为：“跟北京相比，北流是蛮荒之地。这种边民的身份就是我生命的底色。”② 置身于大城市工作、生活，林白没有归属感，这种“在而不属”的社会生存状态，让她更焦虑。于是林白把这种一个人的恐惧、焦虑、坚忍的感受用笔记录了下来。

林白的创作从诗歌起步，后从事小说写作。林白认同埃莱娜·西苏（Hélène Cixous）的观点，“妇女必须参加写作，必须写自己，必须写妇女……妇女必须把自己写进本文，就像通过自己的奋斗嵌入世界和历史一样”③。林白的小说创作始于1983年的《土平房里的人们》，直到1989年发表小说《同心爱者不能分手》才引起文坛的关注。1994年，林白发表长篇小说《一个人的战争》，因其小说深刻、细腻地表现了女性个体生存经验和情感体验而引起文坛强烈反响。此后，林白被公认为是20世纪90年代个人化写作的代表之一。林白喜欢独自一人在昏暗的屋子里进行封闭的自我指涉式的文学创作。一间屋子将林白与纷繁、复杂的外界分隔开来，她有了自己排忧解难的小天地。20世纪90年代，林白创作了大量女性文学作品。2005年以后，随着《妇女闲聊录》的发表，林白进入小说创作的转型期，她开始关注外面的世界，不再沉浸于自己（作为女性）一个人的孤独体验中。林白的主要作品有长篇小说《一个人的战争》《说吧，房间》《万物花开》《妇女闲聊录》《北去来辞》等，中篇小说《子弹穿过苹果》《回廊之椅》等。林白曾获第三届华语文学传媒大奖年度小说家奖及首届、第三届中国女性文学奖创作奖。

文学界经常会把陈染、林白两个人放在一起进行言说，将她们俩并称为20世纪90年代女性文学的中坚力量。即使同为个人化写作，林白与陈染的作品也

① 陈家萍：《惊鸿伤影 民国才女传奇》，上海远东出版社2010年版，第53页。

② 林白：《生命热情何在——与我创作有关的一些词》，《当代作家评论》2005年第4期，第59-63页。

③ 张京媛主编：《当代女性主义文学批评》，北京大学出版社1992年版，第188页。

存在着明显的不同。陈染擅长写“思考着的女性”，写一种守望式的等待、含蓄和蕴藉；林白致力于“感受着的女性”的创作，文笔开放、直白。林白的创作一直坚持不忘初心，单纯地为了写作而写作，并且把写作当作生活中不可或缺的一部分，她一如既往地写作、倾诉，顽强地表达内心生活。林白是一个拥有强烈女性意识的小说家，她写作的出发点很简单——表现“一个人的战争”，女性因自我的孤独忧虑，因环境的复杂、变异而战战兢兢，难以调和与现实生活之间的战争。但这种战争，却又不乏奋进的激情，令人不屈不挠，继而重新启程。纵观林白的文学创作，“感受着的女性”一直贯穿其创作的始终，按照林白对女性人生道路的探索及作品中女性意识的变化，可将其创作分为三个阶段。

林白创作的第一个阶段从 1983 年小说处女作《土平房里的人们》的发表开始，陆续发表了《从河边到岸上》《去年冬季的街上》等作品，直至 1989 年发表小说《同心爱者不能分手》，这一创作阶段可称为林白女性主义文学创作的摸索期。《同心爱者不能分手》以女性的视角讲述了三个女人的故事。一个是花一样的神秘女人，在沙街暗黄色的木楼和土灰色的砖房前，穿着月白色的绸衣，撑着一把闪亮的黑绸阳伞，喜欢独居于常年垂着窗帘的幽暗房间里，她有一只干净无比的没有牙的母狗叫作吉。一个年轻的男教师闯入两者之间，神秘女人、吉、年轻的男教师三者之间的关系让人感觉扑朔迷离。小说中第二个女人是“我”，一个坐在一个远方城市的窗前回忆着十三岁过往的女人。“我”是一个觉得幸福就是和“一个自己喜欢的男人一块去看电影”的简单女人，认为爱情至上。“我”爱上了一个坚持不婚的天秤男，为了这个男人，“我”舍弃了尊严和孩子，结果这个男人让“我”伤透了心。幡然醒悟后的“我”发现爱比死残酷，是靠不住的。第三个女人是坏女孩都噜，一个对人的相貌、衣着只有“富”与“穷”两种评价的女孩，也是一个现实的利己主义者。都噜周旋于三个男人中间，实现自己利益的最大化（拿到象征衣食无忧的美国绿卡）。三个女人的结局不免让人唏嘘：神秘女人——“20 世纪最后一个浪漫主义者”在一场大火中消失了；都噜去了美国；“我”在另一个城市心灰意冷地等待着我心中的“天秤”。爱情或性，让人难以分清。《同心爱者不能分手》是一部没有男主角的小说，在小说中，男性只是一个可有可无的符号。小说以三个女人的爱情经历和女性话语消解了爱情，旨在说明男人不再是女人生活的全部，并对男权主义进行解构。小说中的女人进行着一个人的战争，她们试图摆脱男人的桎梏。文本凸显了强烈的女性意识，对传统以男性为中心的文学进行了颠覆。

20世纪90年代，可以说是林白女性小说创作的成熟期。1990年，《子弹穿过苹果》的发表标志着林白的女性主义小说创作由探索期走向成熟期。《子弹穿过苹果》讲述了一个爱情悲剧，美丽妩媚、自由浪漫的巫女蓼奋不顾身地苦恋着自己煮颜料的父亲，父亲却因为煮不出好颜料而冷落她、拒绝她，蓼带着哀怨的心选择自杀却依然得不到父亲的青睐，最终她选择离开。小说记述了中国版的厄勒克特拉情结，表现出女性在勇敢追求幸福、实现自我价值的时候，会受到来自男权社会的拒斥。最终蓼带着累累伤痕逃离，旨在表明女人总是在将身体撕裂了以后才能够最终逃脱出来。在一定程度上的逃离也是一种女性实现自我救赎的表现，以逃离为反抗而实现女性的自我价值。继《子弹穿过苹果》后，林白又陆续发表了《晚安，舅舅》《日午》《回廊之椅》《瓶中之水》《一个人的战争》《致命的飞翔》等一系列小说。这些小说规避传统的宏大叙事，致力于边缘化、私语化的女性书写。林白在其女性小说创作的成熟期直面女性的内心世界，对女性的隐私及其情感体验进行大胆揭示。小说《一个人的战争》采取回忆的方式书写，它不仅是一部女性的成长史，还是作者生命体验的投射。小说中，主人公多米爱上自己理想化的男人N先生，倾尽自己的爱与欲，但在爱比死残酷的现实体验中，主人公遭受着男性施加的身体及心理的伤害。最后，多米决定逃离，逃离出这纷繁、复杂的现代文明社会，逃进自己的小屋子，逃进她自己构造的女性的乌托邦世界。主人公通过身体将自己的想法物质化，用肉体表达思想，宣泄自己内心的渴望、欲求与绝望，从而表现女性主义的本我意识，实现对男权社会的解构。

2000年至今是林白文学创作的转型期。在进行个人化写作的时候，林白经常在昏暗的小屋子里孤独地写着，用回忆的方式把内心经验层面的个人生命体验表现出来。但从2000年《琉璃虫》的发表开始，林白的女性主义小说创作有了变化。《琉璃虫》讲述的是主人公林蜘蛛在20世纪80年代广西电影制片厂发生的故事。林白开始尝试把小说创作的叙事角度从个人生命体验延伸到社会生活领域，她开始关注这个时代女性的生存状态和整体情绪。之后，林白创作了《猫的激情时代》《妇女闲聊录》等一系列作品。自2004年发表长篇小说《妇女闲聊录》开始，林白便不再局限于自己一个人的世界里，她渐渐走出自己的小屋子，走向自己的家人，走向各式各样的人群中。林白开始把笔触伸向普通人的日常生活，从这些生活小片段中，获取写作的灵感。林白也不再拘泥于写女性的个人体验和精神状态，孤独意识、躯体觉醒、女性情谊等内容在林白的转型期写作中虽有涉及，但不再成为其文学作品中的重头戏。林白在转型期对自我进行了深刻的剖析："虽不擅长参与社会现实的写作，但我确信，对底层和弱势群体的关注会使我的内心变得健康一些。"①21世纪以来，林白把文学创作的重心转移到农村，转移至底层和弱势群体身上，用"因地而异"的说话方式进行小说创作。

林白是一个有着独立思想的女性，她创作的转型期对后现代文学思潮有着一种天然的亲近与推崇。后现代主义的核心主张就是反理性主义，这与林白试图打破以男权主义为核心的想法不谋而合。被誉为"后现代之父"的伊哈布·哈桑（Ihab Hassan）在《后现代转折》中对后现代主义的总体特征进行了概述，认为："零乱性或片段性是后现代主义的一个重要特征，后现代主义者只是割断联系，他们自称要持存的全部就是断片。"②简而言之，在后现代主义者的眼里，世界只不过是由无数的碎片拼凑而成的。林白曾坦言："我有相当一部分作品是片段式的。长中短篇都有。"③后现代的片段性、反理性、反常规的意识在林白转型期的作品中多有体现，尤其是在《妇女闲聊录》中。小说语言全由方言构成，叙事者是一个名叫木珍的农村妇女，她来自一个叫作王榨的地方，说着一口湖北方言。林白在该部小说中把自己定位为一个倾听者和记录者，以"完全的他者"身份进行着创作。小说以全然的女性视角，通过一个乡村能说会道的妇女发起了一次"叙述的革命"，这次叙述的革命不仅让林白的女性写作有了巨大的突破，从坚守的个人化写作向日常化的大众生活创作迈进，还为女性文学创作提供了一种新的文学理念和写作样式。小说以一个农村妇女的角度闲聊农村，在侃侃而谈中对农

① 林建法、徐连源主编：《中国当代作家面面观——寻找文学的魂灵》，春风文艺出版社2003年版，第167页。

② 王潮编著：《后现代主义的突破——外国后现代主义理论》，敦煌文艺出版社1996年版，第37页。

③ 林白：《生命热情何在——与我创作有关的一些词》，《当代作家评论》2005年第4期，第59-63页。

村的权威话语机制进行解构，并展示出农村现实生活中被权威话语遮蔽的另外一面。

二、林白文学艺术特色

林白的女性写作有着独树一帜的艺术特色和审美情趣，个人化写作、镜像话语下的身体描写、同性间的情谊、女性话语权的呈现与蔓延等极具个人标签式的艺术特色，为林白的女性主义小说增色不少。

（一）个人化写作

对于林白来说，写作是一条通道，因为“我与世界的关系始终是紧张的，在我的成长过程中一直感到世界是恐怖的，难以沟通的，有隔膜的，写作从根本上说是为了缓解与世界的冲突[①]”。林白的个人化写作表现在两个层面。首先，表现出一种孤独的生命体验，父亲的缺席、母爱的缺失、生活环境的恶劣等强烈的压抑性情感体验构成了林白的童年孤独体验，这种孤独体验延续到了林白的小说创作中。小说《同心爱这不能分手》中的神秘女人是孤独的，她独居于常年垂着窗帘的幽暗房间里，唯有和狗在一起时才会感到心灵的慰藉；《一个人的战争》中的主人公多米是孤独的，父亲在其幼年时便已去世，母亲忙于工作，无暇照顾她，家对于她而言，只是一个黑暗的小屋子，缺乏爱与温暖。其次，表现为一种战斗的生命态度。《一个人的战争》中的多米就是这层含意的代表人物。作为一个孤独的边缘化人物，多米在现实生活中的处境其实就是一个人的战争。一个人的战争意味着一个巴掌自己拍自己，一面墙自己挡住自己，一朵花自己毁灭自己。林白试图从一个孤独怯弱的女性个体生命的感官、心灵出发，写出个人对于世界的感受，寻求与世界的对话。主人公多米虽逃避着生活，躲进自己的帐子里挖掘着内心深处的感受与体验，但她却又对生活充满了期待，并为之不断奋进和战斗。正如陈思和说的那样：“其实真正的女性主义文学都是产生在现实社会的批判和反抗之上的，只有战斗的女性主义，没有逃避和遐想的女性主义。”[②]战斗的生命态度、战斗的女性主义，应该说是对林白的女性主义创作最为中肯的评价。

---

① 林白、荒林、徐小斌：《九十年代女性小说四人谈》，《南方文坛》1997 年第 2 期，第 34-36 页。

② 陈思和：《不可一世论文学》，人民文学出版社 2003 年版，第 128 页。

（二）镜像话语下的身体描写

“镜像论”由法国精神分析学主要代表雅克·拉康（Jacques Locan）提出，主要对人的心理结构进行分析，阐释自我和主体之间的联系。“镜像论”为女性主义文学的发展提供了重要的理论来源。在林白的女性主义写作中，镜子是一个重要的物象。林白在《室内的镜子》一文中说道：“在镜中有一个自己的故事，或一个自己的幻想，或一个自己的梦，那该多么好？回忆如花瓣，幻想如闪电，梦境如车轮，这是多么好？”① 这句话一语道出了林白沉迷于镜子的情感渊源。女性在镜子中展示身体，像婴儿初次在镜子中认识自己一样观照自己，以此阐释、重新认识处于当时男权语境压抑下的本我。林白作为“身体写作”的旗帜性作家，她笔下的身体描写伴随着镜子的形象在作品中频频出现。小说《一个人的战争》中，处于孩童期的多米，镜子就成了她的伙伴，梦中那七色的光谱暗喻的恰是镜子的折射，多米虽然至今仍无法猜到它隐秘的意义，但对镜子的渴求来源于她内心中的原欲，这是毋庸置疑的。小说《致命的飞翔》中也有镜像话语下的身体描写：“她（北诺）从镜中看到自己的身体撩人地陈列在床上，她的双腿双臂光滑地裸露出来……在镜子里她看到自己细腰丰乳，她有些病态地喜欢自己的身体，喜欢精致的遮掩物下凹凸有致的身体……”镜子之于北诺而言极具诱惑，作家在文中谈到对镜子执迷的原因：“镜子的最大功能就是使女人产生完美的欲望。”② 在小说《说吧，房间》中，“我（多米）再次从蒙了一层水汽的穿衣镜里看到了自己，从我自己的叫嚷声中，从给孩子洗澡的动作中，从我的手对她皮肤的触碰中”③，在“我”的生活中，镜子成为必不可少的一部分，“我”从镜子里重新审视自我。主人公通过身体将自己的想法物质化，宣泄内心的欲求与希冀。林白通过作品中镜像话语下的身体描写表现了强烈的女性主义意识，以“个人”的角度更立体、更完整地去认识和探究女性。

（三）同性间的情谊

随着社会大环境的急剧变化，两性之间的隔膜与疏离、女性对男性的失望，以及女性与男性在精神上无法沟通等原因造成了女性迫切地希望挣脱父权、男权

① 林白：《前世的黄金：我的人生笔记》，时代文艺出版社 2006 年版，第 177 页。
② 林白：《致命的飞翔》，《花城》1995 年第 1 期，第 20—37 页。
③ 林白：《说吧，房间》，《花城》1997 年第 3 期，第 4—72 页

的樊篱，打破性别的禁锢。这种超性别意识主要通过同性情谊在林白小说中表现出来，使得女人间的相互认同、女性之间的情谊，显得神秘而诱人。小说《回廊之椅》中讲述了同性情谊的珍贵与矢志不移。在古老的宅院中，朱凉和七叶主仆二人相依为命、不分彼此。这种女性之间心灵契合的情谊已经超越了友谊的界限，升华成了不离不弃的爱情。林白小说中的同性情谊旨在表现“女性对于自身作为男性平等的主题存在的地位和价值的自觉意识”[①]。女性自觉肩负起破除异性恋迷信的任务，试图以此挣脱男权社会的桎梏，以一种叛逆的姿态去寻求女性的自我，从而实现对男权中心的解构和颠覆。

（四）女性话语权的呈现与蔓延

米歇尔·福柯（Michel Foucault）认为：“话语即权力。”[②]，女性有了话语权，才有了与男性对话、相互理解的机会，才有了消解男性雄踞“第一性”地位的可能。林白小说中的女性话语权主要表现为“一间自己的屋子”。艾德琳·弗吉尼亚·伍尔芙（Adeline Virginia Woolf）曾说：“女性主义意识的重要表现之一就是‘要有一间自己的屋子’。”[③]在现代文明的冲击下，在男权主义的裹挟下，在‘爱比死残酷’的现实体验中，女性遭遇身体和心理的伤害，她们在社会生活中倍感焦虑与疲惫。女性决定逃离，逃离出纷繁、复杂的现代文明社会；逃进自己的私密领地——一间自己的屋子；逃进自己构造的女性乌托邦。小说《一个人的战争》中，主人公多米有着创伤性的童年体验，从小就被关在一间紧闭的、幽暗的小屋，她在这里独自舔舐着伤口，将外界对自己的伤害降到最小化。一间自己的屋子是女性的私人领地，只属于女性自己。在女性自己的屋子里，男性是缺席的，或者只是作为一个可有可无的符号而存在。小说《说吧，房间》直接以“房间”为名，把房间作为女性物化的标志，进而说出新时代女性在家庭中的艰辛与不易，逃离家庭后在男权社会举步维艰的困境。在这部小说中，女性主动站在男性话语权的对立面，试图通过客观现状的陈述实现对男权的控诉与反叛。林白小说中的女性

① 林广泽：《试论“女性意识”和女权主义文学批评》，《四川师范大学学报》（社会科学版）1997年第1期，第78-82页。

② 耿超、徐目坤：《文化自信：中国自信的根本所在》，广西师范大学出版社2019年版，第233页。

③ 黄静：《二十世纪中国女性文学研究》，安徽师范大学出版社2017年版，第255页。

话语权的蔓延表现为处于底层弱势群体的农村妇女对女性话语权的接棒。现代文明对农村的冲击是显著的，但文学对农村妇女的印象依旧停留在封建保守、愚昧无知这些层面，林白的《妇女闲聊录》为大众了解现代化进程中的农村妇女形象开启了一扇窗。小说通过叙事者木珍，还原了农村妇女在赌博、离婚、偷情、“拉边套”等农村现实生活场景下的生活原态。林白自觉站在他者的位置，通过片段的方式，只记录、不介入，让长期默默无语的农村妇女发出了自己的声音，对中国女性尤其是农村女性的生存状态进行了反思和质疑。林白的作品由“自己的独音”向底层和弱势群体的“集体亮声”过渡，这种女性话语权的呈现与蔓延，让林白作品中的女性意识更加鲜明和强烈。

无疑，林白的女性主义小说是对艾德琳·弗吉尼亚·伍尔芙的“房间”说和埃莱娜·西苏的“躯体写作”理论的实践。林白在作品中塑造了一系列具有强烈女性意识的女性形象，她们进行着一个人的战争，在逃离与融合的矛盾对立中展现出女性的生存焦虑和生活期盼。林白是一个感受型的作家，她用大胆、外露的文字对女性隐私进行揭示，敢于挑战传统文学批评对女性写作的认知，并且不断思考女性生命的本质与意义。林白小说反抗男性的权力话语体系，试图建立一个女性乌托邦，她以一种积极向上、不断向前的生活态度展现女性在社会生活中的熬煎与果敢。可以说，林白为女性文学的发展开拓了新的空间，让代表着女性权力的女性声音“浮出历史地表”。

第三节　迟子建

一、迟子建简介

迟子建，当代中国文坛上极具影响力的女作家之一。她被称为当代文坛“全能选手”，是当代中国勤奋、多产的作家之一。

（一）初露锋芒

1964 年，迟子建出生于黑龙江省漠河市北极村。她在北国的冰天雪地里长大，绚丽的极光、木刻楞房、冰封的大地构成了她童年最深的记忆。

1981 年，迟子建考入大兴安岭师范学校。在一派北国风光的校园里，迟子建怀着对小说创作的浓厚兴趣进行写作。1984 年，迟子建在黑龙江省塔河县第二中学担任教师。1985 年，迟子建参加了黑龙江省作家协会在萧红故居呼兰县（今呼兰区）开办的小说创作班。学习期间，她将自己创作的《北极村童话》交给了《人民文学》的编辑，随即顺利发表。由此，迟子建一跃成为文坛新秀。

自《北极村童话》一举成名以后，迟子建爆发出极高的创作热情，相继发表了《那丢失的……》《沉睡的大固其固》《旧土地》《没有月亮的抱月湾》《在低洼处》《白雪国里的香枕》《北国一片苍茫》等一系列短篇小说和中篇小说《初春大迁徙》。

1987 年，迟子建有幸进入北京师范大学与鲁迅文学院合办的研究生班学习。其导师正是被称为中国文坛“教父”的童庆炳教授。这一段学习经历为她今后的创作之路打下了深厚的基础。迟子建仿佛陷入了一种知识“贫血”的状态，如饥似渴地钻研小说创作技巧，虚心地向老师和同学讨教。

在学习期间，迟子建的小说创作方向也渐渐清晰，即立足于东北这片熟悉的黑土地，这也成为她创作生涯的坚守。在中国当代文坛众多作家中，迟子建较为显著的特征就是受地域文化影响明显。她的作品中始终凝聚着浓厚的“东北黑土地情结”，受到文坛持续关注。20 世纪 80 年代左右，与迟子建同龄的作家中曾经涌现出一批先锋文学的代表，深刻地影响了中国当代文学。然而，迟子建却丝毫不曾受其影响，她一直在写东北，写没有边际的森林、铺天盖地的白雪等。

迟子建早期的作品清新、美丽、空灵、超尘、脱俗，让人们在不知不觉中迷恋上北国的黑土地，爱上在这块土地上生存着的生机勃勃的人们。

1990 年，迟子建到黑龙江省作家协会，在《北方文学》杂志当编辑。自此，她离开了大兴安岭地区，离开了北极村清冷而美丽的童年，来到美丽的省城哈尔滨，尽情地书写着她心中源源不断的故事。

（二）短暂的婚姻生活

迟子建将写作视为生命般的存在。她的生活很有规律，每天定时写作、定时吃饭，夜晚静静地躺在床上构思正在写作的小说。时光就这样静静地、潺潺地流淌着，中篇小说《原始风景》《怀想时节》《炉火依然》《麦穗》《秧歌》等，短篇小说《雾月牛栏》，长篇小说《茫茫前程》等，就这样一部接一部地来到这个多彩的世间。

在笔耕不辍中，迟子建埋首度过了最美的青葱岁月，蓦然回首的她发现，自己已过而立之年。她把少女的美丽和肆意挥洒的青春都献给了笔下一个个悲欢离合的故事。夜深人静的时候，她心底里也会涌起丝丝孤寂之情，因此找一位异性伴侣共度人生的美好愿望不时在心灵深处闪现。

1997 年，迟子建与到哈尔滨开会的同学黄世君意外重逢，那一刻她觉得自己的心弦被轻轻拨动了，爱情就这样悄无声息地来到了已经 33 岁的迟子建身边。当时的黄世君在大兴安岭地区塔河县任县委书记，一个人还带着一个上初中的女儿。这一年，拥有了爱情滋润的迟子建发表了一部长篇小说《晨钟响彻黄昏》和中篇小说《逆行精灵》《九朵蝴蝶花》。1998 年，迟子建与黄世君幸福地步入了婚姻的殿堂，他们都是内心世界极其丰富而敏感的人，情投意合、两情相悦。只要在一起，他们总要在黄昏时相携去散步，一同去感受大自然风、霜、雨、雪的变化，享受着生活的宁静和美好。在大兴安岭寒冷的冬天，他们早早起床，用手指在窗玻璃厚厚的霜花上刮出一块月牙形，透过它去看清晨的第一缕曙光。在常去散步的呼玛河边，黄世君拣起那些扁圆的石子打水漂，迟子建则在一旁数着一共绽开了多少朵水花，他们简单得像孩子般单纯和快乐，岁月仿佛重新回到了青春激扬的少年时代。迟子建虽然已是成名的作家，但只要没有推不开的重要活动，她总要回到塔河县来，把他们的家打扫得干干净净。日子行云流水般安静而温馨，他们挽着胳膊去看北京街头绽放的白玉兰，在明丽的阳光下，迟子建觉得自己幸福得实实在在。爱情的滋润更激发了迟子建的创作热情。只用了短短的两年时间，她就完成了长达七十万字的长篇小说《伪满洲国》。后来，迟子建在一篇怀念丈夫的文章里说，如果不是那种温暖、幸福的状态，她是没有勇气触碰那么宏大的题材的。《伪满洲国》被那些挑剔的评论家们誉为“中国当代长篇小说创作的最新探索”。那几年，迟子建还发表了长篇小说《热鸟》，中篇小说《青草如歌的正午》《五丈寺庙会》《鸭如花》《疯人院的小磨盘》《芳草在沼泽中》《酒鬼的鱼鹰》，短篇小说《清水洗尘》等多部作品。

2002 年 5 月，黄世君在哈尔滨开完会后正赶上“五一”长假，他惦记着大兴安岭地区春夏之交的防火工作，想尽快返回塔河。5 月 2 日，哈尔滨春意融融，桃花灿烂，迟子建快快不乐地送走了心爱的丈夫。但当时的她怎么也想不到，这竟然是他们最后的相聚。多年以后，她还清晰地记得那天下午黄世君在楼洞里向她招手、微笑，是那样亲切、清晰，那样明媚、柔情。第二天，迟子建经历了有生以来最残酷、最黑暗、最痛苦的一个春日。那天下午，黄世君在奔赴塔河的途中突遇车祸。就在十几分钟前，迟子建还在电话里嘱咐黄世君吃午饭的事，谁料仅仅十几分钟后，一个爱得那样深沉的人就天人永隔了。迟子建不想相信这残酷的事实，她总觉得那样鲜活的一个人总会突然间回到她的身边，向她微笑，与她私语。那几个月，迟子建终日以泪洗面，沉浸在与丈夫相偎、相依的美梦中不肯醒来。姗姗来迟的爱情竟这样来去匆匆，她很后悔与爱人在一起的时候，有那么多的时间她都在忙着创作。

然而逝者已逝，生者还要继续生活，迟子建终于渐渐坚强起来，又重新拿起了那支被爱人作为结婚礼物送给她的笔，她要用最好的作品告慰爱人的灵魂。

（三）文学创作之巅

迟子建把对爱人的哀思渗透进了文学创作。2005 年，迟子建完成纪念爱人的中篇小说《世界上所有的夜晚》。她说，这次创作使她的心灵和作品一起经历了成长。这部小说后来荣获第四届鲁迅文学奖。由此，迟子建成为中国首位三次荣获“鲁迅文学奖”的小说家。

这期间，迟子建还一直在寻找题材，希望能写一部告慰爱人的书。她用了两年多的时间整理相关资料，写了三个多月，于 2005 年 12 月发表了长篇小说《额尔古纳河右岸》。这部小说是我国第一部描述东北少数民族鄂温克族生存现状及百年沧桑的长篇小说。这部小说一经问世，便受到读者和评论家的热切关注，被媒体称为“最值得期待的书”之一。2008 年，《额尔古纳河右岸》荣获第七届茅盾文学奖。《额尔古纳河右岸》最早刊发于《收获》杂志（2005 年第 6 期）；2005 年 12 月，北京十月文艺出版社购得版权并出版；2007 年，北京十月文艺出版社再次出版；2006 年，馥林文化出版社出版该书；人民文学出版社于 2008 年、2010 年、2013 年、2014 年、2015 年多次出版该书。可见这部书的影响力。

获得第七届茅盾文学奖之后，迟子建没有在成功的喜悦中驻足，甚至没有稍作停留，而是在遥望无际的文学旅途中继续步履坚定地前行。除中篇小说《西街魂儿》《第三地晚餐》《起舞》《布基兰小站的腊八夜》《鬼魅丹青》《泥霞池》《黄鸡白酒》《别雅山谷的父子》《晚安玫瑰》外，迟子建还于 2010 年推出了长篇小说《白雪乌鸦》，再次引起关注，并于 2012 年获得“第二届《人民文学》长篇小说双年奖”。

2014 年 10 月 15 日，迟子建出席了由习近平总书记主持召开的文艺工作座谈会。10 月 23 日，黑龙江省作家协会召开“学习贯彻习近平总书记文艺工作座谈会重要讲话精神”工作座谈会。迟子建在谈到个人体会时说：“如果说文学是黄金，那么它是从泥土里淘出的，不是坐在书斋凭空想象出来的。黑龙江有广袤的森林，有大油田，有漫长的边境线，可写的资源太多了，我们应该利用好这些可贵的资源，深入挖掘，潜下心来，创作出更多无愧于时代无愧于艺术的好作品。[①]”

二、迟子建的文学创作综述

有评论家认为，迟子建小说早期纯净，后期浑厚。迟子建前期的小说以纯净为主，《北极村童话》是典型代表，多描写的童年的生活之地北极村及童年生活中的乡民们的生活，作品笼罩着神秘、幽深的漠河北部风情氛围。这时她的作品多采用童年回忆式视角，由现在到过去，使作品带有一种悠远的梦幻性质。迟子建后期的小说则更多地融入了现实元素，描写城市人的复杂人生。

“当初并不知小说为何物，就雄赳赳、气昂昂地下笔写了。之所以如此胆大包天，是因为有强烈的表达欲望，不吐不快。”[②] 写《北极村童话》时，迟子建 20 岁，即将从大兴安岭师范学校毕业。此时的迟子建还没有进入社会生活之中，所以她的主要经验来自过去生活的记忆，这时童年生活就很容易浮现在她的眼前。那时的写作不是刻意写作，她没有感觉是在写小说，而是自然而然产生的对往昔生活的记录。迟子建出生在北极村，她对故乡与童年有着极深的眷恋之情，她在那里度过了难忘的童年。“我的故乡有广袤的原野和森林，每年有多半的时间是在寒

① 姜燕：《中国现当代女性作家作品研究》，吉林人民出版社 2016 年版，第 484 页

② 陈华文：《最是书香》，商务印书馆 2016 年版，第 102 页。

冷中生活。大雪、炉火、雪爬犁、木刻楞房屋、菜园、晚霞，我忆起它们时总有一种亲切感，而它们最后也经常地出现在我的作品当中。我想没有童年时被大自然紧紧相拥的那种具有田园牧歌般的生活经历，我在大兴安岭师范学校中文系时就不会热爱上写作，一展开纸笔，故土的乡亲们就仿佛非常亲切地纷纷来到我的面前，我往往写得激情洋溢，所以说我最初的创作就与自然和故乡那么密不可分地结合了起来。”①

1986年后，迟子建来到哈尔滨，开始了城市生活。从此，迟子建多了一种别致的风格——对城市价值与生活的批判。迟子建是那样热爱她出生并度过童年的乡土，她把那里看作自己人生的起点与创作的源泉，“我对文学和人生的思考，与我的故乡，与我的童年，与我所热爱的大自然是紧密相连的”②。她自然认同乡土朴实、敦厚的价值观念，当她带着由乡土到城市的经历对城市生活进行观察时，便产生了对城市的批判。她看到的是道德感的失落，欲念无限制的泛滥。高科技发展时代所产生的一切尖端技术并没有把人带入真正的文明，相反地，现代文明正在渐渐消解和吞食那股原始的纯净之气、勇武之气。金钱与权力、物欲与肉欲，这些结伴而来的现代生活的精神鸦片不仅使人性沦丧，还令爱情沦丧。迟子建向读者展现了城市商业文明所带来的人的异化。如《月白色的路障》中，张日久与妻子王雪琪本来是小学教师，但在金钱的诱惑下堕落了。如《相约怡萧阁》，写了商业社会中人的爱情观的沦丧与变质，夫妻之间相互欺骗已成为常事。一个作家即使由乡村进入城市，对城市的价值观念也不一定都是严苛的批判，迟子建的批判源自对故乡深深的眷恋。也许是由于她20岁以前一直没有离开大兴安岭的缘故，被无边无际的大自然严严实实地罩住，感受最多的是铺天盖地的雪、连绵不绝的秋雨及春日时长久的泥泞，当然还有森林、庄稼、生灵等，所以她如今做梦也常常梦见大自然的景象。大自然使她觉得它们是这世界上真正不朽的事物，使她觉得它们也有呼吸，她对它们既敬畏又热爱，所以是不由自主地抒写它们。

迟子建小说内容广泛，有她的童年记忆，有人与自然的和谐共处，有白雪茫

① 方守金、迟子建:《自然化育文学精灵——迟子建访谈录》,《文艺评论》2001年第3期，第80页。

② 迟子建:《寒冷的高纬度——我的梦开始的地方》,《小说评论》2002年第2期，第30-31页。

茫的灵异之气，有人与幽灵相互交流并结伴去看白夜的奇异旅程，有温暖的乡村生活和神奇的自然景观，有被现代文明剥离了“那股原始的纯净之气、勇武之气”的都市人生。她写人平凡的生活，也写爱情与婚姻。究其主旨，迟子建要写的不是离奇故事及宏大叙事，也不是女性内心的情感与痛苦，而是要写出普通人的心灵世界。她追求从个体的独特命运出发去探索生命的意义。2000年，迟子建发表了她第一部历史题材的长篇小说《伪满洲国》。即使描写历史，她也进行了个人化处理。迟子建认为：“伪满那一段历史仅仅靠一个‘皇帝’，几个日本人，以及历史书上记载的一些人，无论如何是不完整的。而在众多的小人物身上，却更能看到那个时代的痕迹。……所以我在作品中往往特意让小人物来说历史。”① 小说开头即说明了这种特征：“吉来一旦不上私塾，就会跟着爷爷上街弹棉花，这是最令王金堂头疼的事了。”② 不写政治力量的对比，不写国家的形势，不写重要的政治人物，而是落笔于一个小人物，别开生面。迟子建就是要“通过东北老百姓日常生活的描写，折射出那个特殊的历史时代”③。

迟子建的作品展示的是人的心灵向善的一面，作品总是弥漫着温情。迟子建认为：“我所理解的活生生的人，不是庸常所指的按现实规律生活的人，而是被神灵之光包围的人，那是一群有个性和光彩的人。他们也许会有种种缺陷，但他们忠实于自己的内心生活。从人性的意义来讲，只有他们才值得永久地书写。”④ 因此，我们看到了这样的人生场景：“我”与“父亲”“母亲”幸福地生活；“我”和丈夫能够相互理解和依靠；家庭生活是温馨和睦的；人与邻居、亲人、朋友等的关系也从不是剑拔弩张的，而是和谐地相处着。《沉睡的大固其固》中，媪高娘在给全村的孩童杀猪禳灾时被魏疯子砸死，“而就在她死前的一刹那间，她还在内心里深深地祈求着，不要把这灾祸带给孩子、带给小镇，让她一个人顶了吧”。这颗善良的心灵似乎离现实的人们已太遥远了，正是这种遥远唤醒了人们对于美

① 姜燕、刘旸、史一淞：《固执与焦灼的文学之旅——走近当代女作家》，吉林科学技术出版社2007年版，第272页。

② 姜燕、刘旸、史一淞：《固执与焦灼的文学之旅 走近当代女作家》，吉林科学技术出版社2007年版，第272页。

③ 姜燕、刘旸、史一淞：《固执与焦灼的文学之旅 走近当代女作家》，吉林科学技术出版社2007年版，第272页。

④ 迟子建：《寒冷的高纬度——我的梦开始的地方》，《小说评论》，2002年第2期，第30–31页。

好人性的渴望。《北极村童话》中“我”还处在孩童时期，不懂得什么政治，只是喜欢与苏联老奶奶交往，我的到来给奶奶带来了欢乐，两人之间的绵密情谊在严酷的自然和政治环境下令人感动。人与人之间是相互关爱的，家庭是和谐的，尽管有痛苦，但人们还是温良地生活着。温暖与爱意被迟子建大量地书写着。

基于迟子建对于心灵写作的态度，就文学史的角度而言，它的重要意义在于在喧嚣的文坛之中高扬了理想主义的旗帜，用理想主义的话语来建构自己的文学世界，而理想主义话语在那时的中国文学中是缺乏的。新写实、先锋派、私人写作、身体写作等，它们虽都有其独特的价值所在，但没有更多正面的理想主义话语的描述。新时期文学所经历的伤痕文学、改革文学、反思文学等，对国家及社会、个人人生都给予了由计划经济向社会主义市场经济的过渡，社会经济与体制的变迁带来的人们价值观念的变化。现实的人的物质欲望得到了肯定，人们对金钱的追求欲望变得越来越强烈。迟子建的小说从《北极村童话》开始，一直致力于对人间温情的深情表达，否定邪恶与污浊，追求真、善、美，为人们展现一个理想化的人伦社会。

迟子建笔下没有所谓的恶人，总是展现人性中永远不能被磨去的天性善良的一面。她说：“我想世界上没有彻头彻尾的恶人，他总有善良的一面会在不经意当中被挖掘出来。”① 这是一种相当理想化的认识。在物欲化的社会，迟子建离开了人心腐化、堕落的一面，却给人心以美好的期许与认同。因此，在她的笔下，我们看不到单纯的恶人，迟子建说：“我更信奉温情的力量同时也就是批判的力量，法律永远战胜不了一个人内心道德的约束力。所以我特别喜欢让‘恶人’‘心灵发现’，杀一个人肯定比拯救一个人要容易得多，只是我的拯救方式可能过于唐突，但我绝不放弃这种努力。”② 可见，她不使用二元对立的判断标准来对人物进行定性式的分析。《雾月牛栏》中，主人公宝坠窥见了继父的隐私，被继父失手打成弱智儿。从此，宝坠只与牛为伍，独自居住，不与人来往。但继父恶的形象此时并没有继续下去，而是以其全部的爱心关心宝坠，借以赎罪。他加倍地补偿

① 刘巍：《中国女性文学精神》，学林出版社 2008 年版，第 146 页。

② 李哲：《文化保守主义与世纪末的田园牧歌小说》，《唐山师范学院学报》，2016 年第 1 期，第 66 页。

宝坠，甚至将自己的女儿冷落一旁。可能继父原本就是一个善良的人，打宝坠只是失手而已，或者是由恶顿悟为善。迟子建竭力表现张扬的关爱、善良等美德，也不过是体现在普通农人和市民身上的，历史积淀下来的，比较原始的，没有为现代文明沐浴过的，有时甚至是是非不分的那种美德，以原始的美德对抗现代文明下异化的人心。迟子建对温情的张扬也引起了评论家的质疑，认为其会阻遏对人性中恶的一面进行更深的探究与揭示。迟子建写作的最终目的是抵制人性中的恶、弘扬人性的善。只不过不同的作家侧重的方式不同，迟子建没有选择对恶大写特写，而是对人性中的善浓墨重彩。

以童年视角叙事一直是迟子建小说的重要艺术特色之一。儿童视角是小说叙述视角的一种，它按照叙述人的个体成长阶段分类，主要与成人视角相对。以儿童视角叙述的作品，我们可以称其为儿童视角小说，从而与成人视角形成鲜明对照。儿童视角小说的叙述特点体现为：自然在儿童的眼中是变形的，星星、月亮、云彩都可以拟人化；死亡无法给儿童带来恐惧、沉痛或悲哀，死亡往往被儿童视为睡觉等。迟子建在童年有过自由、美好的记忆，童年生活、故乡家园等经常浮现于成年后的她的脑海之中。这种浮现源于作家对于当下生活的不满足感，也就是说，故乡生活弥补了城市生活的不足。如果进入城市后的生活与童年乡村的生活没有什么分别，那么在作品中就不会有强烈的价值对比。儿童叙事因此不仅是一种叙事的手段，还是体现着作家的人生态度、价值立场，承载了乡土与城市文化的参照职能。儿童相对成人最大的特点在于眼光的纯净性。儿童具有未被现代文明所教化的纯净心灵，因此儿童看到的世界是完全清新的一个世界。也许正是出于这样的观点，我们可以在迟子建的部分作品中发现一种原始的死亡观：这些作品中往往有一些尚不明了俗世的儿童，认为死亡是类似睡眠的状态，死去的人有朝一日会醒来，或者死去如同出远门一样等，表现出对死亡的不解、追问，这种追问其实也表达了一种关怀。

死亡叙述是迟子建小说梦幻叙事中一个非常特殊的领域。有人统计过，四卷本《迟子建文集》所收的三十九篇小说中，直接写到死亡场景的竟有二十九篇之多。《树下》《晨钟响彻黄昏》《热鸟》《伪满洲国》和《越过云层的晴朗》等都以死亡作为重要的叙事要素。童年时经历的死亡事件给迟子建留下了深刻的印象，她有如此的写作风格和作品理念，也许同样与其早年经历有关。

其实一般来说，作家的作品并不直接代表其个人的人生阅历——谁也不会认为每一部文学作品都等于作家的自传。然而，两者之间必然存在着微妙的联系，作品中的情节虽不是作家自身的经历，但必然映射着本人的生活思考和人生态度。另外，像很多女性作家一样，迟子建作品中的情感表达非常细腻，很多描写带有强烈的个人主观感受，正所谓艺术源于生活。从这些作品中，读者可以若有若无地摸索作家自身的情感经历与心境变化历程。

迟子建童年时生活在遥远的黑龙江北极村，在这块寒冷、原始的黑土地上，即使是儿童也会对死亡产生不同的直觉。人们在白山黑水的环绕之间，亲眼见证自然界的枯荣往复和人类聚落的兴亡、生死，感受循环在天地之间的生与死的气息。迟子建的儿童成长历程远不像常人印象中的那样单纯而平淡，而是目睹了成年人世界的悲欢离合。在很多人眼里，幼年的迟子建是一个早熟的孩子，本应天真烂漫的生命时光却被同年龄不符的、令人心酸的苍凉缭绕。如此的自然与人文所孕育出来的作家，其作品自然充斥着对故乡热土的怀恋和追忆。从那种独特的死亡叙事中，读者不难发现北国厚土中朴实又深重的人间真意，也正是来自故乡热土的博大情怀赋予了迟子建直面死亡和恐惧的勇气，并使其成为毕生的灵魂支撑。迟子建的作品类型多样，笔法一叶知秋，以单纯的个人命运折射社会的兴衰与时代的变化。她的笔触中寄托着一个情感真挚的灵魂，见证着一代人的更替与传承。

人们对死亡的恐惧似乎是与生俱来的，因为它意味着人会失去所有的感受与思想，与世间断绝联系，归于坟墓。“死亡”一词本身就蕴含着冰冷和绝望的情感，使读者发自内心地抵触。文学创作者也专门为这个意象创造了一个主题——死亡描述，或者叫作死亡叙事。从各个角度来说，死亡都不是一个正面话题，无论是在现实议题中，还是在文学作品中，人们都会有意回避或将其模糊化。然而，在迟子建的笔下，死亡意象既不会被刻意地加以修饰，也不会显得悲戚、压抑。虽然她的作品多次提到死亡与永别，但并不会像以往的文学形式那样，将其作为一个极端的消极意象。如果鉴析迟子建早期的作品，可以发现，那时她对死亡的态度更倾向于一种单纯的描述或浅层面的引用，将死亡描绘为人的自然生命中必将存在的归宿。之后，在人生经历的积淀和心路历程的延伸中，迟子建的死亡叙事不再流于表层，而是开始逐渐深入思辨的层面，思考死亡在平凡人生活中形成的影响和其背后的社会负担。但是，即使是这种沉重的思辨，也没有使作品失去原先温情的、富有人文精神的风格。迟子建是这样处理作品中生与死的关系的：如果为生存而奔波劳累对人们来说是一种无法摆脱的枷锁，那么死亡无非是走向另一种存在形式，在这一前提下，原本冷漠的意象也可以被赋予温情，生者对死者的缅怀一样是爱与温暖的寄托。

命运让迟子建在懵懂无知的年岁就毫无保留地接触死亡，不能不说残酷，但这又是一种独有的生命体验，更是思想与文学的深奥源泉。在所有的文学形式与文明形态中，生与死的思辨可谓一个永恒而崇高，但又往往讳莫如深的命题。

散文《死亡的气息》中写了许多迟子建的早年经历，她在文中回忆：她十岁时就对死亡的残酷有了清楚的认识，很多情况下，这并不仅是那些垂垂老者要面对的归宿，更有可能是不期而至的终生阴影。那时，年幼的迟子建住在一对有六个孩子的湖南籍夫妇的家旁边。某年冬天，男主人在上山拉柴时发生意外，生命垂危，在送往哈尔滨医治的途中不幸客死他乡。她提到，妻子等待丈夫尸体还家的那天极冷，女人哭得悲恸、凄惨，六个孩子也和母亲一起痛哭，不能自已。“我想起他生前常常站在厨房里充满感情地望着那块腊肉的情景，想起他编鸟笼时那娴熟的动作，也不由得跟着哭：他一个人去了白雪皑皑的山上沉睡，却留下孤儿寡母一堆怀念他。”①

三年后，这家的一个女儿又不幸患急病身亡。这个女儿与迟子建年龄相仿，而且平素有所来往，“头发漆黑、浓密、油亮，总是把刘海剪到齐眉”。据迟子建回忆，女孩发病的前一夜曾和她在同一铺炕上入眠。此不幸的降临除了让迟子建悲哀、伤怀，还使她感到一种由心而生的恐惧。自那以后，每年除夕看到女孩的家人在大门口为她烧纸时，迟子建就会回忆当时的情景，并被挥之不去的痛苦和对死亡的畏缩裹挟。

在这种旁人看来异常沉重、悲凉的特殊经历的洗礼之下，迟子建很早就开始思考死亡的本质，以及人们面对死亡的态度。也许因为常常直面死亡带来的悲伤与残酷，所以成年后的迟子建对待死亡的态度才会十分平淡、坦然，毫无隐晦地承认这是每个人都无法回避的归宿。

① 迟子建：《迟子建随笔自选：听时光飞舞》，广西民族出版社 2001 年版，第 91 页。

从作品内容来看，迟子建小说中的死亡意象虽有许多沉重之处，但有时又显现一种意料之外的诗性和天然。从某种角度来说，死亡并非终结，它是另一种生命的开端。斯人已逝，但精魂不亡，因他人的思念和缅怀，长久地寄托在族群的信仰和记忆中。虽然身体终会迎来消亡，但精神仍然会作为“集体生命”的一部分，和共同的信仰一起延续，一同迎接一代又一代的新生。这种死亡观虽不符合传统观点中的理性主义生死观，但一直是迟子建的心灵坚守，是“精神还乡”的一部分。“死亡书写”的最初阶段是懵懂。人在面对整个世界时，最初对于善、恶、悲、喜都没有清晰的认识，也不知生死为何物，不会因死亡而感到恐惧，只将其视为一种难以理解的现象。

这里有必要强调，虽然目睹过许多悲哀和分别，但迟子建的童年并不能说是惨淡的，相反地，是充斥着温暖和爱意的。年幼的她对死亡经常感到疑惑，甚至无意识地回避。在阅读她写作初期的作品时，甚至能读到一些冷静、详尽的关于死亡的刻画，关于死者状态的描写读起来也自然而平淡，并无浓烈的感情色彩，似乎不像以往的文学作品那样执着于刻画深入骨髓的痛楚，然而正是这种平静的描写，反衬了生者在死亡面前的无能为力。

《白银那》就是这样一篇小说，也是一则悲剧故事：黑龙江小村白银那的村民与小卖部经营者马占军素有矛盾。为了报复，在鱼汛来临时，马占军向鱼贩子谎报收购时间，又切断了村子与外界的通信，使全村面临“丰收成灾”的命运。当地的王乡长与其妻卡佳前来协商。卡佳为了帮助村民，只身上山采冰，却不幸身亡。作者在描写卡佳的死亡时写道：“看见卡佳四仰八叉地倒在地上，脖颈处鲜血淋淋，下巴不见了，那上面的痣也随之消失了，而眉心上的痣却仍然孤独地存在着。”[①] 从这样的描写中，足见作者刻画死亡的笔法是多么细致入微，以平淡展现感染力，这也可视为死亡书写的高明之处。

在卡佳的葬礼上，村民纷纷前来悼念，马占军夫妇也把积存的盐让给了全村的人，并在卡佳的葬礼上哀悼、追悔。闻讯赶来的王乡长的儿子想要报复马家夫妇，而王乡长这样回应：“我这辈子最不喜欢听恨这个字，尤其是你，你妈妈向来是与人为善的，最不喜欢在别人认错后还怪罪人家，我也是一样。”在结尾的情节安排中，将死亡以一种更加委婉的方式呈现在读者眼前。作者并没有从利益、

① 迟子建：《世界上所有的夜晚》，上海人民出版社 2008 年版，第 45 页。

对错和律法的角度审视死亡，也不刻意渲染命运的沉重，而是用对生命的关切、对生存的尊重取代死亡的冷寂，让人文情怀贯穿文章的始末。如此笔法使死亡书写之中反而隐含着自然、朴实、深切而令人敬重的生命。

每个人都难以预料自己未来的命运。因此，恐惧、悲伤、消沉与踟蹰都是注定的。但即便如此，人也不能失去追求善的本性，不能放弃为人者的悲悯和尊严。如同佛雷迪克·朗格布里奇（Frederick Langbridge）在诗作中描绘的那样："两个囚犯从监狱的窗子里向外看，一个凝视着泥土，一个仰望着星空。"人不管被怎样的困境束缚，都不应迷失自我，而应该怀着希望与善意审视更加长远的命运。迟子建幼年丧父，早早地接触了死亡，亲身体会到它的残酷，死亡的阴霾长久地徘徊在她的心底。然而，无论是作为女性，还是作为作家，迟子建本人都传达着一种温情、宽厚、仁爱、豁达的态度，并不像人们想象中历经苦难的人那样阴郁，反而有一种超然的气质，这样的性格同样体现在她的文学创作中，让作品中的死亡意象也显得委婉。

在中青年时期，迟子建的写作风格明显发生了变化，这一时期作品已经很大程度地脱离了初期含蓄而婉转的风格，增添了沉重、悲戚的感叹。因为她的爱人不幸在车祸中身亡了，两人是晚婚夫妻，新婚仅四年，迟子建与丈夫情深意切，这样的生离死别让她难以接受。在对丈夫的缅怀和自我疗愈的过程中，她常常感慨命运的无情和生命的脆弱，《树下》中主人公的悲惨遭遇也许就是她本人经历的影射。但也正是残酷现实的磨砺赋予了迟子建灵魂的厚重与品格的坚毅，促使其更进一步地走向"完整的人"。这一时期，迟子建的死亡书写不断趋于成熟，死亡不再仅仅是一种推动情节的意象，也是承载作者本人思虑与心灵的容器。坚韧豁达的她最终并没有被悲痛压垮，通过承受死亡的无奈与伤怀，迟子建逐渐获得了一种更高境界的生命理念，开始用兼具理性思辨与感性抚慰的眼光审视生死，追求"无论结果如何，都应归于释怀"的境地。"爱而得其人，乃最上之；爱而失其人，则仅次之。"①

在中国传统文学中，人们对死亡讳莫如深，往往大团圆的喜剧多，深刻的悲剧少。"未知生，焉知死；未知事人，焉知事鬼。"② 现在的文学作品已不再回避

① 赵民：《人生功课》，河北人民出版社2009年版，第243页。

② 李泽厚：《中国古代思想史论》，生活·读书·新知三联书店2008年版，第326页。

“死”的现实，但死亡出现时往往伴随着痛苦、恐怖、血腥、分离、暴力等。死亡作为生存的对立面，人们已经习惯了给它涂抹上阴沉的色调，但迟子建却给死亡带来了温和的姿态。

三、迟子建文学作品分析——《世界上所有的夜晚》

迟子建的中篇小说《世界上所有的夜晚》发表在《小说月报》2005 年第 3 期，并于 2007 年 10 月荣获第四届鲁迅文学奖。小说以“我”在旅途中的所见为主线，讲述了三个不幸的故事。第一个故事是关于“我”的故事。我的丈夫死于一次意外的车祸，我沉浸在巨大的悲痛之中，“我想把脸涂上厚厚的泥巴，不让人看到我的哀伤”。于是我离家出游，计划去三山湖，但途中因为突降暴雨，造成山体滑坡，掩埋了近五百米长的路基，于是我在乌塘下车。在这里“我”经历了第二个故事。乌塘是一个矿区，杂乱、吵闹，矿工死亡是常事，因而这里寡妇很多。在这里，一个特殊的人——蒋百嫂引起了“我”的注意。在酒馆大闹，她可以对矿上的领导颐指气使，每天晚上带不同的男人回家。但是，她以前不是这样的，这种变化是在她的丈夫蒋百失踪以后发生的。她的丈夫在一次上工离开家后就再也没有回来。蒋百那天上工的班次出了事故，一共十个人，但只找到了九具尸体，蒋百的下落无人知晓，这样一来，风言风语就在乌塘传开了：“蒋百那天根本没有到小鹰岭，下井的是九个人。那么说，蒋百那天是去别的地方了。他虽然幸免于难，但是形迹杳然，没人知道他去哪儿了。大家对蒋百的失踪有多种猜测，有人说他抛弃了蒋百嫂，寻他中学时的相好去了；有人说蒋百被人害了，行凶者早已将他焚尸灭迹。”离开乌塘前，“我”和蒋百嫂有了一次对酌谈心的机会。“我”对蒋百嫂家里一间上锁的房间产生了兴趣，趁蒋百嫂醉酒，我从她身上偷出了那个房间的钥匙，并在房间中发现了蒋百嫂自我毁灭式的生活举止，以及矿上领导对她惧怕等各种现象的原因，那就是房间的冰柜里冰冻着她的丈夫蒋百的尸体。“蒋百不被认定为死亡的第十人，这次事故就可以不上报，就可大事化小。”矿场负责人因此可以免受处罚，蒋百嫂虽然私下获得了巨额赔偿，但她的精神却陷入了痛苦之中。

离开乌塘，“我”到达了这次出行的目的地——三山湖。在这里，我喜欢逛卖火山石的摊床。“经过摊床的次数多了，我知道独臂人姓张，男孩叫云领，他们是一对父子。”儿子云领在前面变戏法吸引游客，父亲在后面卖火山石收钱。这也是个残缺的家庭：云领的妈妈原来是理发师，被顾客的小狗咬伤，得了狂犬病死了，父亲因为放焰火而被炸掉了一只胳膊。

就是在这样一个旅途中，“我”与另外两个家庭相遇在三个不同的夜晚，三个家庭有着相同的伤痛，都失去了亲人，家庭变得残破不全了，剩下的人只能活在悲伤之中。“我”和蒋百嫂死了丈夫，而云领的家庭则失去了母亲。小说写出了三个家庭在失去了亲人之后沉浸在悲痛之中的故事，这种悲痛真实而深刻。“我觉得分外委屈，感觉自己无意间偷了一件对我而言是人世间最珍贵的礼物，如今它又物归原主了。”对丈夫的死，“我”感到的不是失去，而是归还，产生了无比眷恋而又无论如何都无法挽回的复杂感情。为排遣痛苦，“我”的办法是去三山湖旅行。

蒋百失踪之前，蒋百嫂“是个羞涩的人，蒋百失踪后，她变了一个人似的，三天两头就去酒馆买醉，花钱大手大脚的，人也变得浪荡了，隔三岔五就领男人回家去住”。她到集市卖油茶面儿，“她是集市中来得最晚的生意人，因为她夜晚老是喝酒后带男人回家鬼混，所以起得迟。她说蒋百嫂的油茶面生意还不错，男人们很喜欢候在她的摊床前”。这是她不得不把自己丈夫的尸体藏匿在家中后产生的精神痛苦的排遣方式。她折磨自己、虐待自己。她生活在痛苦之中，每当停电，她不敢待在家里。“蒋百失踪后，蒋百嫂似乎特别怕黑暗，逢到停电的时刻，她就跟疯了似的四处奔走呼号，绝不肯在家里待一刻。”有蜡烛的光亮是不行的，她要见到人，要站在大街上，家中的死尸让她恐惧不堪。蒋百嫂的丈夫在世界上消失了，他的死却不可以告知于世，所有的负担只有蒋百嫂一个人承担！她听了“我”的故事，发泄出了心中积压的苦痛：“你家这个死得多么隆重啊，你还有什么好伤心的呢！他的朋友们能给他送葬，你还能最后亲亲他，你连别人送他的花圈都不要，烧包啊，有的人死了也烧包啊。你知不知道，有的人死了，没有葬礼，也没有墓地，比狗还不如！狗有的时候死了，疼爱它的主人还要拖它到城外，挖个坑埋了它；有的人呢，他死了却是连土都入不了啊！”云领的妈妈死后，小男孩把对妈妈的思念深深地隐藏到了心底，“独臂人说，云领很忌讳别人说他妈妈死了，他总说她去了另外的地方了。他从不去妈妈的坟上，说是妈妈没有待在土里”。独臂人对儿子云领也是很好的，父子二人相依为命，对儿子的关怀也寄托着对亡妻的怀念。这两年每到阴历七月十五的夜晚，云领总要为妈妈放一盏河灯。这次“我”让云领带着“我”一起去放河灯，同是为了死去的亲人。

这篇小说发表于2005年，距迟子建的爱人去世已有三年，她把对丈夫去世的感情都倾注进了这部作品，她是想以这样一部小说来纪念与丈夫之间真挚、和谐的情感。

这部以纪念爱人为基调的小说体现出与以往所有作品都不同的尖锐和残酷。多年前迟子建发表了中篇小说《北极村童话》后，她的作品基本上奠定了一种温情、和缓、浪漫的基调。人们读她的小说，总仿佛有春风拂面之感，秋的萧瑟和冬的凛冽，仿佛总是远远地作为背景存在着。她不追求激烈的情节冲突，不强调语言的激烈，她笔下的人物往往很少会有起伏跌宕的人生、非生即死的境地。她的小说像一幅幅自然、旖旎的风景画，波澜不惊、温润清丽，充满了人间烟火气。

然而，《世界上所有的夜晚》颠覆了迟子建一直以来的创作基调。这部小说创作之前，迟子建曾经以普通人的身份到矿区生活，满怀同情地记录了一些人和事，记录了社会底层生活最真实的写照。下了井就等于踏进了鬼门关。煤矿工人是最不被人所关注的底层人民，他们的命运几乎从来没有被任何人关注过。不同环境之间人的隔阂是难以跨越的，被城市的车水马龙、七彩虹霓和摩天大楼环绕的人，永远不可能发自内心地理解乡镇人民的苦楚，也难以走入真正的底层生活。迟子建详尽又冷静地描写这些“边缘人”的人生经历，向读者呈现一种近乎赤裸的真实，看似冷漠的笔法其实隐含着无限的哀叹和悲悯。小说中的人物都在苦难中百转千回。原本生活在甜蜜、幸福中的女主人公，丈夫突然被一辆闯红灯的摩托车撞倒在灯火阑珊的大街上，最后丧生，她悲痛难挨，在追寻丈夫灵魂的过程中跌进了更加悲伤的海洋——乌镇，一个盛产煤炭的小镇。在这里一个接一个的悲剧故事源源不断地发生着。小食摊的摊主老婆得了痢疾，在打青霉素前没有做过敏实验，最后因过敏而死亡，摊主原本挺乐呵的人，最后变得跟女人一样爱计较，动不动还哭；卖笤帚的女孩儿因为父母双双生病，即使考上了大学也不能去读；陈绍纯经历过背叛与死亡的折磨，饱尝人间苦涩、心酸，在小镇上孤独地经营着自己的画店，用悲凉、凄切的声音歌唱着人世间真实的悲欢离合，最终，这位传奇歌手却在一个夜晚被自己不愿涂改的艳俗而轻飘的牡丹图框砸中而死；经营着婚介所，专门在婚宴上唱喜歌的肖开媚因为给一个矿工介绍了心如毒蝎的“嫁死女”而被砍伤，拉到医院急救；“嫁死”的女人们把与矿工结婚作为发财的好门路，给自家的男人买上好几份保险，不为他们生养孩子，熬个三年五载的，等着矿井“嘭”的一声爆炸，男人一死，卷着男人的钱财一走了之；最震撼的自然当数蒋百和蒋百嫂的故事，蒋百死于采矿事故却不得安葬，甚至“比狗都不如”，被提拔的领导为了蒋百不被认定为死亡的第十人而影响自己升官，贿赂蒋百嫂，而蒋百嫂为了获得巨额的赔偿，将已死去的蒋百藏在自家的冰柜里；云领的妈妈被有钱人的狗咬伤，最后因为不舍得花钱打狂犬疫苗而死，而爸爸为了挣两百块钱被南方老板的生日礼花炸飞了一只胳膊。面对如此的人间惨剧，“我”突然觉得自己所经历的生活变故是那么轻，轻得就像月亮旁丝丝缕缕的浮云。将那样沉痛、那样压抑的丧夫之痛都显得微不足道的苦难该是怎样的沉重啊！女主人公甚至在心里庆幸自己还有机会亲自把丈夫送进火化炉，甚至与他吻别，再给他造一座可供凭吊的坟墓。这些令人震撼的苦难，揭示了生活在最底层的人们真实的境遇和悲痛。如果小说的笔触只是停留在反映底层生活这一层面，那么价值则会大打折扣，小说更大的价值在于它不只是单纯地反映苦难，而是对这种悲剧背后的命运本质的揭示。

小说虽然写满了苦难，但还是承载了迟子建作品一贯的温情的基调与理想主义的书写。小说的字里行间都闪耀着人性的光辉与人世间的温暖。书中所写的几个家庭都是残破或穷困的。亲人的意外死亡，有钱有权阶层的欺压，使得这些底层家庭背负沉重的包袱。然而，人们在这重重压迫下，还是那样和谐、美好，还有那样快乐、善良、热心的人。例如，“豆腐旅店”的女主人周二嫂温暖、快乐地过着生活。小小的旅店前面又开着豆腐坊，显示着女主人对生活的热爱。生活也许并不富裕，但单纯、快乐。蒋百嫂在蒋百失踪后，落下了一个极其害怕停电的毛病。每逢停电的夜晚，人们就会看到她近乎神经错乱的癫狂举动，听到她撕心裂肺的哭号，扬言“要用炸药包把供电局给崩了”。为了安抚这个可怜的女人，周二嫂最初买了蜡烛送给她，蒋百嫂不喜欢烛光，周二嫂又买来一盏电瓶灯送她，“一遇停电，周二嫂不管手上忙着什么紧要活儿，都要立马放下，去安慰蒋百嫂”。蒋百嫂不能照顾儿子，周二嫂就帮忙照顾。一个农民跟与自己老婆厮混的大厨格斗，被打折了一条腿，没钱医治、乘车，只好拄着拐步行回老家，而周二嫂用驴车带回了这个瘸腿人。菜农肇事撞死了“我”的丈夫，但我也从菜农的角度进行了审视，“他（我的丈夫）其实没遭罪就上天享福去了，菜农说，哪像我，被圈在这样一个鬼地方（监狱）”。

也正因为有着这些人间温情的存在，生活才不致陷入彻底的黑暗、绝望，才让人们继续生机勃勃地过着自己的生活，并对明天充满了希望。

参考文献

[1] 林莹:《中国现当代女性文学鉴赏》，东华大学出版社 2008 年版。

[2] 王桂荣:《中国现当代女性文学与文化研究》，知识产权出版社 2014 年版。

[3] 宋桂珍、姜波主编:《中国现当代女性文学研究》，黑龙江人民出版社 2002 年版。

[4] 李莉勤:《女性视角的中国现当代文学研究》，光明日报出版社 2016 年版。

[5] 金文野:《中国现当代女性主义文学论纲》，中国社会科学出版社 2011 年版。

[6] 刘媛媛:《她视界：现当代中国女性文学探析》，山西人民出版社 2010 年版。

[7] 张毅蕾、张晓阳、纪明红主编:《女性视角的现当代文学艺术研究》，吉林美术出版社 2017 年版。

[8] 赵树勤:《找寻夏娃——中国当代女性文学透视》，湖南师范大学出版社 2001 年版。

[9] 白军芳编著:《中国现当代女性作家作品选讲》，陕西师范大学出版总社有限公司 2014 年版。

[10] 李晓红:《中国现当代女性作家创作探究》，吉林大学出版社 2012 年版。

[11] 卢云峰:《关于中国当代女性文学专题研究的思考》,《理论界》2013 年第 8 期。

[12] 农迎春、施琴:《中国现当代女性文学发展脉络与写作缺陷》,《东华理工大学学报（社会科学版）》2011 年第 3 期。

[13] 农迎春:《中国现当代女性文学所价值浅探》,《北方文学（下半月）》2011 第 7 期。

[14] 张鹏飞:《女性文学“私人化”叙事的文本嬗变》,《广东广播电视大学学报》2010 年第 2 期。

[15] 邓彦君:《论中国当代女性文学的发展与嬗变》,《云南财经大学学报（社会科学版）》2009 年第 3 期。

[16] 第小明、闫雪梅:《新时期中国女性文学研究的回顾与思考》,《榆林学院学报》2008 年第 3 期。

[17] 夏俊华:《论现当代女性文学对传统文化核心问题的回避》,《中州学刊》2008 年第 3 期。

[18] 荒林:《2001—2005 中国当代女性文学研究综述》,《首都师范大学学报(社会科学版)》2007 年第 1 期。

[19] 乔以钢:《20 世纪中国女性文学研究的回顾与思考》,《天津社会科学》1998 年第 2 期。

[20] 杜方智:《丁玲女性小说的特色与贡献》,《零陵师专学报》1996 年第 4 期。

[21] 张宁宁:《20 世纪中国与西班牙女性成长小说比较研究》,吉林大学 2022 年博士学位论文。

[22] 霍虹:《中国现代女作家作品批评研究》,辽宁大学 2021 年博士学位论文。

[23] 孙海燕:《论"70 后"女作家的乡村书写》,江南大学 2021 年硕士学位论文。

[24] 张怡萱:《林白小说个人型叙述权威建构策略研究》,南京大学 2020 年硕士学位论文。

[25] 丁航:《铁凝研究综论》,辽宁大学 2020 年硕士学位论文。

[26] 赵洪霞:《20 世纪 80 年代以来中国女性主义文学批评研究》,东北师范大学 2018 年博士学位论文。

[27] 段氏琼茹:《二十世纪八九十年代中越代表女作家作品中女性人物的人生体验研究》,南京师范大学 2018 年博士学位论文。

[28] 臧晴:《"个人"与"女性":20 世纪 90 年代中国女性文学研究》,南京大学 2015 年博士学位论文。

[29] 马春花:《中国当代女性文学思潮论》,山东师范大学 2006 年博士学位论文。

[30] 卢升淑:《中国现当代女性文学与母性》,中国社会科学院研究生院 2000 年博士学位论文。